光文社文庫

Qros（キュロス）の女

誉田（ほんだ）哲也

目次

Qros(キュロス)の女 …… 5
解説　タカザワケンジ …… 391

第一章

1

柔らかな朝の光が、女の背中に淡い陰影を映し出す。

これ、カシミアなんだね。

明るいグレーのニットを、ふわりと女が羽織(はお)る。

振り返り、どう？　と訊(き)くと、男の声が答える。

うん、いい感じ。

重なる二つのシルエット。背中から抱き締められた女は、照れ笑いを浮かべながら肩越しに男の顔を見上げる。

あれ、変だな。なんで男の顔が、はっきり見えないんだろう。そういえば女の顔も、いつのまにかボヤけてる。これじゃ、せっかくの美人が台無しじゃないか。さっきまで、あんなに綺麗に、はっきりと見えて――。

「……おい、こら」

コツッ、と側頭部に衝撃を受け、急に視界が薄暗く転じた。

食べかけの料理が所せましと並んだテーブル。潰れた吸殻が四本入った灰皿。底に一センチほどウーロンハイが残ったグラス。雑に畳んだお絞り。

「慶太。お前、人を呼び出しといて居眠りはないだろう」

そう、そうだった。

矢口慶太は、自分が置かれた状況をようやく思い出した。

次号のネタに困って、大学の先輩である中里を呼び出した。中里はテレビ太陽のディレクター。芸能界の裏事情には慶太の何十倍も通じている。何か、きっといいネタを聞かせてくれるはず。

だが、中里がトイレに立った数分の間に、つい気が弛んだ。睡魔に視界を盗まれ、重力を失い、いつのまにか無意識の水面に漕ぎ出していた。不思議と、いい夢を見ていた気分だけは残っている。優しくて、静かで、とてもハッピーな――いや、それどころではないのだった。

「……すんません。ちょっと、徹夜が続いてたもんで」

「そりゃこっちだって一緒だよ。それをお前、後輩の頼みだと思うから、わざわざ来てやってんじゃねえか」

「いや、ほんと、すんません。恩に着ます。感謝してます……飲み物、どうしますか。もう一杯、生でいいっすか」

目一杯声を張って店員を呼び、生ビール、ウーロンハイ、ほっけとイカの一夜干しを追加する。オーダーを復唱すると、店員は「失礼いたします」と襖(ふすま)を閉めて下がっていった。

二人になったところで、改めて中里に訊く。

「どうっすかね、最近のプロダクション事情とか。なんか、面白いネタないですかね」

中里は片眉だけをひそめて首を傾(かし)げた。

「ここんとこは、あんまりないね、そういうの。しばらくはＷｉｎｇ(ウイング)の安定政権が続く感じでしょ」

「プロダクションＷｉｎｇ」は、業界全体に多大なる影響力を持つカリスマ、石上翼(いしがみつばさ)が代表を務める大手芸能事務所だ。それもあり、Ｗｉｎｇは「プロダクションを管理するプロダクション」のようにも言われている。

しかし今一つ、慶太には納得がいかない。

「そもそも石上社長って、なんでそんなに力を持ったんですか」

中里は生ビールの残りを飲み干し、短く息をついた。

「石上社長は、確かもともとは、不動産業界の人だったはずだよ。よっぽど、そっちの鼻が利くんだろうな。バブル崩壊寸前に手持ちの物件全てを売り抜けて、詳しい経緯は知らないけど、それから芸能に転身してきたらしい。当時いくつかのプロダクションの再建に手を貸して、その辺からじゃないかな。あちこちに睨みが利くようになったのは」

　慶太は、石上翼を直接は知らない。せいぜい関係資料で顔写真を見たことがある程度だ。それでも漠然と、睨まれたら怖いだろうな、という印象は持っている。比喩でもなんでもなく、あの顔は単純に怖い。イヌワシなどの猛禽類を髣髴させる目鼻立ち。あの顔で「その件はなかったことにしてくれ」と直に言われたら、どんな記事も掲載を見合わせてしまいそうだ。あくまでも個人的には、だが。

「下手に独立をすると、石上社長に睨まれて、干されることもあるんでしょ？」

「そうね。そういう、業界の調整役になってるところはあるよな。でもそれは、別に悪いことではないだろう。むしろ、あの人が調整役を買って出なければ、もっと怖い人たちがその代わりになろうと乗り込んでくるから。そっちの方がよっぽど、業界にとっては不都合だと思うよ」

　確かに。最悪にならないための必要悪、といったところか。

「そうっすよね……じゃあ、他には何かないっすか」

「なんだよ、たとえば」

「誰かと誰かが、現場でいい感じだったとか」

「そんなの、俺の口から言えるわけないだろう」

「中里さんの現場じゃなくたっていいっすよ。この前どこそこで、あの俳優とあの女優が、みたいな。あるでしょう、そういうの。耳に入ってくるでしょう」

中里は「うーん」と腕を組み、口を尖（とが）らせた。

それが、急にパカッと開く。

「そういや慶太、あれ知ってるか、『Ｑｒｏｓ（キュロス）の女』」

「ああ、はい」

「Ｑｒｏｓ」といったら、今や日本のファストファッションを代表する一大ブランドだ。毎回凝った趣向のＣＭを制作し、著名人も数多く起用している。その最新ＣＭに出ている女の子が今、ちょっとした話題になっている。

「すっごい可愛（かわい）いのに、どこの誰だか分からないっていう、あの娘（こ）のことですよね」

慶太も今日、出かける前にテレビで見た。ついさっきもどこかで見た気がする。柔らかな光の中で、カシミアのニットを羽織る美女。それを背後から抱き締めるのは人気俳優、藤井（ふじい）涼介（りょうすけ）だ。

出演者はその二人だけではない。他のシーンにはモデル出身の人気女優、福永瑛莉（ふくながえり）、シンガーソングライターの島崎（しまざき）ルイ、イケメン格闘家の近藤（こんどう）サトルらも出演している。だが、話題は完全に藤井涼介と、その相手を務めた女性に集中してしまっている。

あの娘は誰？　女優？　モデル？　日本人？　韓国人？　何歳？　なんで情報がないの？表に出てこられない事情でもあるの？　なんで藤井までノーコメントで通さなきゃいけないわけ？　もしかして、プライベートでも付き合ってるとか？

　現状、週刊誌はまだどこも記事にしていないが、ネットではすでにかなりの盛り上がりを見せている。ほぼ全てがデマか勘違いだろうが、目撃談もいくつか報告されている。今後、その正体が明らかになるときが一つ、ヤマになるだろう。ＣＭ通りの美女なのか、実際はそうでもないのか。芝居はできるのか。歳はいくつなのか。なぜすぐに出てこなかったのか。事務所はどこなのか。

　あれさ、と中里が身を乗り出してくる。

「こんなこと本当にあるのかってくらい、情報が出てこないんだ。藤井くんってＷｉｎｇでしょう。何か知ってるかと思って、Ｗｉｎｇの他のマネージャーにも訊いてみたんだけど、全然分かんないって。代理店は白凰堂、制作はフォークスって会社なんだけど、この筋にも全然情報が回ってない。知り合いの画像処理やってる奴なんてさ、こんな女、現実には存在しないんじゃないかって、ＣＧじゃないかなんて言い出す始末でさ」

　さすがにＣＧはないだろうが、今どきそこまで正体が分からないタレントというのは、ある意味珍しい。

「その話、もうちょっとなんかないですかね。ほんの、取っ掛かりになる程度のことでいい

「取っ掛かりねえ……撮影した監督にでも訊いてみたら？　オオクラセイジ。分かる？」

劇場公開映画も何本か撮っている、あの大倉清二監督か。

んで。あとは自分で調べますから」


「おう、またな」

「じゃ、また連絡しますんで。よろしくお願いします」

中里とは店を出たところで別れた。

もちろん、今夜の払いは慶太が持った。

数秒、中里の背中を見送ってから腕時計を覗く。十一時二十二分。思ったより夜は深くない。もう一軒、知った人間のいそうな店にでも行ってみようか。そんなことを考えながら歩き出す。

慶太が記者契約をしている「週刊キンダイ」は、毎週水曜日発売。今日、十一月五日は火曜日。発売前日に当たる火曜は、記者を含む編集部員にとって貴重な休日となる。だが、火曜でなければ会えないという人も世の中にはいる。中里がまさにそうだ。どうしても今のスケジュールからすると、夜は火曜しか空けられないという。そんな場合は、休日を返上してでも会いにいく。遠くても、時間が早くても遅くても、駆けつける。それが記者というものだ。人と会って、関係を作ることからしかネタは生まれないし、拾えない。

そこまではいい。慶太も今年で二十九歳。週刊誌に携わるようになって六年。記者という仕事がどんなものかも、もう充分わかっているつもりだった。実際やり甲斐を感じていたし、自分が書いたものが記事になればそれなりの充足感も味わうことができた。

ただしそれは、あくまでも政治の世界に限ってのことだった。

今年の九月に社員の人事異動があり、それにともなって「週刊キンダイ」の各取材班もシャッフルされた。契約記者である慶太は、政治班から芸能班へ鞍替えになった。

正直、エラいことになったと焦った。

政界についてなら、たいていのことは分かる。各議員の生活実態や人脈は言うに及ばず、銀座、赤坂ならどこにどんな店があり、どの料亭を誰が贔屓にしていて、どこのクラブに誰が通っていて、人と会うならどのホテルを使うのか。そういった政界の周辺事情は表も裏も、ある程度は把握していた。

だが芸能界となると、これがさっぱり。チンプンカンプンなのだ。

人種が違えば飲食をする街も、行動パターンも違ってくる。

芸能人は売れっ子ほど事務所には顔を出さず、自宅から車で仕事現場に直行することが多い。だから極秘で引越しをされ、自宅が分からなくなると、急にその人の行動が把握できなくなったりする。

メディアに出ているときとのギャップ、というのも大いにある。

私服がイメージより派手だったり、逆に地味だったり。一見しただけでは誰だか分からないことも多い。テレビで見る印象より小柄だったり、もっとずっと大柄だったりもするので、目の前を通り過ぎても見逃してしまうことすらある。

飲食をするのは六本木か西麻布。たいていは個室のある飲み屋だ。この手の店のスタッフは口が堅いため、なかなか情報提供はしてくれないが、完全に「ない」わけでもない。そう。こんなふうに向こうから連絡をくれることも、ごく稀にではあるが、ある。

震える携帯をポケットから取り出すと、ディスプレイには【鳥幸】と出ていた。渋谷にある高級焼き鳥屋だ。

「はい、もしもし」

『あ、矢口さん、俺です、分かりますか、堀井です』

「うん、どうした」

『ちょうど今、きてるんですよ。島崎ルイが』

ほう。「鳥幸」は確かに芸能人もよく使う店だが、この網に島崎ルイが掛かるとは予想外だった。

「分かった。今すぐ行く。ちなみに一人？　男連れ？」

『男を一人連れてます。プライベートか仕事かは分かんないですけど』

「サンキュ、分かった。急いで行くよ」

ここ西麻布から渋谷の「鳥幸」まではタクシーで十五分とかからない。料金も千円かそこらだ。

慶太は直後にきたタクシーを強引に停めて乗り込んだ。チケットが使えない会社なのは分かっていたが、それどころではない。

そうか、島崎ルイか。

音楽プロデューサーの秋吉(あきよし)ケンジと破局して以来、ルイには特に浮いた噂はなかった。しかし、ルイの父親は映画監督の島崎潤一(じゅんいち)、母親は昭和の大女優、香川(かがわ)よう子だ。真剣交際だろうが相手が家庭持ちの不倫だろうが、ルイに男ができたとなればその波及効果は決して小さくない。両親を巻き込んでのお祭り騒ぎが期待できる。今からワイドショーの取材班が島崎邸の前に群がる図が目に浮かぶ。

監督、監督、ルイさんの交際相手、父親としてはいかがですか。いつから交際についてはご存じでしたか。奥さまの香川さんはなんと仰(おっしゃ)ってますか。相手の男性は挨拶に見えたんですか。

渋谷１０９の近くでタクシーを降り、あとは店まで駆け足。慶太が着いたときエレベーターは八階にあったので、さらに階段も駆け足。「鳥幸」のある四階に着いたときには、もう下半身が砂に埋まったように重たくなっていた。

「いらっしゃ……あ、矢口さん」

連絡をくれた堀井が、ちょうど自動ドアを入ったところにいた。

「どう……まだ、いる？」

だが慶太が訊くと、彼はすまなそうにアゴを出してみせた。

「惜しかったっすね。ほんの二、三分前に、お会計済ませてお帰りになっちゃいました」

そんな、殺生な。

「だって……連絡、もらって……すぐ、タクシー乗って、来たんだぜ。十、五分も……かかって、ないぜ。なんで、そんなすぐ、帰っちゃうの」

「いや、俺が気づいた時点で、一時間半くらい経ってたみたいなんですよ。ほら……」

堀井が、内緒話の形で顔を寄せてくる。

「……ルイって、実物はやたらとデカいでしょう。分かんなかったんですよ、最初。でも、何回か部屋に出入りしてるうちに、あれ、これって島崎ルイじゃん、と気づいたわけですよ」

あの時点で一時間半経ってるって、それならそうと言ってほしかった。でも、いま恨み言を言っても始まらない。

「相手、どんな男だった。見たことあった？　芸能人？」

「いや、芸能人っぽくは、なかったですね。ルイを奥に座らせて、わりとかしこまってる感じだったな。注文も全部、男がしてたし。ネクタイはしてなかったけど、ジャケット着てて、真面目な感じで。あそうそう、その男、ルイよりさらに背がデカかったですね。そういった意味じゃ、わりとお似合いっていうか」

いや、その線だったら、たぶんハズレだ。ルイと一緒にいるバカデカい男といったら、あれだ。名前は覚えていないが、柏木夏美（かしわぎなつみ）なんかを担当している、フェイスプロのマネージャーだ。

まあ、一応これも、控えネタとしてストックしておくか。

NHKのすぐそば、文化村通りにある馴染（なじ）みのビアラウンジに顔を出し、ヒューガルデンの生を注文。鰊（にしん）のエスカベッシュを摘（つま）みながら、しばし愚痴（ぐち）をこぼす。

「島崎ルイがいるっていうから飛んでったのにさ、今さっき帰ったばっかりだって……また空振りだよ。参っちゃうよ」

カウンターの中で、口ヒゲの店長が苦笑いを浮かべる。

「慶太さん、芸能に移ってから、やたらと空振りが多いですね」

「なんつーかさ、政治家より、やっぱ芸能人の方がすばしっこいんだよな。贔屓の店もあちこち変わるしさ。ほんと面倒臭い」

政治家より芸能人の方が取材しづらいというのは本音だ。そもそも慶太は、いまだ芸能スキャンダルそのものに報道する価値を見出せずにいる。

別に島崎ルイがマネージャーと付き合おうが、近藤サトルがクラブで全裸になろうが、藤井涼介が乱交パーティに参加しようが、そんなことはどうだっていいと思っている。たとえば覚醒剤所持で捕まったとか、轢き逃げをしたとかいうのなら報道すべきだと思うが、下半身事情に関しては正直、まるっきり興味がない。

「……ご馳走さん」

「はい、毎度ありがとうございます。千七百円です」

まだ終電に間に合いそうだったので、渋谷駅まで戻って東急田園都市線に飛び乗った。隣合わせた女の顔色がやけに青く、いつ嘔吐されるか気が気でなかったが、なんとかふた駅、三軒茶屋までもってくれたのでよかった。あとはどうなろうと知ったことではない。

慶太の住まいは三軒茶屋駅から歩いて五分ほどの住宅地にある。初対面の女性にそう教えると、判で押したように「お洒落じゃん」と言われるが、実際に部屋に招くと「三軒茶屋にもこんなとこあるんだね」と変に感心される。要は、お洒落には程遠いオンボロアパートということだ。

ただ、こんなところでもいそいそと通ってくる女はいる。

「あぁん、ケイちゃん、遅いよぉ」

「なんだよ。こんなとこで待ってんなよ」

村井保子。駆け出しの頃にジャイアンツの取材をしていて知り合った女だ。原監督のファンだというので意気投合したが、まさか、こんなに何年も関係を引きずることになるとは思っていなかった。

「だって、今日は休みでしょ？　いると思ったんだもん」

「休みだって人に会うことはあるって、何千回も言ってんだろ。っていうか、来る前に電話くらいしろよ。こえーんだよ、ドアの前にお前が座ってっと」

派手好きな妖怪、太った地縛霊、あるいは単なるブス。短めのスカートを穿くのさえ控えてくれれば、もう少しグロテスクな感じは抑えられると思うのだが、何度言ってもそうはしてくれない。あるいは徹底的に脚を細くするとか。

「鯛焼き買ってきたよ」

「いつ」

「九時頃」

「いい加減カチカチだろ、もう」

「私はあったかいうちに食べたけど」

こんな女の相手をしている場合ではない。明日は午後から編集部で企画会議がある。

「お邪魔しまーす」

「勝手に入んなよ。ってか声でけーよ」

「週刊キンダイ」の編集者及び記者は毎週水曜、会議でネタを五本出さなければならない。

これは取材班員にとっては最低限のノルマだ。

「ケイちゃん、シャワー浴びる？」

「俺はいい。めんど臭え」

だが現時点で、慶太はまだ一本もまともなネタを思いついていない。ルイとフェイスプロのマネージャーに恋の予感？　まあ、仮にこれを一本と数えるとしてだ。

「やだケイちゃん、せっかち過ぎ」

「うるせえ」

「Ｑｒｏｓの女」ネタも、他の記者とかぶりそうで怖い。大倉清二監督に当たってみて、その感触次第だろうか。これで二本だとして。

「ちょっと……ちゃんとゴムして」

「あとで着ける」

近藤サトルの全裸ダンスも、写真がないとインパクトに欠ける。所詮「やったらしいよ」という噂レベルの話に過ぎない。しかも奴は常習犯だ。記事に仕立てるにはかなり工夫が必要だろう。それでも強引に一本に数えるとして、計三本。

「ケイちゃん、私のこと好き？」

「別に」

あと二本、何か面白いネタはないだろうか。かつてのトレンディ女優、山本奈絵の復帰作と騒がれたドラマが視聴率低迷で打ち切りになったが、その本当の理由は？　なんてのはどうだ。小耳にはさんだ話では、どうも大手事務所社長の意向が働いたということだったが。

「あっ、あっ……ケイちゃん、ゴム」

「うるせえ」

致し方ない。あまり信用できる相手ではないが、明日、奴をメシにでも誘ってみるか。

園田芳美（そのだよしみ）。業界では有名なホラ吹きオヤジだが、十回に一回は真実を語り、百回に一回は大スクープを提供すると言われている伝説のフリー記者だ。または「ブラック・ジャーナリスト」とも言う。

「あれ……ケイちゃん、もうイッちゃったの？」

違う。園田の、あの悪代官面（あくだいかんづら）を思い出したら、急にやる気が萎（な）えただけだ。

2

園田に、明日の午前中に会いたい旨のメールを送り、布団をかぶった。翌朝は九時頃まで寝ているつもりだったが、寝相（ねぞう）が悪く、寝言と歯軋（はぎし）りがうるさく、おまけに口が臭い保子のお陰で八時には目が覚めた。

「……ケイちゃん、おはよ」

「お前、さっさと服着て出てけよ」

シャワーを使わせてやり、ドライヤーを貸してやり、腹が減ったというので食パンを一枚めぐんでやった。野菜ジュースは勝手に飲まれた。

「ケイちゃんは食べないの？」

「お前がいなくなったら一人でゆっくり食う」

「またそんな、つれないフリして……まあ、目的は体だけ、みたいな関係も、私は嫌いじゃないけどね」

「言うほど立派な体してねえだろ」

なんとか九時前には保子を追い出し、それから身支度（みじたく）を整えて慶太も出かけた。

まずは近所のコンビニ。今朝発売の「週刊キンダイ」とライバル誌「週刊モダン」「週刊朝陽（ちょうよう）」の計三誌を購入。それを持って玉川通り沿いのハンバーガーショップにいく。

しかし、この店を選んだのは失敗だった。

「あれ、ケイちゃんも来たの」

「なんでオメェがいるんだ。さっき朝メシ食ったろう」

「だって、食パン一枚じゃ足りなかったんだもん」

あえて保子とは離れた席に座り、チーズドッグを齧（かじ）りながら三誌をチェックした。

とりあえず自分で書いた【イニシャルトーク　アイドルたちの最新恋愛相関図】は飛ばし

て、先輩記者の記事を斜め読みする。デスクの中尾が書いた【追悼、中村亀之助　最後に愛したのは大物演歌歌手】はさすがにいい出来だった。同じ契約記者の栗山が担当したのは【今年の紅白　出る人出ない人　明暗くっきり】。この辺は定番の季節ネタで手堅く、といったところだ。

他誌はどうだろう。「週刊モダン」に載っていた【福永瑛莉　夜は若手を連れて女王様】は実にありそうな話だ。写真はないので、あくまでも「関係者談」で固めた憶測記事だが。

驚いたのは「週刊朝陽」だ。慶太が狙っていた【「Ｑｒｏｓの女」の正体に迫る】がまんまと記事になっていた。これによると、女の正体は台湾人で、日本語がほとんど話せないため、ＣＭ中の「これ、カシミアなんだね……どう？」という台詞はアフレコだった、ということらしい。ただし、これが真実だろうと事実無根だろうと、文句を言う人間がいないというのがこの事象の面白いところだ。

仮に「この記事は間違っている、彼女は日本人だ」という人間が現われたら、編集部は「だったらその証拠を見せてください、なんなら本人に直接会わせてください」と返すに決まっている。それで本人に会えたらめっけもんだ。翌週には【直撃インタビュー！　私が「Ｑｒｏｓの女」です】という記事が誌面に躍ることになる。

「週刊キンダイ」としては、どうすべきだろう。別方面から攻めて「朝陽」とは違う説をぶち上げるか。「朝陽」に大倉清二監督のコメントは載っていなかった。あえて触れなかったのか、それとも大倉監督が取材に応じなかったのか。どちらにせよ当たってみる価値はある。何しろ「朝陽」もまだ「関係者談」の羅列で、確定といえる情報は何一つ出せていないのだから。

「……何よ、そんな怖い顔しちゃってぇ」

「うるせえな、こっち来んなよ」

慶太は「シッシッ」と保子を追い払った。

はっきり言って、部屋以外の場所では保子と顔を合わせたくない。エラいブスと付き合ってるな、という他人の目には耐え難いものがあるし、万が一知り合いにでも目撃されたらと想像すると、冗談でなく身震いを禁じ得ない。

そして、これこそが慶太の、芸能報道に乗り切れない理由でもあった。

政治家の不正は暴くべきだと思う。官僚支配も打破すべきだろう。大企業の不祥事も明るみに出さねばならないし、公務員の個人情報なんぞ保護する価値は一ミリもないと思っている。全ての国民には真実を知る権利があるのだ。

しかし、芸能人のプライバシーはどうか。

女遊びが板についた歌舞伎俳優や、「恋多き女」の肩書きを手に入れたベテラン女優なら週刊誌の報道など痛くも痒(かゆ)くもないかもしれない。だが、十代や二十代のアイドルたちは違う。

「うちの事務所、恋愛禁止なんですぅ」

メディアに対してはそうコメントするよう教育され、しかしその通りになどできるわけがない。真夜中にサングラスをかけ、寒くもないのに口元までマフラーを巻き、一瞬の早業（はやわざ）でタクシーに乗り込んだあとは、尾行が付いていないかを気にしながらお相手のマンションまで走らせる。目的地付近に着いたら着いたで様子を見るため、さらに周りを二周も三周もさせ、ようやく降りてエントランスに入ったところを、待ち伏せていた取材班にパシャリとやられる——。

そんなことを三百六十五日やっていたら、頭もおかしくなるだろうと思う。気分はほとんど、刑事に追われる犯罪者と変わらないのではないか。その上、記事が出たら出たで「お嫁さんにしたい女優ナンバーワンだったのに幻滅」とか、「あんな性悪女（しょうわるおんな）の本性を見抜けないなんて馬鹿丸出し」などとファンに叩かれ、場合によっては仕事が減ったり、ひどければ事務所をクビになることだってあり得る。

そこまでして、芸能人のプライバシーなんぞ暴く必要があるのか。ついつい、そんなことを考えてしまうのだ。

「ケイちゃん、メールきてるよ」

「お前、まだいたのかよ」

本当だ。いつのまにか園田から返信がきていた。

【十時半に新宿三丁目の椿屋珈琲店(つばきやコーヒー)。】

マズい。もうほとんど時間がない。


五分ほど遅れたが、園田はさして機嫌を損(そこ)ねてはいなかった。

「すんません、ちょっとそこで、警察に職質で捕まっちゃって」

「いいよ、下手な言い訳は。どうせ女とイチャついてて、俺のメールに気づかなかったんだろう」

園田には、こういう怖いところがある。もはや見慣れた悪代官面ではあるが、妙に瞬(まばた)きの少ないその細目で見られると、今でも心の奥底まで覗かれるのではないかと、薄ら寒いものを覚える。

水を持ってきたウェイトレスにホットコーヒーをオーダーし、改めて慶太は園田に頭を下げた。

「急にお呼び立てして、申し訳ないっす」

「分かってるよ。今日の午後、企画会議なんだろ？　ネタ揃ってないんだろ。いいよ、いくつか分けてやるよ」

言いながら、ひょいと手を出す。こういう場合は定額で一万円と相場は決まっている。

「かにぱん」によく似た、ぷくぷくと丸い手に一万円札を握らせる。園田はそれをジャンパーの右ポケットにしまい、反対のポケットからタバコの箱を取り出した。昔ながらの青いハイライトだ。

「で、何か狙ってるネタはあるのか」

一本銜え、ガスライターでたっぷりと火を点ける。吐く煙は太く、濃い。辺りの空気が一気に霞んでいく。

「ええ。旬の話題だと、やっぱ『Ｑｒｏｓの女』ですかね。あれに関して、なんか知りませんか」

「ああ、あれは駄目だよ。箝口令敷かれちゃってるから」

「えっ、なんでですか」

だったら、なおさら知りたい。

「あの女、某プロダクションが池袋でスカウトしてきて、そこのゴリ押しで使ったらしいけど、あれはヤバいね。日本人じゃない上に、中国人窃盗団かなんかと関わりがあったらしくてさ。警視庁の組対がいきなり乗り込んできて、事務所しっちゃかめっちゃかにされたらしいよ」

組対、即ち警視庁組織犯罪対策部。暴力団や外国人犯罪グループを取締まる部署だ。駆け出しの頃は事件取材もやらされたので、それくらいは慶太でもピンとくる。

「じゃあ、今その娘はすでに、警察の留置場ってことですか」

「だろうね。だからいくら捜したって見つからないし、事務所も口割らないわけ。代理店だって一切ノーコメントだ」

「事務所、どこですか」

「それは言えねえなぁ、もうちょっと弾んでもらわないと」

この段階で二万は出せない。方向を変えて粘る。

「っていうか、そんなにヤバい娘だったら、すぐCM打ち切らないとマズいじゃないですか」

「そうだね。なんで打ち切らないんだろうね。それは俺にも分からんわ」

本当かな、という疑念と、本当だったら面白い、という好奇心が頭の真ん中で火花を散らす。とりあえず、この件はキープしておこう。

「そうっすか……ま、そうなると確認とるのが難しそうなんで、もうちょっと、二、三日でモノになりそうな、軽めのネタないですかね」

鼻から煙を漏らしながら、園田がサンドイッチに手を伸ばす。

「軽めって、どの程度さ。秋吉ケンジがスピード違反でパクられたとか、そういうネタか」

ヤニで黄ばんだ、ガタガタの前歯でタマゴサンドに齧りつく。

「いや、それだったら知ってます。しかも普通に切符切られて、別に抵抗もしなかったって話ですよね」

「いや、白バイ隊員にだいぶ喰ってかかったって話だぜ。一発、パコッとやったらしい」

それではモロに公務執行妨害、下手をすれば暴行罪に問われる可能性もある。

「でも、公妨でパクられはしなかったでしょう?」

「いや、その後は知らんけど」

これはないな、と思ったが、あとで一応、サツ回りをやっている後輩記者に確認はとってみよう。

他には、あと何があったか。

「じゃあ、あれはどうですか。山本奈絵の復帰ドラマ。だいぶギャラ積んで出演させたはいいけど、視聴率さっぱりで、打ち切りになったじゃないですか。でもあれ、本当の理由は奈絵の不人気じゃなくて、スマカンの斉木社長が裏で手を回したからだって、噂があるじゃないですか」

スマカン、即ち「スマッシング・カンパニー」。Ｗｉｎｇほどではないが、スマカンもかなりの大手に数えられる。

社長の斉木昭三は園田に負けず劣らずの悪代官面をした古狸だが、あれでなかなか、女の使い方は巧みらしい。「飲ませ、食わせ、抱かせ」の接待で関係先に影響力を強め、現在の地位を手にしたと言われているが、真偽のほどは定かでない。

園田はタバコを灰皿に潰し、次のハムサンドに手を伸ばした。

「あれはね、違うんだよ。山本奈絵はＧＯプロの古株でしょ。もう結婚もしてるし子供も二人いるし、亭主はレストランチェーンやってる実業家じゃない。彼女にしてみたら、女優業は別にもうどうでもいいわけ」

「ＧＯプロモーション」はここ数年で驚異的に規模を大きくし、伸し上がってきた事務所だ。社長の十和田春敏はもともと広告代理店の社員で、その頃に培った交渉ノウハウでＧＯプロを大きくしたといわれている。

芸能界における勢力図としては、最大手がＷｉｎｇ、それに次ぐのがスマカン、ＧＯプロは数多ある中小プロダクションから頭一つ抜けてきた段階、といった感じだ。

慶太は分かりやすく首を傾げてみせた。

「奈絵はそれでいいかもしれないですけど、十和田社長はそれじゃ面子丸潰れでしょう」

「いや、むしろあの企画を無理やり進めたのは関東テレビの方でさ。平均視聴率が十パーを割ったら云々って、十和田に誓約書を書かされたらしいんだな。で、関東のプロデューサーがどういう言い訳を編み出したかは知らんけど、法外なギャラに加えて違約金まで払わされたら堪らんと、傷が広がる前に打ち切っちまえと。どうも、そういうことだったらしいぜ」

これもどうだろう。今一つ辻褄が合っていない気がするし、何しろその誓約書の内容を確認できなければ、おいそれと記事にできるネタではない。

「じゃあ、その件にスマカンの斉木社長は、全く絡んでいないと」

「俺の知ってる範囲では、ないね。だって、歳の離れた妹役でスマカンの福永瑛莉が出てるじゃない。あれ、クレジットじゃ三番目でしょ。斉木さんにしてみれば、打ち切りは嬉しくないはずだよ」

なるほど。それはそうかもしれない。

「じゃあその、福永瑛莉はどうですかね。なんか、浮いた噂とかないですか」

園田が、残りのハムサンドを無理やり口に捻じ込む。

「福永瑛莉、か……あの娘は、ないかもな。斉木さんがめちゃめちゃプロテクトしてるから。そういや瑛莉も『Ｑｒｏｓ』に出てたよな。謎の女のお陰で、さっぱり話題にならんかったけど」

確かに出ていた。ほんの一瞬、チラッとだが。

園田が、焼きタラコのような人差し指で慶太を指す。

「だったらよ、逆に藤井涼介のネタはどうだい」

それはいいかもしれない。

「なんすか、そういうのあるんだったら早く言ってくださいよ」

「いや、二、三日でモノにできるかどうかは分からんけど」

「いいっすよ、教えてくださいよ。藤井涼介だったら、どんな小ネタでも記事になりますから」

何しろ藤井は、目下七クール連続でドラマに出演中。さらに今年封切られた出演映画は三本、うち二本は主演という、売れっ子中の超売れっ子だ。事務所のガードが固く、これまではなかなかプライベートが明らかにならなかったが、歳は三十歳で慶太と同世代。まだまだ遊びたい盛りだから、全く女っ気なしということはないはずなのだ。

「うーん、ネタっていうかねェ……まあ、情報レベルかな」

「もう、焦らさないでくださいよ。頼みますよ。俺と園田さんの仲じゃないっすか」

実のところ、さほど仲が良いわけでもないが。

「ま、いいか。教えてやるか」

口を尖らせながら「かにぱん」の手を内ポケットに入れる。出てきたのは、百円ショップでも売ってそうな紙表紙のメモ帳だ。

「一回しか言わねえから、ちゃんと控えろよ。いいか」

「ちょ、ちょっと待ってください」

慌てて慶太もノートを構える。

「……はい、いいですよ」

「藤井が駒込に引越したのは、知ってるか」

なに、駒込？

「え、いや、知りませんでした。新宿のマンションを出たのは分かってるんですけど、その後はさっぱり追跡できてなくて」

「よし、じゃあ教えてやる。いいか。豊島区駒込一丁目、△の◎、月極の、サクラコウギョウ駐車場、ここの三番に駐まってるのが藤井の車だ。ボルボのV60で、色は赤。ナンバーは練馬33※、お、5050だ。奴はその近くのマンションに必ずいる。まだ買ったばかりだからな。休日には必ず乗って出かける。そこを狙え」

マンションではなく、駐車場と車か。

確かに、今すぐ記事になる情報ではないが、張り込めば何か拾える可能性はある。

時間がなかったので会社への移動はタクシーを使った。当然、車中はずっと電話をかけっぱなしだ。

まずは同じ「キンダイ」の後輩記者で、事件担当をしている芳村。

『ああ、矢口さん。お疲れさまです。どうしたんですか』

「おう。悪いんだけどさ、この前聞いた、秋吉ケンジのスピード違反の話だけどさ」

『ええ、あれが何か』

「確か国道二四六辺りで、白バイに捕まったってことだったよな」

『はい、普通に、白バイが停めたって』

「そんとき、その白バイ隊員と悶着になったとか、そういうことってなかったのかな」

ん、と芳村がひと呼吸置く。

『……いや、そういう話は聞いてませんけどね』

「相手が芸能人だからって、その辺少し、大目に見てやってるとか」

『それはないんじゃないかな。そういうの、警察は一番嫌うでしょう』

「だよな。逆にそれを記事にされたら、警察がヤバいもんな」

『ですね。なんか、それっぽい情報があったんですか』

「うん、まあ」

『公妨やらかしたとか、そっち系の話ですか』

「まさに、そう」

『それはないですね。だってそれ、俺が直接聞いた話ですもん、所轄（しょかつ）の女の子から。そこの白バイがスピードで停めた車の助手席に、すごい可愛い子が乗ってて。どっかで見た娘（こ）だなと思ったら、運転手は秋吉ケンジで。秋吉も手っ取り早く済ませたいもんだから、ハイハイすんませんね、みたいな感じで。素直なもんだったって』

　女性が同乗していたというのは初耳だ。

「その、隣の娘って誰だったの」

『それは分かんないって言われました。分かってても、言わないでしょうけどね。それこそ個人情報なんで。っていうか、分かってたら真っ先に矢口さんに情報流してますよ』

まあ、そうか。

フッ、と芳村が、鼻で笑うのが聞こえた。

『矢口さん、この時間にそれってことは、今日の会議用のネタ、まだ揃ってないんですか』

同じ雑誌の編集部員だと、こういうところが上手くない。

「バカ、違うよ。ちょっと確認したかっただけだよ」

『ま、いいですけどね。他にまだあります？』

「え、じゃあさ、『Ｑｒｏｓの女』って分かる？　ＣＭに出てる謎のカワイコちゃんのこと」

『なんとなくは、そりゃ知ってますけど。それもなんですか、事件絡みの噂があるんですか』

この反応なら、ないということか。

「いや、それはいいや。じゃあ」

『はい、あとでメシ奢ってくださいね』

「社食でよけりゃな」

負け気分で終了ボタンを押す。この二件はガセ決定、か。

次は関東テレビのプロデューサー、加藤剛史に電話を入れる。確か、山本奈絵の復帰ドラマ『あの頃の君たちへ』のプロデューサーは中島真吾。加藤とはライバル関係にあるから、ひょっとしたら何か聞けるかもしれない。

七、八回鳴らすと応答があった。
『……はい、もしもーし』

「あ、加藤さん？　俺です、『キンダイ』の矢口です。今いいですか」

『おお、いいけど、なんだよ。また何か俺の仕事にケチつけるつもりか』

「やだな。そんなのウチ、一度も書いたことないじゃないですか」

『三回も四回も書いてるだろうが。水曜の十時枠はスキャンダルの宝庫だとか、主演女優はあとで必ず落ち目になるとか』

「それ、うちじゃないですよ。『モダン』ですよ」

『そうだったかぁ？　お前んとこだろう』

しばらくは根も葉もない、でもたまにチクンとくるような嫌味を聞かされたが、五分ほど辛抱して相槌を打っていると向こうも気が済んだようだった。

加藤が、一つ咳払いをはさむ。

『……で、何よ。なんの裏を取りたいの』

「へへ、すんませんね。実は、『あの頃の君たちへ』の打ち切りに関してなんですけど」

『やっぱり、その話か。昨日も「週刊新窓」の〝勘違い〟江尻から電話あったけどさ。でもあれ、俺のドラマじゃないんだぜ』

「それは分かってます。中島さんですよね。それは分かってるんですけど、あれって単純に、視聴率が悪かったから全十回を八回にしちゃった、ってことなんですかね」

『ん、それ以外に、なんかあるの？』

あまりよろしくない感触だった。反応があまりに自然過ぎる。良い風も悪い風も全く吹いてこない。でももう少し続ける。

「たとえば、山本奈絵の出演に関して、通常とは違う条件が、何かしら付帯されていたとか」

『何それ。どういうこと？　スポンサー絡みとか、そういう話？』

駄目だ。向こうから「スポンサー」と持ち出す時点で、引っ掛かりがなさ過ぎる。

「いや、スポンサー、ではないんですが」

『率直に言うと、あれはもう単純に、視聴率の問題だよ。中島の完全なる見込み違い。ギャラ積めるだけ積んで奈絵を担ぎ出したのに、全然話題にもならねえでやんの。そりゃそうさ。奈絵は仕事ったってたまにエッセイ書くくらいで、じゃなかったら馬鹿みてえに、亭主の付き合いで新民党の選挙応援だろ。今の若い視聴者は、下手したら奈絵が女優だなんて知らねえんじゃねえか？　俺に言わせりゃ、なるべくしてなった打ち切りだよ、あんなもん』

マズいことに、加藤の言い分の方が園田の百倍は説得力がある。

このネタもガセ決定、と。

3

電話を切ったら、早速企画書の執筆に取りかかる。だがノルマ五本のうち、車中で書けたのは三本までだった。「週刊キンダイ」の版元、陽明社があるのは千代田区神田神保町。こんなときは、もっと遠くてもいいのにと思う。

「そこ、ドトールの前で停めてください」

三千円を出し、釣り銭と領収書をきっちりもらってタクシーを降りる。あとは駆け足。一方通行の道に入って二軒目、十階建てのそれが陽明社の自社ビルだ。

「お疲れさまですッ」

自動ドアを通り抜け、警備員に記者証を見せて受付を突破。タイミングよくエレベーターがきていたのですべり込み、七階。だがこういうときに限って、会いたくない人間と出くわしてしまう。

「あ、矢口さん。どうですか、ネタは揃いましたか」

さっき電話で話したばかりの、事件班の芳村だ。

「なに言ってんだよ……全然、余裕だよ」

「にしちゃあ、ずいぶんギリギリじゃないですか。一時からでしょ？　会議」

「それは、お前だって一緒だろ」

なんだろう。芳村は余裕の構えでアゴをしゃくってみせる。

「俺はもう今週のネタ、フィックスしてますから。会議出なくたっていいくらいですもん」

ちくしょう。なんと羨(うらや)ましい。

七階に着いた。

「じゃ、お先に」

「はい、ご健闘をお祈りします。それとメシ、忘れないでくださいね」

悔しいので無視して降り、右に走る。パーティションに沿って進んで左手、いったん編集部を覗く。

「おはよう、ござい……」

ここは「週刊キンダイ」の占有フロア。五十台ほどの机が班ごとに固められ、「島」を作っている。向こうからグラビア班、スポーツ班、事件班、生活班、連載班、政治班、そして一番手前が芸能班。一つの班は五名から十名ほどで編成されており、中心に位置する生活班の上席には「キンダイ」の編集長が座っている。今現在はどこの班も会議中なのだろう、ほとんど編集者も記者もいない。

隣の政治班の島、電話番をしているアルバイトの芝田絵美(しばたえみ)がこっちを向く。

「あら矢口さん。さっきまでみんな待ってたけど、もう行っちゃいましたよ。いつもの第四」

せめて保子もこれくらい可愛かったらな、と慶太は常々思っている。

「うん、了解」

片手で詫びて編集部を飛び出す。すぐ後ろにきていた芳村を「おっと」と避け、正面の通路を真っ直ぐ進む。会議室は通路左側に並んでいる。第一、第二、第三、喫煙室をはさんで、一番奥にあるのが第四だ。人数の関係もあり、一番狭いここが芸能班の定番会議場となっている。

ドアを開け、

「すんません、遅くなりました」

頭を下げつつ中に入る。当たり前だが、慶太以外のメンバーは全員揃っている。見回すと、どの顔もご機嫌、な感じではない。

一番奥の窓際、デスクの中尾が組んでいた脚を解く。顔つきは痩せた羊のようだが、性格は決して優しくも、温かくもない。

「矢口ィ、会議に遅れてくるってこたぁ、それなりにいいネタ仕込んできたんだろうな」

七分遅れたくらいでつまらん嫌味を言うな、と口に出せたらどんなに楽だろう。

「はい、それはもう……全力で」

言いながら、発表の順番が一つでも遅くなるよう、ドアに一番近い席に座る。といっても中尾を入れても六人しかいないので、時計回りでも反対回りでも慶太は三番目だ。それまでに、タクシーの中で書けなかった企画書を書いてしまわなければ。

　中尾が右隣、社員編集者の池野(いけの)を指差す。

「ほんじゃ、池ちんからよろしく」

「はい」

　昔は違ったようだが、現在の「週刊キンダイ」では、社員編集者と契約記者の仕事内容に明確な違いはない。あるのは給料の良し悪しと、異動の範囲だ。当然のことながら、社員の方が給料は安定している。陽明社は大手五社に数えられる出版社だから、そもそも給料は業界でもいい方だ。ボーナスもけっこう出ていると聞く。

　一方、慶太のような契約記者は年俸制で、いわゆる夏冬のボーナスに相当するものはない。ただし、記者には書いた記事の枚数分だけ原稿料が支払われる。ページ数を多くとれるようなネタを上げれば、それだけ原稿料は増える。それが雑誌の売り上げアップに繫(つな)がるようなスクープだったら、原稿の一枚単価がアップしたり、金一封がついたりする。これが契約記者のモチベーションの源となっている。

　あとは異動か。当たり前だが、社員は文芸や漫画編集部に異動することも、全く畑違いの総務や広報、営業に行くこともある。だが契約記者の異動はその雑誌内に限られる。慶太が政治班から芸能班に移ったのがそれだ。

そう、政治から芸能に。

業界関係者に会って話を聞いているときは、どんな小さなネタでも面白いと感じる。あの女優とロックミュージシャンが付き合ってるのか、あの局アナにそんな性癖があったのかと、興味と驚きのまま受け入れられる。だがそのネタを会議にかけ、取材にゴーサインが出た辺りから、妙に正気に戻る。こんなこと、本当に書いていいのか。この記事が発端となって取材対象の仕事が減ったら可哀相じゃないか。その家族だって悲しむんじゃないか。子供がいれば、学校で虐められるかもしれない。それでグレて人生を誤ることだってないとはいえない。そこまで責任を持てるのか。そうまでして、他人のプライバシーを暴く権利なんて、自分たちにあるのか。

「次です。双子イケメンタレントの兄に、初の熱愛……相楽優斗の自宅マンションは目黒なんですが、妙に最近、恵比寿の住宅街での目撃情報が相次いでいます。それもスーパーで買い物をしたり、レンタルビデオ店に出入りしたりしている。今のところ女の存在は確認できていませんが、出入りしているマンションは概ね見当がついています」

池野は文芸雑誌の編集部から移ってきて二年目。歳は慶太の二つ上で三十一。なかなかネタの切り口が鋭く、文章も上手い。

中尾がニヤリとしながら池野を見やる。

「まさか、弟の隼斗の部屋だった、なんてこたぁねえだろうな」

「大丈夫です。隼斗は大塚ですから。最近はほとんど別行動みたいですし」

「よし、次」

「はい。四つ目は、ドラマ『ダーティ・バディ』の河野雄紀と田嶋克彦、撮影現場でも殴り合い……実際は摑み合い程度だったようですが。まあ、かねてからの不仲説が表面化してきたと。関係筋のコメントは取れてます」

企画書を書きながら聞いていたが、池野の出した五本に慶太のネタとかぶるものはなかった。

ひやりとしたのは次、契約記者の松山、その三本目だ。

「歌姫、島崎ルイ。新しいお相手はスタジオミュージシャン……秋吉ケンジとの破局からずいぶん経ちましたが、どうやらいま付き合ってるのは、年下のセッションドラマーのようです」

慶太は手元の企画書に目を落とした。一本目で軽めに当てようと思っていた「島崎ルイ新恋人は柏木夏美のマネージャーか」とかぶっている。それなのに、内容はまるっきりズレている。しかもタレントとマネージャーの交際は、芸能界ではけっこうなタブーとされている。やはり、この程度の不確定情報では難しいか。

中尾が訊く。

「そのドラマー、確認はできてるの」

「はい。イイダヒサユキという、なかなかのイケメンです。年齢は分かりませんが、背の高い、一見するとモデルみたいな男です」

　ますますマズい。「鳥幸」で捕り逃がした男かもしれない。とりあえず、ここは何もなかった顔でやり過ごそう。

　松山の四本目は新人女優のバッシングネタ、五本目は女性誌の人気モデルの元ヤンキー疑惑だった。

　中尾がボールペンを振りながら慶太を指す。

「じゃあ次。お待ちかね、矢口先生、やってくれ」

　何がお待ちかねだ。

「はい。えっと、一本目は、実は松山さんと、かぶっちゃったんですけど……島崎ルイ、です。渋谷の焼き鳥屋個室でデート。お相手はフェイスプロのマネージャーか……」

　ハァ、と発した松山がこっちを睨む。

「お前それ、裏取れてんのかよ」

　もう、先に頭を下げるしかあるまい。

「すんません。現場には向かったんですけど、間に合わなくて、直接は見れてなくて。二人が帰ってから聞いた、店員の証言からの、俺の推測です。ただ、ルイって実物はかなりのノッポでしょ。以前ユニットを組んでた柏木夏美のマネージャーが、やっぱりすごい長身だったんで、また、ルイは個人事務所立ち上げてからも、フェイスプロと業務提携してて、関係深いじゃないですか。だから、その……彼だったのかな、と」

　中尾が首を横に振る。

「もうよせ。はい、二本目ェ」

　さっきより口調が鋭角的になっている。

「はい。二本目は、山本奈絵、復帰ドラマ打ち切りの舞台裏。理由は本当に、低視聴率だけだったのか……」

　中尾の顔が、さも痛そうに歪(ゆが)んでいく。

「低視聴率以外に、なんの理由があるってんだよ」

「いや、一説によると、裏でスマカンの斉木社長と、GOプロの十和田社長の綱引きがあったとか……なかったとか」

「あったのかよ、なかったのかよ」

「すんません。このネタ、もうちょい時間ください」

「ほい次ィ、三本目ェ」

　駄目だ。情けなくて涙が出そうだ。ラグビーをやっていた高校時代、ランニングでビリになり、監督に腕立て伏せ百回を命じられ、泣きながら七十二回でギブアップしたときのことを思い出す。

「三本目……近藤サトルが、六本木のクラブで、またもや全裸ダンス」

「それ、去年ウチが書いて、今年の春に『文秋』もやってたよな」

「でも、去年のは西麻布でしたし、今年の春は新宿の……」

「どこでやろうが裸踊りは裸踊りだッ」

全く、仰る通りで。

「じゃ、四本目、いきます……秋吉ケンジ、スピード違反。そのときお隣にいた美女は？」

沈黙、五秒。

中尾が顔を上げる。

「……誰なんだよ」

「いえ、それは、まだ」

「突き止められるのかよ」

「いや、ネタ元が警察なんで、なかなかハードルが高くて」

「じゃ駄目じゃねえかッ」

中尾が手裏剣の要領でボールペンを投げようとする。が、すんでのところで思い留まってくれた。

ゆっくりと、振り上げた腕を下ろす。

「……最後、いけ。ビシッと決めろよ」

マズい。最後の一本は、まだ自分でもどっちにしようか決めきれていない。「Ｑｒｏｓの女」外国人説は「朝陽」に出ていたし、中国人窃盗団との関わりについても何一つ確認は取れていない。となると、やはりこっちか。

「では、最後です……これも、記事にできるほど詰めきれてないんですが、藤井涼介の引越し先です。マンションはまだ分からないんですが、最近、藤井はボルボを買って、その車両ナンバーと駐車場の情報を入手しました。これを張り込んだらですね……」

慶太の語尾にかぶせて、はい、と誰かが勢いよく手を挙げた。

一つ隣に控えている先輩記者、栗山孝治だ。

なんだろう。このネタも「かぶり」なのか。

中尾がアゴをしゃくる。

「なんだ、栗山」

「それ、俺がサポートします」

えっ、という声を、慶太はかろうじて呑み込んだ。

サポート？　栗山が、自分を？

栗山が続ける。

「俺、今週は沢口宏美の、離婚後初の独占インタビュー、もう取れてるんで。あと原稿にするだけなんで、矢口の藤井ネタ、俺がサポートしますよ」

その瞬間、慶太には栗山が、神に見えた。

三十二歳にしては早くも額が後退し始めているし、アゴ回りのヒゲもお洒落というよりはただの不精といった感じだが、それでも神々しさは満点だった。

正直これまで、慶太と栗山にさしたる接点はなかった。何度か編集部全員で飲みに行ったことはあるが、そこでも近くに座ることはなく、個人的な話などしたことはなかった。それが一体、どういう風の吹き回しだ。いや、栗山の真意などこの際どうでもいい。慶太は、助け舟には遠慮なく乗らせてもらう主義だ。ここはもう全力で、どっかりと乗り込ませていただく。

「あ、ありがとうございますッ」

思わず立ち上がり、頭を下げた慶太を、中尾がさも不快そうに指差す。

「待て待て。まだこのネタをお前にやらせるとは言ってない。お前にはほら、他にも自信満々のネタがあり余ってるじゃないか。秋吉ケンジの助手席の女とか、スマカン斉木とGO十和田の確執とか。書くべきネタはてんこ盛りだろう?」

勘弁してくださいよ、デスク。そんなに虐めないでよ。

企画会議は一時間半ほどで終了。この後は編集長、次長、各取材班のデスクらが編集会議で話し合い、今週の取材内容を決定する。その結果が出るのが夕方五時半とか、六時くらい。それまで記者連中は暇になる。

慶太は、編集部に戻ったところで栗山に声をかけた。

「栗山さん。ほんと、ありがとうございました。マジで助かりました。今週のネタ、まるっきり一本も通る気しなかったんで。そもそも前回の『恋愛相関図』で、手持ちのネタ出し尽くしちゃってたんで。何をどうやって捻り出そうかと……」

「いいよ……っていうか、聞こえるぞ」

栗山が目で示したのはフロア中央、編集長の席だ。他の次長やデスクは会議室だが、編集長はまだ自分の机にいた。

「いけね」

「ま、通るかどうかはまだ分かんないんだから。あんまり浮かれるな」

言いながら、栗山はバッグから携帯とタバコ、財布を出し、それらを手に持った上着のポケットに収めた。ファー付きのレザージャケット。色は、少し褪せた感じのキャメル。そう思って見ると、栗山が身に着けているものは案外どれも洒落ている。その横顔も、いつになく端整に見える。

「栗山さん、お出かけですか」

「昼メシ食ってないから、ちょっと出てくるよ」

「あ、それ、奢らせてください」

フッ、と片頬で作った笑みも、渋く決まっている。

「いいって。まだ通るかどうかも分かんないんだから」

「じゃあ、コーヒーだけでも」

しょうがねえな、と歩き出した栗山の後ろに続く。エレベーター前まで行ったら、ボタンを押すのはもちろん慶太だ。

「なんか、気持ちワリいよ」

「まあまあ。そう仰らずに」

一階まで下りて、陽明社のビルを出る。一、二分歩いて栗山が入ろうとしたのは、慶太が一度も使ったことのない、正直全くパッとしない、貧乏臭い喫茶店だった。

「……先輩。もうちょっと、綺麗なところにいきませんか」

「いや、こういうところがいいんだよ。こういう店の方が落ち着ける。スパゲティナポリタンなんて、まんま昭和の味で、けっこうイケるぞ」

まあ、そういう趣味も、今日のところは渋くて恰好いいと、思っておこう。

4

デスクの中尾が第四会議室に戻ってきたのは、夕方六時を五分ほど過ぎた頃だった。

慶太の真正面、もといた窓際の席に座り、どっかりと背もたれに身を預ける。

「ほい、ほいほいほい……ようやく君たちの、今週のお仕事が決まりましたぞい」

中尾は目を細め、ファイルを見ながら、まず契約記者の松山を指差した。

「トップは、まっちゃんな。島崎ルイとスタジオミュージシャンの熱愛発覚、これでいこう」

松山は座ったまま小さく頭を下げ、「ありがとうございます」と低く返した。

中尾が続ける。

「これさ、ウチが真っ先に抜いたら、必ず広がるから。スポーツ紙、テレビ、絶対にあとから乗ってくるから。なんで、いつもよりさらにスピーディに、なおかつ極秘裏に、それでいて大胆に、攻めてみてちょうだい」

「了解です」

「島崎監督、香川よう子のコメントまで取れたら、ドドーンと追加でページ確保するから」

「はい。がんばります」

ここで発表される順番は、たいていは編集長の覚えのめでたさに比例している。だがむろん、取材や記事の出来不出来でページ数が増減したり、ポジションが逆転したりすることはある。慶太のネタが次号の芸能トップを飾る可能性は、まだ充分残されている——と、まだこの段階では、そう思っていたい。

「次は……宮脇(みやわき)。川嶋(かわしま)ヒロキ、主演映画降板の周辺事情。よろしく」

「はい、ありがとうございます」

くそ、社員編集者がリークでお手軽な仕事をしやがって、と思わなくもなかったが、この業界ではリークをモノにするのも実力のうち。これがヤッカミ以外の何物でもないことは慶太も充分承知している。はい次。

「そんでもって、池ちんは……アレね。河野と田嶋、『ダーティ・バディ』の現場、悶着もろもろね」

「はい、了解です」

ということは、編集長評価では事実上、慶太がビリということになるか。

「……栗山ちゃんは、もう決まってるからな。沢口宏美の離婚インタビューってことで」

「はい」

「内容は……もう聞いてるし、心配な点はないよな」

「大丈夫だと思います」

「じゃ、そういうことで。あとは矢口先生のサポートしてやってください。以上」

おいおい。

思わず、慶太は椅子(いす)から尻を浮かせた。

「ちょっとデスク。一応、取材のゴーサインくらい、俺にもくださいよ」

「ん？　ああ、忘れてた」

「またまた、ご冗談でしょう……つまり、栗山さんにサポートしてもらう、ということは？」

中尾が手元のファイルに目を戻す。

「そうな。藤井涼介のネタ、テメェ、ばっちり拾ってこいよ」

「はい、ありがとうございます」

一礼に、いつもより二割増の気合を込めておく。

中尾は慶太に向けた人差し指を上下に振り、念を押した。

「そもそも、今んところある情報は車両ナンバーと駐車場だけなんだから。当たり前だが、そんなもんは報道でもなんでもねえからな。そっからきっちり手繰って、女関係でも近所の評判でも、寝癖の頭でもベランダのジャージ姿でもなんでもいいから、とにかくメスブタ共が悲鳴をあげるような藤井涼介の醜態をきっちりモノにしてこい。分かったか」

「はい、分かりましたッ」

「メスブタ共」はさすがにどうかと思うが、中尾の気持ちはよく分かった。そもそも中尾はイケメンが大嫌いなので、その化けの皮を剝ぐような報道は全面的に大歓迎なのだ。編集長の覚えはともかく、中尾自身はこのネタに決して期待していないわけではないと見た。

慶太の働き次第では、次号芸能トップの可能性もゼロではない、ということだ。

そうと決まれば善は急げ。慶太は編集部に戻って身支度を整え、あとから入ってきた栗山にひと声かけた。

「じゃ、すんません。ちょいちょい連絡入れますんで、栗山さんの都合のいいところで、合流してください」

「ああ、分かった。がんばってな」

「はい、どうもです」

そのまま編集部を飛び出す。

園田から聞いた住所は豊島区駒込一丁目。ここからだと、地下鉄で巣鴨駅までいって、JRに乗り換えるのが最短だろう。

慶太は陽明社のビルを出て左、神保町の駅に向かって歩き始めた。

十一月六日。今のところ、ブルゾンの前を閉めるほど寒くはない。これくらいなら張り込みもさほどつらくはないだろう。実際に住居が割れれば、そこから先は会社で車を出してもらって張り込めばいい。

むしろ、いま問題なのはその取材内容だ。なんとか企画は通したものの、中尾に言われるまでもなく、今のところ慶太が握っている情報は藤井涼介の車に関することだけだ。そこから藤井の住居を割り出したところで、奴が女も連れ込まず、おかしな趣味もなく、これといった贅沢もせずつましく暮らしているだけだとしたら、そんなものは一行記事にもならない。いっそ事故でも起こしてくれた方が、よっぽどニュースバリューが出る。

徒歩まで入れたら、おおむね三十分。夜七時過ぎには駒込一丁目に着いた。

やたらとマンションが多い住宅街だった。だいたいは五、六階、高くても十階くらい。二階建ての一軒家はほとんど見当たらない。それなら月極駐車場の方がまだ多い。マンションが用意した駐車場だけでは足りないということだろうか。どこの駐車場もそれなりに埋まっている。

探し当てた「サクラ興業駐車場」も、まさにそんな感じの駐車場だった。

しかしそこで、慶太は予想だにしない事態に直面した。

「……マジかよ。ボルボじゃねえじゃん」

園田の情報によると、三番の駐車位置には赤のボルボV60が駐まっているはずだった。ナンバーは「50－50」。しかし慶太の目の前、三番の枠内に駐まっている車は黒いＢＭＷ。むろん車両ナンバーも全く違う。数字のところは「10－00」だ。

ひょっとして、このネタもガセなのか。いや。

単に駐車位置が違っているだけかもしれないと思い、辺りを確かめてみたが、他の枠にも赤いボルボは駐まっていない。一番に駐まっているのは黒いレクサス、二番は空いていて、三番がＢＭＷ、四番はシルバーのクラウン、五番は空き。向かい側の十番も空き。九番は白のベンツ、八番は赤いキャデラックＳＲＸ、七番は青いミニクーパー、六番も空き。高級車がやたらと多いところがなんとも腹立たしい。駐車枠も比較的大きめでゆったりしており、中央の通路部分は広く、車の出し入れがしやすそうだった。

慶太は腰に手をやり、思わずひと息漏らした。

さて、どうしたものか。

あと四台、帰ってくるのを待ってみようかと考えたが、そもそも契約者がいない可能性もあると思い至り、いったん駐車場から出た。出入り口、金網のフェンスに掛かっている小さな看板に目をやる。「サクラ興業駐車場」の下には「03」で始まる電話番号が記されている。

とりあえずここにかけて訊いてみるか。

しかし携帯を取り出し、看板の番号を一つひとつ入力していたら、逆にかかってきてしまった。相手は——クソ、保子だ。一瞬無視することも考えたが、そこまで冷たくもできないのが男という生き物である。

「……ああ、もしもぉーし」

『あん、ケイちゃん。今日は何時頃帰る?』

「分からん。今日は帰れないかもしれない」

『うそぉん。ほんとはちゃんと帰ってくるんでしょう?』

「仕事なんだよ。分かんねえの、先のことはなんも」

『とかなんとか言ってェ、他の女連れ込むんでしょう』

それができるくらいなら、お前なんか部屋に入れたりしない。

「だったらどうした。それの何が悪い」

『駄目なんだよぉ、浮気なんかしちゃ』

浮気、という言葉の意味すら疑わしくなる。

「馬鹿か。そもそもお前に俺のプライベートをとやかく言う資格は一ミリもねえの。用がないなら切るぞ」

『そういうこと言うわりに、私の電話にはソッコー出るじゃん』

「たまたま携帯を手に持ってただけだ」

『いいから、好きって言ってごらん。保子、愛してるぜ、って』

「断わる」

そのまま切ってやった。畜生（ちくしょう）。やっぱりこんな電話、出なければよかった。妙にムシャクシャする。

気を取り直して、もう一度番号を「03」から入力し始める。また保子からかかってきて中断されるのではと気が気でなかったが、それはなかった。さらに言うと、すでに向こうが今日の営業を終了している可能性も考えたが、幸いにして三回目のコールで応答はあった。

『はい、サクラ興業でございます』

事務員だろうか、若い女性の声だった。イメージ的には保子より数段美人だ。小柄のわりに胸はデカくて、メガネと制服がよく似合うタイプだ。

慶太は一つ咳払いをし、声を高めにして訊いた。

「恐れ入ります。駒込一丁目の駐車場についてお尋ねしたいんですが、よろしいでしょうか」

『はい、どうぞ』

「最近この近くに越してきた者なんですが、こちらの駐車場は今、空きはありますでしょうか」

『少々お待ちください』

何かのクラシック音楽が流れ始めたが、それがなんの曲か思い出す前に、彼女は電話口に戻ってきた。

『申し訳ございません。今そちらの駐車場は埋まっております』

「ここ、十台全部、埋まってるんですか」

『はい、十台全部、ご契約いただいております。少し離れますが、二丁目でよろしければ別の駐車場をご案内できますが』

慶太はいったん考えるフリをし、改めて訊いた。

「あの、ちなみにこちらは、月おいくらでしょう」

『そちらは……ご新規ですと、三万八千円になります』

駐める車が高級なら、駐車場代もそれなりということか。

「そう、ですか。それだと、ちょっと予算が……はい、分かりました。ありがとうございました」

もっと安い駐車場を紹介されても面倒なので、慶太はさっさと切った。

仕方ない。残りの四台が帰ってくるまで、ここを張ってみるか。

近所を歩いたり、コンビニに行ったりして時間を潰した。そこでトイレも借り、店の前で一服もした。

八時過ぎには、二番の駐車位置に黒いヴェルファイアが戻ってきた。ちょうど駐まったばかりで、運転席から降りてきた男の顔も確認できた。藤井とは似ても似つかない、元ヤンキー風の三十代くらいの男性だった。

十時半になると、十番の位置にシルバーのハイエースが戻ってきた。それはもう明らかに仕事用と分かる車で、ボディは泥だかペンキだか分からない汚れに塗(まみ)れており、ひと目見て藤井とは無関係であろうと判断できた。

また、一番のレクサスと八番のキャデラックが出ていくのも目撃したが、両方とも運転手は藤井ではなかった。レクサスは白髪(しらが)交じりの中年男、キャデラックはなんと二十代くらいの女性だった。今どきは女性でも、こういうゴツい車に乗るのか。

それはいいとして、あと確認できていないのは、五番と六番。

慶太は考え事をしながら、再び周囲を歩き始めた。

今日はこれくらいにして、明日一番で張り込み用の車を会社で借りて出直そうか。車は、中が広いワゴン車だと快適過ぎてつい居眠りをしてしまうので、カローラみたいな普通のセダンがいいだろう。小回りが利いて、なおかつ目立たないという点では軽自動車もいいのだが、長時間座っていると体のあちこちが痛くなるのであまり好きではない。まあ、いい車はもう今日のうちに借り出されてしまっていて、そもそも慶太に選ぶ余地などないのかもしれないが——。

そんなことを考えていたら、ふと思いついた。

情報通り三番の位置に赤いボルボがなかったのは、普通に考えたら園田の勘違いか、あるいはただガセネタを摑まされただけということになるが、可能性としては、園田がこの情報を得てから藤井が駐車場を替えた、ということもあるのではないか。たとえば、住んでいるマンションの駐車場に空きができ、ボルボはそっちに移したとか。それが地下駐車場だったら車は雨に濡れないし、乗り降りする場面も外部の人間の目に触れずに済む。いい事ずくめだ。

そう思いつくと、俄然やる気が出てきた。

慶太は「サクラ興業駐車場」の向かいにあるマンションから、一軒一軒当たり始めた。今では多くのマンションがオートロックを採用しているため、建物内部に侵入するのは簡単ではないが、駐車場はまだまだ普通に入れるところが多い。特に一階部分を駐車場にしている建物は、なんの苦労もなく駐車車両をチェックできた。

ちょっと古びたマンション。上に入っているのは会社なのだろうか、同じ形の白い営業車が何台も並んでいる。他に駐まっているのは、日産の古いグロリア。ここはハズレだった。

その隣の小洒落た四階建てマンションは、残念ながら駐車場がなかった。さらに隣のマンションは駐車場付きだったが、これまた残念。ターンテーブルを完備したタワー型のため、車両のチェックはできなかった。

ワンブロック離れたところには移動パレット式のパーキングがあった。最大収容台数は二十台くらい。少し距離をとって覗いたり、パレットの隙間から透かし見たりしてみたが、赤いボルボは入ってなさそうだった。

その隣はどうだ。さらに隣の隣は、向かいは——。

もう駐車場と見たら、マンションだろうが月極の青空だろうが一軒家のガレージだろうが、手当たり次第にチェックしていった。中には近づいただけで照明が灯ったり、犬が吠える駐車場もあった。監視カメラが仕掛けてある家もあり、今夜この近所で何か事件が起こったら、真っ先に疑われるのは自分かもしれない、なんてことも思った。

中でも入るのに抵抗を覚えたのは、地下や半地下の駐車場だ。別にゲートがあるわけでも、シャッターがあるわけでもない。何かを乗り越えて侵入するわけでもないから、入る手間だけなら平地の屋外駐車場と何ら違いはない。なのに地下にあるというだけで、どういうわけか「忍び込む」という意識が強くなる。住人と出くわし、「何号室の方ですか?」などと訊かれたらどうしよう、と考えてしまう。

　まあ、抵抗を覚えようがどうしようが、結局は忍び込むのだが。

　しかし、駒込という街は現在、東京都内でどういう位置づけにあるのだろう。個人的にはこれまであまり縁がなかったし、これという印象も特に持っていなかったが、この二、三時間ブラついてみた限りでは、新しめのマンションが多い高級住宅街であるように感じた。このマンションもそうだ。地下駐車場の入り口にゲートの類はないが、そこから建物に入るドアはちゃんとオートロックになっているし、駐車場内も人が歩くと自動的に明かりが点くようになっている。お陰で車両のチェックはしやすかった。

　シルバーのベンツ、黒のベンツ、またシルバーのベンツ。一体、どういう業種の人間が住んでいるのだろう。ベンツが三台並ぶって、ちょっと他所では見かけない光景だ。

　かと思うとスズキの軽自動車が駐まっていたり、シャンパンゴールドのティーダが駐まっていたりもする。プリウスも見つけた。その隣にはメタリックブルーのエスティマ。最近はハイブリッドのエスティマも出ているらしい。この大きさでハイブリッドって、けっこう凄い技術なのではないか。そんなことを、思ったときだった。

　まさか——。

慶太は自分の目を疑った。そんな、いくら似たような赤だからって、まさかボルボなんてことは——だがエスティマの一台向こう、陰になって見えていなかった車の正体が、一歩一歩近づくに連れ、次第に明らかになってくる。

丸みを帯びた吊り目のヘッドライト、フロントグリルには斜めにラインが渡り、その真ん中に「VOLVO」のマークが燦然と輝いている。形からしてもV60。まんま、藤井のと同じ車種だ。

慶太はさらに近づいて確認した。

ポケットから出した手帳、そのページをめくる指先が微かに震える。にわかに湧き上がる、スクープの予感。いや、そもそもボルボが「サクラ興業駐車場」に駐まっていればどうということはなかったのだ。それが、あのホラ吹きオヤジのお陰で——いやいや、こんな近所に駐まっていたのだから、まんざらホラでもなかったということか。さて、ナンバーまで同じなのか。それとも、色と形は同じだが、全く別の車なのか。

【練馬33※　お　50－50】

なんと、同じだった。赤のボルボV60。車種も色もナンバーも、完全に園田の情報と一致していた。違っていたのは駐車してある場所だったが、そんなことはもはやどうでもいい。このマンションに駐まっているのだから、藤井は当然ここに住んでいると考えていい。むしろ「サクラ興業駐車場」を張り込んで藤井の住居を突き止める手間が省けただけラッキーだったともいえる。

よし、あとは根性を入れて張り込むだけだ。

ひょっとしたら栗山のサポートも、もう必要ないかもしれない。

5

駒込の駅に戻りながら、慶太はデスクの中尾に連絡を入れた。中尾はすでに退社し、どこかの店にいるようだった。

「早速なんですがデスク、藤井のマンションがほぼ割れたんで、今夜から張り込みます」

『お、やるじゃねえか、矢口先生。さすが、俺が見込んだだけはあるな』

嘘でも褒められれば嬉しい。中尾の声も心なしか弾んでいるように聞こえる。

「ありがとうございます。そんなわけですんで、張り車一台出させてください」

『いいけどよ。空いてる車あったかな。出てくる前にボード見た感じじゃ、碌な車残ってなかったぜ』

「マジっすか……」

実際会社に戻り、真っ先に警備受付に行き、

「とん平さん、ほんとにそれしか残ってないの？」

古株警備員の安田（やすだ）に訊いてみたが、彼は指先に一本キーをぶら下げ、半分眠ったような目で頷（うなず）いた。ちなみに「とん平」というのは、単なる渾名（あだな）だ。

「矢ぐっちゃん、いま何時だと思ってんの。あと三十分で夜中の一時だぜ？　今頃来て、いい車に乗ろうっていう方が虫が良過ぎるんだよ。残ってるのは……だから、例の、あれだけ」

「いや、だからって、あれは……ないでしょう」

カムフラージュも兼ねてということなのか、塗装業者から中古で譲り受けた軽のワンボックスカー。運転席と助手席のドアにはご丁寧にも「有限会社　高橋塗装」と入っている。社の駐車場の奥の方にずっと駐めっ放しで、慶太もまず動いているのを見たことがない。

「嫌なら自腹でレンタカーでも借りなよ」

「そう、ですよね……いや、いいっす。あれ、使ってみます」

だが慶太が手を出すと、安田はスッとキーを引っ込めた。

「決まりだから。一応記者証、確認さしてちょうだい」

「あー、はいはい」

写真入りの記者証を見せると、安田がＩＤ番号を控える。

「はい、確かに……じゃ、これね。健闘、祈ってるよ」

「どうも」

もはや金属としての輝きなど完全に失せたキーを受け取り、慶太は警備員室を出た。

廊下を歩きながら、自身に言い聞かせる。

でも、もしかしたら誰かが気を利かせて、洗車くらいしてくれているかもしれない。単なるイメージで「ボロ車」と決めつけてはいるが、色眼鏡（いろめがね）なしで見たら案外まともな車かもしれない。

しかし、現実はやはり甘くない。

「やっぱ、ヒッデーな、こりゃ」

バンパーはあちこちがヘコみ、後部座席とハッチバックの窓に貼られたスモークフィルムには空気が入り込み、全体が水玉模様になっている。パンクこそしてなさそうだが、タイヤの空気はだいぶ抜け気味だった。おまけに埃（ほこり）だらけ。今ならボディのどこにでも好きに落書きができそうだ。

服が汚れるのを覚悟の上で乗り込み、埃で噎（む）せそうになるのを我慢しながらキーを挿（さ）し込む。

「まさか、バッテリー上がってるなんてことは……」

いや、かろうじてエンジンは掛かった。

致し方なく近所のガソリンスタンドまで行き、

「レギュラー満タン。あと洗車と、空気圧も見てください。それと、中を拭くタオル三枚洗車機に入れられている間も車に残り、慶太は自力で内部を清掃した。

「これでネタ取れなかったら、ほんと……馬鹿だな」

この悔しさの全ては、仕事で晴らすしかない。


途中で一回コンビニに寄ったので、駒込に戻ると二時過ぎになっていた。例のマンション近くにはコインパーキングが見つからなかったので、しばらくは路上駐車で張り込むことにした。マンション入り口からは二十メートルほど離れている。まあ、夜中だし。今日のところはここでいいだろう。

携帯サイトで調べたところによると、件のマンション名は「ラトゥール駒込」。七階建てで、不動産業者のサイトに一つだけ載っていた空室情報には、３ＬＤＫで三十五万五千円とあった。藤井の場合は事務所が家賃を払っているのかもしれないが、どちらにせよ優雅な暮らしぶりである。

「メスブタ共が、悲鳴をあげるようなネタ、か……」

少しだけ運転席のシートを倒し、楽な姿勢をとる。それでも所詮は軽のワンボックス。足元は狭いし、シートは平べったくて硬いし、ヘッドレストも全くと言っていいほど首のカーブにフィットしない。まあ、これだけ居心地が悪ければ、そう簡単には「寝落ち」しないだろう。ある意味、慶太にはお誂え向きの「張り車」かもしれない。

「メスブタ共が、ね……何やってんだろうね、今頃。涼介くんは」

目下七クール連続でドラマ出演中の藤井涼介だが、十月スタートの連ドラでは主役を務めず、あえてヒロインの同僚役で出演している。これは、Ｗｉｎｇが仕掛けた新しい営業スタイルだとも言われている。

概ね俳優というのは、いったん主役級まで上り詰めると、その後は脇役をやりたがらないものである。あるいは事務所がそういう方向でしか出演交渉に応じなくなる。だがこと藤井涼介に関して、Ｗｉｎｇはこの方法をとっていないという。

主役もやるが、脇役もやる。むしろ藤井を脇で贅沢に使うことで作品に付加価値を与え、それによって制作側に恩を売るのが目的なのか。それとも将来的に主役を張れなくなっても「落ちた」と見られずに済むように、との配慮なのか。その辺はよく分からないが、とにかくＷｉｎｇは、藤井を使い回しの利く、息の長い役者として育てていく方針のようだ。

「ああ……ソファに寝っ転がって、ビール飲みてぇ」

改めて「ラトゥール駒込」を見上げる。ベランダの仕切りからすると、ワンフロア六世帯に見える。一階は駐輪場とエントランスホール、テナントで接骨院と会計事務所が入っているので、住居は二階からということになるだろうか。だとすると、単純計算で三十六世帯。

今現在、ベランダに面した窓で明かりがあるのは四ヶ所。夜中の二時半なので、まあそんなものだろう。重要なのはむしろ、その位置だ。もしいま藤井が帰宅したとして、その数分後にどこかの明かりが灯ったら、そこが藤井の部屋である可能性が高い。逆にどこかの明かりが消え、藤井がマンションから出てきても同じことがいえる。一般人がこの時間から出かける可能性は低いだろうが、芸能人の場合はそうとも限らない。都内での撮影を深夜に終え、翌日は朝一番から地方ロケ、そのため夜のうちに移動、なんてこともないとは言い切れない。芸能人の行動は、一般常識では測れない部分が多いのだ。

しかし、そんなにがんばっている芸能人のわずかなプライベートを暴くことに、意味などあるのだろうか。いやいや、これが自分の仕事なのだ。それを言ったら、自分だって充分がんばっている。狭い車内で、硬いシートに体を痛めて、眠気と戦いながら、こうやって——。

マズい。思いきり寝てしまった。

慌てて腕時計を見る。六時二十五分。もちろん、完全に朝だ。すでに前方、東の空は明るくなっており、一人二人は歩行者も行き来している。

「やっべ……一日無駄にした」

まあ、この手の失敗はよくあることだ。これが刑事だったら始末書ものかもしれないが、こっちはただの芸能記者だ。最悪でもその週の記事が一本飛ぶだけだ。世の中の誰に迷惑をかけるわけでもない。

「俺が、デスクに怒鳴られりゃ、済むこったろ……あーあ、ションベンしてぇ」

携帯の地図で見ると、マンション真向かいのブロックのちょうど裏手に公園があるようだった。とりあえずそこにトイレがあるかどうかを確かめにいこう。その間は、動画モードにしたデジカメに留守番をしていてもらおう。しかし、夜が明けているとはいえ車上荒らしがないとも限らないから、ハンカチくらいかぶせてカムフラージュしていこう。いや、ハンカチはトイレでも使うから、コンビニ袋でいいか——。

ドアを開け、運転席から這うように外に出て、まず大きく伸びをした。公園に行っている間に駐車違反をとられる可能性もゼロではないが、まだ早朝。それは低いと思っていいだろう。

「ごめんなさい、すぐ帰ってきます」

小走りで裏手の公園まで行くと、運よくトイレがあったのでそこで用を足し、すぐさま車に戻ったが、これまた運よく駐車違反のステッカーもなければ、チェックもされていなかった。

ふうとひと息つき、また車内に戻る。

「……とりあえず、メシでも食うか」

ここにくる途中、コンビニで買ってきたソーセージパンにかぶりつく。コーヒーは、ブラックとミルク入り微糖が二本ずつあるが、朝だからブラックにしておいた。他にもまだスナック菓子と、バウムクーヘンと、紅茶キャンディとミントのガムとタブレットがある。

食事を終えたら、一服しながら留守中の映像を確認する。慶太のいなかった七分ほどの間、マンションに出入りした人物、車両はなかった。

「さてなぁ……栗山大先輩は、いつ頃、助っ人に来てくれるのかなぁ」

栗山に様子伺いのメールを打ち、その後はしばらく、携帯で一般人のブログなどを見て過ごした。

ちょっと前までは、プロの記者が素人の書いたものなど鵜呑みにできるか、という風潮が一般的だったように思う。だが正直、もうそういう時代ではなくなったといっていい。これまでにも、決して少なくない数の芸能スクープが、素人の書き込みや「つぶやき」を端緒に報道されている。誰々を六本木のレストランで見かけた、西麻布のバーにいた、スーパーで買い物してたからこの近所に住んでるのかな。今やネットの世界は、そんな「素人発プチスクープ」の宝庫だ。これを活用しない手はない。多くの記者が、デスクや編集長の前では「そんな素人情報なんて」という顔をしてみせるが、実際はみんな読んでると思う。というか、読まないで時代遅れになることに恐怖すら覚える。

もちろん、いま慶太が検索しているのは藤井涼介の情報だ。昨日どこどこでロケやってたよ、とか、イベントのゲストに来てたよ、といった情報が上がっていたらしめたものだ。その情報が直近であればあるほど、ここに戻ってくる可能性を算出しやすい。たとえば今朝北海道で目撃されたのなら、少なくとも午前中は戻ってこられないと考えていいことになる。

まあ、そんなに都合のいい情報なんて、いくら探しても見つかりはしなかったが。


栗山から電話があったのは午後二時ちょうどだった。

『お疲れ。駒込の駅に着いたんだけど、お前、今どこ』

「どうも。今ですね……」

住所と詳しい道順を説明し、電話を切って十分ほどすると、角を曲がってくる栗山の姿が助手席側のサイドミラーに映った。

栗山は車の横まできて、いったん辺りを見回してから乗り込んできた。

「……お疲れ」

「どうも。ご協力感謝します」

笑顔で会釈、はしてみたものの、どうも栗山の表情が冴えない。

「どうか、しましたか」

さらに、鼻で溜め息をつく。

「……言いたいことは、いくつかある」

「え、ちょっと待ってくださいよ。なんすかいきなり」

栗山はダッシュボード、振り返って後部座席にまで視線を走らせた。

「……なんでこの車なんだよ」

「いや、これしか、残ってなかったから」

「車くらい借りればいいだろう」

「それは、ちょっと……現金の、持ち合わせが」

「言ってくれれば、俺の車できたのに」

そういう手もあったか。

栗山がまだ続ける。

「それになんだよ、この場所。思いっきりバレバレじゃねえか」

「え、そうっすか。まあ確かに、隠れきれてはいないですけど、でも一応、塗装業者の体、ってことで」

「夜中から路上に駐めっ放しの塗装業者なんているかよ」

栗山は軽く頭を振りながら、また溜め息をついた。

「……まあいいや。とりあえず、一つ先の角まで動かせ。俺がそこで待ってるから、そうしたらお前は一周して、頭反対に向けて戻ってこい」

「はい、分かりました」

言われた通り、一つ先の角で栗山を降ろし、さらにもう一つ先のブロックを一周して、さっきとは反対向きになるように戻ってきた。

栗山が指示する位置、車体左側を民家の生垣ギリギリまで寄せて駐める。

「オーライ、オーライ……よし、いいぞ」

するともう助手席側のドアは開かない。栗山は当然、スライドドアから後部座席に入ることになる。

しかし、この位置に駐めてみて分かった。

「なるほど。ここだと、こっちはエントランスの様子が見えるけど、上の階のベランダから、こっちは見えないわけですね」

ちょうど生垣の上に迫り出している樹の枝が、傘のように車を覆い隠してくれるのだ。それでいて夜になれば、こちらからは窓の明かりくらいは視認できる。たぶん。

「そういうこと。お前もさ、もうちょっと頭使えよ」

「勉強になります」

慶太はコンビニ袋から缶コーヒーを二本取り、後ろに差し出した。

「あの、温かくも冷たくもないですけど、どうですか」

「サンキュウ」

栗山はブラックの方を選んだ。すぐに勢いよくプルタブを引く音がする。

ぐびりとひと口飲んでから、栗山は前に顔を出してきた。

「矢口。お前、いま眠い？」

それでも、視線は前方に向けている。

「いえ、今は、そうでもないです。実は……朝方、三時間ほど寝ちゃったんで」

「あっそ。じゃあ俺、ちょっとだけ寝ていいかな。一気に原稿仕上げてきたから、全然寝てないんだ」

「どうぞどうぞ。俺もヤバくなったら、声かけますから」

「しかし、汚(きたね)え車だな」

「すんません。これでも一応、掃除はしたんですけどね。スタンドで濡れタオル借りて」

それから栗山は、鼾(いびき)もかかずに二時間ほど眠った。

夕方四時頃。栗山はふいに起きたかと思うと、いきなり窓も開けずにタバコを吸い始め、

「……コーヒー、まだある？」

「ええ、どうぞ。微糖ですけど」

グビグビッと一気に飲み干し、「ごちそうさん」と空き缶を返してきた。

「矢口。お前なんだったら、メシ食ってきてもいいぞ」

「いや、そんな。いいですよ、まだいくらか食べる物ありますし。何かご希望があれば、あとで俺が買ってきますし」

それよりも慶太は、栗山と何か話がしたかった。昨夜からずっと単独行動で、その上栗山には合流した途端仮眠に入られてしまった。若干、生身の人間との会話に飢えていた。

「……あの、栗山さんて、独身でしたよね」

「うん。なに、いきなり」

「いや、なんかあんまり、そういう話、したことなかったなって」

「そうだね」

沈黙、十秒。あまりこの話題を広げる気は、少なくとも栗山にはなさそうだった。

「あ、そういえば例の、ブランドの『Ｑｒｏｓ』って、あれどういう意味なんですかね。由来とか、なんかあるんですかね」

フッ、と栗山が笑いを漏らす。

「お前、知らないで会議とか出てたの」

「ええ。なんだろな、と思ってたんですが、調べる機会とか、特になくて」

「クワジマリュウヘイ、オフィシャルシリーズ、の略」

「ああ、あの、桑嶋隆平のイニシャルですか」

桑嶋隆平といったら、海外でも評価の高いファッションデザイナーだ。

「でもなんで、桑嶋のイニシャルなんですか。確か『Ｑｒｏｓ』の社長って、増井とかいう、商社出の人ですよね」

「そこは俺もそんなに詳しく知らないけどね。ま、要は担がれたんだろ。数多あるファストファッションの中でこれから伸していこうとするんだったら、他とは違うコンセプトが必要なのは自明の理だ。そこに桑嶋隆平の名前があったら、単純に箔（はく）はつくからな」

箔なんて、つくだろうか。むしろ慶太のように、その由来すら知らずに着ている人間の方が圧倒的に多いと思うが。何を隠そう、慶太が今日着ているインナーTシャツは「Ｑｒｏｓ」だ。二枚で九百九十円のやつだ。同じデザインで色違いのもあと四枚持っている。

「いや、でも、桑嶋隆平だったら、イニシャルは『Ｋ・Ｒ』じゃないですかね」

さっきより強めに、栗山が噴き出す。

「……知らないよ。『Ｋ』より『Ｑ』の方がカッコいいとか、その程度の理由だろ。じゃなかったら、ひょっとしたら『Ｋ』だと読みが『クロス』になっちゃって、英語圏では逆に受けが悪いのかもよ。こんな安物ブランドの名前に『クロス』なんて、キリスト教に対する冒（ぼう）瀆（とく）だ、とかなんとか」

「はあ。なるほどね……」

他にも事務所絡みの裏話、仕事とは全然関係ない野球の話、学生時代にやっていた部活の話などでしばらくは時間がもった。栗山は、中学時代は陸上部、高校ではボート部、大学に入ってからは音楽系のサークルでドラムを叩いていたと明かした。ちなみに慶太は中学はサッカー部、高校はラグビー部、大学では落語研究会に入っていた。

「マジで、落語やってたの？」

「ええ、まあ……ほとんど、部室でタバコ吸って、酒飲んでただけですけど」

「今でもなんかできるの」

「いや、全く。一つも満足に覚えてないですね」

「そうはいっても、なんかあるだろう。満足じゃなくても、短いのでもいいから、なんかやってよ」

「いや、無理ですよ。それに俺、全然才能なかったみたいで。当時も、一つも笑いとれなかったですからね」

途中、交代で一回ずつ公園のトイレに行き、座席も前後入れ代わったり、慶太も仮眠をとったりした。

そして夜の八時半。買い置きの食料も底をついたので、慶太がコンビニに行くことになった。

「何がいいですか。弁当とか、サンドイッチとか」

「俺は、お握りがいいかな。ツナマヨ、昆布、あと混ぜご飯系」

「スナックとかは」

「俺、菓子類はあんま食べないから。だったらタバコ買ってきて。ラークマイルド」

「了解です」

慶太にしてみれば、先輩に張り込みを任せて外出するのは申し訳ない、という思いがあった。なので、コンビニまでは小走り。買い物は目的のものだけで、雑誌の立ち読みもせず、自分の分だけ弁当にしてレンジで温めてもらうようなこともせず、最短で戻ってきたつもりだった。

だが、もう一つ角を曲がれば車が見える、というところで栗山から電話が入った。

「はい、もしもし」

何か追加ですか、と訊く前に、

『今どこだッ』

栗山の怒声が左耳に突き刺さった。

「もう、一つ手前の角ですけど、何か」

『いいから早く戻ってこい』

なんだ、藤井が帰宅したのか。それともボルボが出庫したのか。

残りの三十メートルほどはダッシュ。慶太は飛び込むように運転席に乗り込んだ。

「なんすか、藤井、動いたんすか」

「違う、いいからあのタクシーを追え」

タクシー？　いま角で停止して左ウィンカーを出している、あれか？

「分かりました」

エンジンを始動させ、サイドブレーキを解除したらアクセル全開。そうはいってもオンボロの軽だから、すべり出しは決してよくない。すでにタクシーは角を左に曲がっている。追いつける自信は、正直言ってあまりない。

同じ角まで行って、慶太も左にハンドルを切る。運よく一つ先の信号でタクシーは引っかかっていたが、すぐに青になり、また走り出されてしまった。

「栗山さん、あれに、藤井が乗ったんですか」

「違う。女だ」

女。

「えっ、藤井と女が現われて、女がタクシーに乗っていったってことですか」

「違う、その女じゃない……『Qros の女』だ」

「ハァ?」

タクシーの曲がった通り、慶太も左折して本郷通りに出る。

「『Qros の女』が、なんであんなところに」

「知らないよ俺だって。でも通ったんだ。この車のすぐ横を通って、あのマンションの方に歩いていったんだ。それで、たまたま通りかかったタクシーに乗り込んで走り出した。電話して、お前がまだだったら置いていくつもりだったが、もうすぐだって言うから」

「置いてけ堀」は免れた、というわけか。

「その、『Qros の女』ってのは、確かなんですか」

「ああ。サングラスも帽子もなし、髪型もCMのままだった。身長は、藤井よりちょっと低いくらいだから、おそらくヒールなしなら百七十センチ前後。いま履いてたのはブーツで、見た感じは百七十五センチくらい。引き算したら、ちょうどだろう……間違いないぜ、矢口。あれは『Ｑｒｏｓの女』だ」

栗山の気配が少し後ろに遠退く。

「ちなみに写真も撮った。感度は限界まで上げたんだが、上手く撮れてるかな」

タクシーは延々、本郷通りを真っ直ぐ走っていく。東大の赤門前を通過し、湯島聖堂前で右折、どんどん会社のある神田方面に近づいていく。

「どこ、向かってるんですかね」

「駒込からこっちちっていうと……まあ、東京駅かな」

どうも、そのようだった。大手町も通過して、タクシーは東京駅丸の内口のロータリーに入っていく。

「そこで停めろ、お前はここで待っとけ」

「はあ」

慶太が路肩に寄せると、栗山はスライドドアを開けて飛び下り、そのままドアを閉めもせずに全力疾走。あっというまに慶太の視界から消えてしまった。

「こんなとっから追いかけて、追いつけるんかな……」

いったん降りてスライドドアを閉め、運転席に戻って、もうちょい丁寧に路肩に寄せて、慶太は栗山を待った。

停車するにしては道幅が狭く、若干気まずい場所だった。

オンボロ軽の右横を、さも迷惑そうにタクシーが追い抜いていく。あとからあとから、赤いテールランプが慶太の目の前にすべり込み、次々と駅前ロータリーに入っていく。

栗山が戻ってきたのは、それから二十分ほどしてからだった。

助手席の前に立ったので、慶太はコンビニ袋をどけて迎え入れた。

「お疲れさまです。どう、でしたか」

帰りは歩きだったのか、さほど息は切れていない。

「……駄目だった。電光掲示板を確認してたから、たぶん新幹線だ。けっこう急いでたから、あのタイミングだと、東北新幹線だったのかな。俺、うっかり財布置いてっちゃったからさ。改札も入れなかった」

「東北新幹線……ってことは、『Ｑｒｏｓの女』は、東北人ってことっすか」

上半身を捻って、栗山が後部座席に手を伸ばす。

「知るかよ。仕事かもしれないだろ。実物もかなりのモデル体型だったから、ひょっとしたら、東北でそういう仕事でもしてるのかもな。最近、あっちでも頻繁にイベントとか開催されてるし……」

栗山が手にしたのは、黒い小型のデジタルカメラだった。

「それに、高感度モードが付いてるんですか」

「ああ。見てみろ」

何度かボタンを押してから、背面のモニターを慶太に向ける。

そこには——。

「……あ、ほんとだ。あの娘だ」

ちょうどタクシーを拾おうと、振り返った瞬間だろう。やや眉をひそめてはいるが、あのCMの娘にそっくりな女が写っている。

明るい色のハーフコートに、黒っぽいミニスカート。腿(もも)から膝(ひざ)は素足か、肌が露出しているように見える。黒系のブーツの脹脛(ふくらはぎ)辺りにはファーが付いている。確かにスタイルは抜群だ。花柄のキャリーバッグをトランクに収納する場面では、顔もかなりはっきり撮れている。横顔なんて、まさにCMで藤井を見上げていたあの女、そのものといっていい。

栗山が、アゴをしゃくってカメラを示す。

「……これ、使えよ。お前の名前で、記事にしていいぞ」

え、マジっすか。

第二章

1

栗山孝治は生粋の芸能記者だ。

都内の三流私大を出て、最初に勤めたのが「スクープの真相」を出版していた天神出版。「スクープの真相」休刊を機に文秋社の「週刊文秋」編集部に移ったが、「真相」で培った取材ノウハウ、人脈がものを言い、入社当時から即戦力と重宝がられた。

「真相」でも「文秋」でも、その後に移った陽明社の「週刊キンダイ」でも、担当はもっぱら芸能記事だった。別に、芸能界に特別な興味があったわけでも、個人的な憧れがあったわけでもない。単に「真相」時代に割り当てられた仕事がそれであり、こなしているうちに自然とスキルが備わった。それだけのことだった。

ではなぜこの仕事を続けているのか。一番に挙げるとしたら、それはむろん「できるから」「人並みに稼げるから」ということになる。今の世の中、フルで働いても衣食住がやっとという仕事は少なくない。そういった意味では能力を認められ、それなりの対価も得られているのだから、これまでも今も、雇用してくれた会社には感謝している。今のところ、金銭面でとりたてて大きな不満はない。

一方、精神面はというと、少々複雑になる。

芸能界に特別な思いはないが、あえて言うとしたら「贖罪(しょくざい)」となるだろうか。自分は何も考えずにこの仕事を選び、続けてきてしまった。今さら他に何ができるわけでもない。しかし仕事をすれば、ときには誰かを傷つけることもある。いや、ほとんどの芸能報道が、誰かにダメージを負わせることによって成立している。それでも自分は続けていくしかない。であるならば、せめて自分だけは、白を黒と書くような過ちは再び犯すまい。たぶん、そういうことなのだと思う。

人は通常、何かしらの承認欲求を持っている。最も基礎となるのは、子供の親に対するそれだろう。そして人間は成長するに連れ、親以外の他者からも承認されることを望むようになる。友達、先生、異性、社会と、その対象は次第に多く、大きくなっていく。

栗山自身、今現在交際している女性はいないが、そういう相手が欲しいとは思っているし、所属部署や会社を通じて社会と繋がっていたいとも思っている。具体的にその欲求が充たされたと実感できるのは、やはり自ら執筆した記事が雑誌に掲載され、店頭に並んでいるのを確認したときだろう。その記事が話題になり、他誌やテレビなど他のメディアでも取り上げられたりすると、さらなる充足感を得ることができる。

そう考えると、芸能人というのはその承認欲求が人一倍強い人種、と定義することができる。モデルだろうが役者だろうが、芸人だろうがミュージシャンだろうが、己という存在を直に世に晒し、広くかつ強く承認されたいと願っている。自ら望んで業界に入ったかどうかは問題ではない。生活の糧を得る手段として、その職業を続けていること自体がその証明である。

確かにその点において、芸能人は非凡な存在である。容姿、演技力、歌唱力、なんでもいいが、生身の体を駆使しての表現こそが彼らの承認獲得活動になる。ダンサーなどもこれに含まれるかもしれない。芸術家や職人、勤め人といった、自分の肉体とは別の何かを生み出そうとする人種とは、そこが決定的に違う。彼らにとっては自分という存在そのものが作品であり、商品であり、承認の対象であり、同時に生活者でもあるのだ。

栗山の書く記事は確かに栗山のものだが、決して栗山自身ではない。ボツになろうが読み飛ばされようがゴミ箱に捨てられようが、さほど傷つくことはない。だが芸能人はどうなのだろう。自身という存在そのもので承認が得られなかったら、果たしてそれに耐えられるだろうか。自分の写っているチラシが路上で踏みつけられていたら。誰かが街に貼ってあるポスターを指差して「この人嫌い」と言っているのを目にしてしまったら。ネットで散々こき下ろされていたら。自分だったら耐えられないだろうと思う。だからこそ自分は、出版社という傘の下の、編集部という砦の中から細々と承認活動を続けているのだろう。

ある面において、芸能人に対するサディスティックな欲求を覚えることは、間々ある。自身を晒すことにどこまで耐えられるのか。それを確かめてやりたい、見極めてやりたいという黒い衝動だ。しかし、それが思わぬ方向に進み始め、終着点すら見えない坂を転げ落ちていくこともある。栗山も過去に経験がある。そうなったらもう、一介の記者に過ぎない自分にはどうすることもできない。転げる石はどこで止まるのだろうと、ただ指を銜えて、自身の視界から消えてくれるのを待つのみである。あとは会社になんとかしてもらうしかない。

あれは正直言って、つらい。

今の栗山にできるのは、もうあんな記事の書き方はすまい、そう自身に言い聞かせることくらいだ。


業界が長ければ付き合いも広くなる。それで有利になるのは、主にリークを元ネタにした記事のときだ。【今年の紅白　出る人出ない人】のような記事がその典型だ。

あらかじめ、去年の出場者に今年ブレイクしたアーティストを加えたリストを作り、そのマネージャーと面識があれば直接問い合わせる。

「大塚美紀ちゃん、今年はどうですか、紅白」

『うーん、まだちょっと、内定は出てないけどねぇ。でもたぶん、出れる感じだと思うよぉ』

この感触は危ない。リストには「△」としておく。

「分かりました。決定の知らせ、早くくるといいですね。決まったら、真っ先に教えてくださいね」

『もちろん、すぐ連絡するよぉ』

そんな取材の過程で、逆に訊かれることもある。

『ねえねえ栗山さん、島崎ルイが今年出れないかもって、ほんとなの？』

そう訊いてきたのは、やたらとルイをライバル視しているという噂があるシンガーソングライター、明日花(あすか)のマネージャーだった。ちなみに所属は「スマッシング・カンパニー」。

「いや、自分とこには、そういう情報入ってきてないですけどね」

『なんかねぇ、駄目らしいよ。あの娘(こ)ほら、精神的に不安定なとこあるじゃない。公開生放送だと、ほんとスタッフが大変だから嫌われてんだって』

これはもうモロに、そういうふうに書いてほしい、という願望以外の何物でもない。

「分かりました。ちょっとその線、こっちでも当たってみますよ」

とは言ったものの、そんな裏取りをするつもりは毛頭(もうとう)ない。

また、こんな拾いネタもあった。

「折井ゆうこさん、今年の紅白、どんな感じですかね」

『うん、お陰さまで。内々には決定と伺ってます』

「本当ですか。それはよかったですね、おめでとうございます。となると、七年連続ですか。もう演歌枠ではすっかり常連ですね」

『いやいや、演歌で七年なんて。まだまだ「ぽっと出」ですよ』

　すると急に、折井のマネージャーは声をひそめた。

『あの……それとは全くの別件なんですけど。栗山さん、ちょっといいですかね』

　このニュアンス。リークの予感。

「ええ。なんでしょう」

『沢口宏美、分かりますよね』

「ええ、女優の。先日離婚された」

　ただし、沢口宏美はこの事務所の所属ではない。

『いやね……沢口さんの知人と、私もちょっと付き合いがあって。その人がね、ぜひとも沢口さんの言い分を聞いてほしいって言ってるんですよ。ほら、沢口さんの旦那さんって、岡山だかどっかの病院の御曹司でしょう。結局はお金目当てだったのか、みたいに言われがちじゃないですか』

　実際、他誌にはそういう記事が出ていた。そもそも沢口宏美の、女優としての評価はここ数年パッとしなかった。それもあって、今回の離婚は一般的にネガティブなイメージで受け止められている。少なくとも、栗山はそんなふうに見ていた。

「沢口さんの言い分としては、決してお金目当てではなかったと」

『もちろんですよ。彼女はね……いや、ここから先はその知人か、沢口さん本人から聞いてもらった方がいいですかね。よかったら、連絡先教えますけど』

記事にできるか否かの感触は、まあ、半々といったところか。

「ええ、じゃあ連絡先、教えてください。私のメールアドレス、ご存じでしたっけ」

『はい。前にお名刺、頂戴してましたよね……ああ、あったあった。この、陽明社のアドレスで』

「はい、そこ宛てにお願いします」

そんな事情もあり、ここ数週間は紅白ネタ、沢口宏美ネタ、まだ会議にはかけていないが「Ｑｒｏｓの女」ネタ、他にも二、三本、並行取材をする状態が続いていた。

その週末。栗山は「『Ｑｒｏｓの女』が六本木でキャバ嬢をしている」という情報を入手し、急遽現地に向かった。

だが、指名して栗山の席についたその女の子は、

「初めましてェ、ナツコでぇす」

確かに、横顔にそれっぽい雰囲気はあるものの、明らかに「Ｑｒｏｓの女」より十センチ以上背が低く、決して魅力がないという意味ではないが、胸もお尻も出っ張り過ぎている、ひと目見て違うと分かる別人だった。

「どうも、初めまして」

水割りを三杯飲み、乾き物を適当に摘んで、一時間ほどでその店は出た。

時計を見ると、まだ八時前。

なぜそれを思いついたのかは、自分でも確かなところは分からない。ただ、足の向くままに電車を乗り継ぎ、新百合ヶ丘まで来てしまった。改札を出たのが八時五十分。まだ間に合う。そう思った。

駅北口に立つと、ロータリーの歩道に傘がいくつか行き来していた。アスファルトもしっとりと黒く光っている。街灯に目をやると、細かい雨が風に流され、宙を舞っているのが見えた。だが、目的地はさほど遠くない。長居するつもりもない。駅構内に戻ればビニール傘くらい買える店はあるだろうが、あえてそうはせず、栗山は歩き始めた。

ロータリーを迂回して左。百何十メートルか行った辺りにある、マンションの一階。テナントで入っているクリーニング屋。よかった。まだ明かりは点いていた。

ここに来て、何をどうするつもりもなかった。ただ、彼女が元気で働いているかどうか、それをほんの少しだけ、出入り口のガラス越しに見て、それで帰るつもりだった。

しかし間の悪いことに、ひょいと栗山が覗き込んだ瞬間に、気づかれてしまった。彼女の姉、遠藤千春に。

千春はすぐそこ、接客用カウンターの中にいた。何かカードの束のようなものを手にしていたが、それをレジスターの脇に置くと背後、クリーニング済みの服が無数にぶら下がっている通路を見やった。そしてまたすぐ、こっちに向き直る。栗山の位置から、通路に誰がいるのかは見えない。ただビニールに覆われたジャケットや、コートの肩が並んで見えるだけだ。

険しい顔をした千春が、カウンターを迂回して出てくる。ドアマットを踏み、自動ドアが開くなりこっちに飛び出してくる。

栗山は小さく一礼した。そうしてみて初めて、睫毛から雫が落ちるほど自分が濡れていることに気づいた。

千春が眉をひそめて溜め息をつく。

「……もう、ここには来ないでって、お願いしましたよね」

それには、頭を下げるしかない。

「すみません。近くまで来たもので……つい」

「会社からお金もいただいてます。もう、妹のことは忘れてあげてください。元気にやってますから。最近ようやく、笑ってテレビを見られるようになったんですよ。だから……もう放っといてください。妹にも、あの頃のこと……早く忘れさせてあげたいんです」

もう一度、詫びるつもりで頭を下げた。だが、栗山が即座に踵を返さなかったからか、千春は続けた。

「栗山さんに……責任はともかく、悪意がなかったことは理解しています。裁判までは致し方ないとしても、その後のことに関しては、会社の対応にも納得しています。もし、本当に悪いと思ってるんだったら、なおさらここには来ないでください」

最後は、こくんと頭を下げて、千春の方から離れていった。

栗山は誰もいない地面、店から漏れる明かりで白んだアスファルトに一礼し、ようやく駅の方に爪先を向けた。

馬鹿だった。

久岡リナ。主役を張れるほどではなかったが、何作かは女優としてドラマに出演し、たまにはバラエティ番組の雛壇にも座り、写真集も二冊出せるくらいには、彼女は有名人だった。小柄で、くりっとした目が愛らしかった。今どきのアイドルにしたら決して細い方ではないが、ちょっと肉付きがいいくらいを好む男性は少なくない。彼女を支えていたのは、そんなファンだったのだと思う。

共演した若手俳優、特に売り出し中の男性アイドルとの噂が絶えない娘だった。記事になるほどではなかったが、今度は誰々だってよ、誰彼かまわずらしい、程度の噂は自然と耳に入ってきた。噂を耳にすれば「そういう娘なんだ」というイメージに自然と引っ張られていく。それは芸能記者だろうと変わらない。久岡リナは恋多き少女。栗山の中にも、そんな認識が定着していった。

「週刊文秋」に在籍していた時代。栗山は久岡リナのスキャンダルを一本抜いた。前クールのドラマで共演したアイドル俳優、筒井稔之（つついのりゆき）との熱愛報道。これまでも恋の噂が絶えなかったリナ、果たして筒井は本命か？　そんな切り口で書き飛ばした。

記事の掲載号が出た二週間後、リナは睡眠薬を大量に服用して自殺を図った。幸い一命は取り留めたが、その後も一ヶ月ほど入院を余儀なくされた。通院は八ヶ月に及んだという。

リナには付き合って三年、結婚の約束もしていた恋人がいたが、記事を読んだ彼に別れを告げられ、それを苦に自殺を図ったということだった。のちに久岡リナと所属事務所は文秋社を相手取り、民事訴訟を起こした。

そこで、記事の内容全てが事実無根であることが明らかになった。

誰彼かまわず共演者に手を出す、という噂はライバル事務所に所属する同期の女性タレントと、そのマネージャーが流していたデマだった。理由はむろん、リナを蹴落（けお）とすためだ。さらに栗山が迂闊（うかつ）だったのは、情報屋が売り込んできた証拠写真を、裏も取らずに本物と信じてしまったことだ。実際、筒井に跨（またが）ってキスをしている写真の女性はリナによく似ていたが、専門家が鑑定したところ、骨格的には別人であるとの結果が示された。また、その写真に写っているのは私ですと、本人にまで証言台に立たれてしまった。文秋と栗山に勝ち目はなかった。

何よりつらかったのは、リナ自身の言葉だ。

あの写真の女は自分じゃない。リナは泣きながら恋人に弁明したが、彼の誤解を解くことはできなかった。それればかりか、彼は「お前がネットで、すげーヤリマンとか書かれてんの、俺が知らないとでも思ってんの」と返したという。リナは口頭弁論で、別れを告げられたことよりも、彼が自分のことを信じてくれなかった、自分よりもネットやマスコミを信じたことがつらかった、と語っている。

その久岡リナの本名が、遠藤亜矢。千春の妹だ。

栗山はこの裁判が結審するのと時期を同じくして、文秋社を退社。陽明社の「週刊キンダイ」編集部に入ったのは、それから一年半後のことだ。

正直、もう芸能報道をやる資格は、自分にはないと思っていた。だが当時の次長、現在の「週刊キンダイ」編集長の林田に説得され、復帰を決意した。

「栗山。確かにお前はしくじった。だが、ただ逃げてるだけじゃ、その失敗すら活かされないんじゃねえか？　悔やんでんだったら、テメェの傷口に、テメェで塩塗り込めよ。進んで痛い思いしろよ。俺に言わせりゃ、お前の傷なんざ、ただのかすり傷だ。もっとボロボロになれよ。血の小便垂らしながら、十年二十年、書き続けてみろよ。今のお前じゃ、まだ規定打席にも届いてねえ。良いの悪いの、評価できるレベルにもねえんだよ」

林田の言葉の何がよかったのか、それは自分でもよく分からない。

でも、もう一度。

そう思ったのは事実だった。

2

人とは忘れる生き物であり、自ら苦痛を求める生き物であり、しかし、それすらもまた忘れる生き物である。

日々の仕事に追われているときは、しばらくのんびり過ごしたい。切実にそう思う。五つも六つもネタを抱え、取材を並行させながらそのうちの一つに絞り、会議で企画を通し、記事にできるくらいネタを詰めたら原稿にする。その間もちょっとした空き時間を利用し、関係者への電話連絡に勤しむ。あの件、どうなりましたかね。お世話になってます。先日の件、引き続きよろしくお願いします。

だがネタは生もの。いくつかストックしているつもりでも、温めているうちに旬を逃してしまうことも、他社に抜かれてしまうことも、自然と立ち消えになってしまうこともある。

そうでなくても、急に外部からのインプットが途切れることがある。理由もなくネタが拾えなくなる、いわばスランプのような状態だ。

そういうときは頭を切り替え、これは神様が休めと言っているのだと割り切り、仕事をセーブしてしまえばいいのだろうが、悲しいかな栗山はそれができる性格ではない。手元のネタが枯渇しそうになったら、それまでよりさらにガムシャラに動き回ってしまう。スランプをハードワークで吹き飛ばそうとしてしまう。そして適当にネタが集まってきて、いつものペースを取り戻してみて、初めて思い出すのだ。

俺、少しのんびりしようと思ってたのに、と。

そういった意味では、今はわりとニュートラルな状態かもしれない。紅白と沢口宏美のネタを両睨みしつつ、「Ｑｒｏｓの女」についての調べを進めている。企画会議はストックしてある小ネタと、取材中に仕入れたリークネタの抱き合わせでやり過ごす。あの人とこの人はすでに冷え切っているとか、大河ドラマの現場でこんなことが起こっているとか。

一方「Ｑｒｏｓの女」については、大雑把にいえばふた通りの調べ方があると栗山は思っている。一つは、ＣＭ撮影現場にいた人間に訊く方法。もう一つは、ネットに上がっている情報の真偽を精査する方法だ。

栗山はまず、現場関係者から当たり始めた。最初は格闘家の近藤サトル。彼が一番、簡単に喋ってくれそうだったからだ。

アポを取り、平日の夜に所属ジムを訪ねた。

「近藤選手、お疲れさまです。『週刊キンダイ』の栗山です……これ、差し入れです。使ってください」

スポーツドリンクのパウダー、ひと箱。

「あ、すみません。ありがとうございます」

本格的なスパーリングを始める前の、ちょっとした休憩時間。いま世間では、あのCMに出ている女性が話題になってますよね、と振ってみると、近藤は手にバンデージを巻きながら曖昧(あいまい)に頷いた。

「うん、彼女ね……まあ、綺麗ですよね」

個人的にはさして興味がない、といったところか。

「現場では、お会いになった？」

「いや、会ってないですね。藤井さんとはお会いして、ご挨拶しましたけど、撮影は別々でしたし。あの女性とは、直接はお会いしてないです」

「撮影してるところも、ご覧にはなってないんですか」

近藤は「見てないですね」とかぶりを振る。

「あのCM、スタジオじゃなくて、本物の一軒家を借り切って撮ってるんで、一応キャストは一堂に会してるんですよ。でも入り時間とかは微妙にズレてて。CMでは、まず俺の庭のシーンで、次が福永瑛莉さんでダイニング、島崎ルイさんがピアノ、そっからリビングに移って、藤井さんとあの女性のシーンでしょ。ただ、撮りの順番はまずルイさん、次が俺、福永さんで、最後が藤井さんたちだから。俺、ルイさんの撮影と福永さんのリハは見かけましたけど、藤井さんたちが撮り始める前に現場出ちゃったんで。結局、あの女性とは会わずじまいだったんですよ。今はそれ、ちょっともったいなかったなって、後悔してます」

最後に、バンデージのテープを手首のところで留める。

栗山は「現場はどうでしたか」と訊いた。

「……なんていうか、ゴチャゴチャしてましたよね。スタジオ撮影より。事務所の人もいろいろいたみたいだし、女性は、それぞれスタイリストとかいたのかもしれないし。あと、クライアント？　Ｑｒｏｓの方もいらしてましたから。俺なんて、支度はここでいいですか？とか言われて、割り当てられたのって、二階の廊下の突き当たりですからね。途中にあるドアを開けて、一応目隠しはしてくれましたけど、基本、そこ通路ですから。室内じゃないですから。ああ、俳優さん、女優さんと違って、やっぱ格闘家って裸の商売だと思われてんだなって、思いましたよ」

別の日には島崎ルイの関係者にも話を聞いた。ルイからマネージメント業務を委託されている、フェイス・プロモーションの梶尾専務だ。フェイスプロのタレントは「キンダイ」の巻頭グラビアにもよく登場しているので、話はしやすかった。

場所は代々木の寂れた喫茶店。

「梶尾さん、『Ｑｒｏｓの女』について、何か知りません？」

ああ、と若干嫌そうな顔をしてから、梶尾はタバコに火を点けた。

「栗山ちゃんもアレ、追っかけてんだ……いや、どうなんだろうね。俺は何も聞いてないけど」

「でもルイさん、現場一緒でしたよね」

ダメダメ、と梶尾が、扇ぐように片手を振る。

「あの娘は、周りとかなんにも見てないから。人の顔も名前も覚えないし、基本、話も聞いてないから。マネージャーはマネージャーで、現場でずっとルイのインタビュー原稿、チェックしてたらしいし。あの娘、失言が多いからさ。大変なのよ、記事まとめるのも」

そう言って梶尾は「アハハ」と笑った。確かに、島崎ルイにはそういうところがありそうだ。

「ルイさん、言ったら、とんでもないお嬢さまですもんね」

しかし、梶尾はそれにかぶりを振った。

「いや、あの娘の天然は、そういうのとはちっと違うんだ。確かにお嬢だけど、そうじゃなくてさ。あの娘はもうほんと、まるっきり音楽のことしか頭にないわけ。だからさ、性格は全然違うのに、うちの夏美とは妙にウマが合うんだよ。この前も十人くらいで一緒にハワイ行ってさ、でも二人は全然ビーチになんて出ないわけ。ずーっと二人で、部屋で音楽聴いてんだよ。あと、こんなちっちゃな、ウクレレみたいなギター。それを二人で、ずーっと部屋で弾いてんの。ようやく出てきたのは夕飯のときだよ。オメーら、何しにハワイまで来たんだって。そんなんなら、浦和のビジネスホテルだって一緒だろ、って」

その後もしばらく、梶尾はルイと夏美の話を続けた。栗山は、それはそれで面白く聞いていた。何か別のネタに繋がったり、広がったり、ポロリと暴露話が聞けたりするかもしれないからだ。

別に、それでかまわないと思っていた。取材なんてものは半分が空振り、もう半分はストック、残りのほんの一部が偶然記事になる。そういうものだ。

しかし、その偶然とは、大抵こんなふうに訪れる。

梶尾がなんの前触れもなく、ぽっと表情を明るくした。

「そういや俺、あの『Ｑｒｏｓの女』によく似た子、どっかで見たことあるな」

「おっ、いいですねェ、さすがカジさん……ってそれ、どこで見たんです？」

梶尾は腕を組み、しばし首を捻った。それだけでは思い出せず、途中から自分の携帯電話のメモリーを調べ始めた。

数分して、そのディスプレイを栗山に向ける。

「……ほら、これ。この子」

それは、どこかの飲み屋で撮られた一枚だった。コンパニオンは四人。ドレスはそれぞれ赤、白、紫、ゴールドのラメ。赤と白の間に梶尾、白と紫の間には、明らかに堅気ではない厳つい男が挟まっている。写っているのはその六人。

「どうだ。似てるだろ」

「ええ。似て……ますね、確かに」

梶尾が指差しているのは白いドレスの子だ。確かに「Ｑｒｏｓの女」っぽい雰囲気はある。顔立ちもよく似ているし、上半身の感じからしても、スタイルは相当よさそうだ。

しかし、問題はその他のメンバーだ。あるいは店のカテゴリーだ。

「……でも、カジさん。ここ、明らかにオカマバーですよね」

「まあね。正確に言うと、ニューハーフ・ショーパブだけどな」

どう見ても赤いドレスを着ているのはオッサンだし、紫のは白塗りの化け物だし、金ラメに至っては平気でヒゲを生やしている。この中では確かに、白の子が格別に美しい。しかし、それを以てよしとすることはできない。

「いや、カジさん、これはないですよ。いくらなんでも」

「そうか？　俺はあながち、ないとも思わないけどな。どういう経緯かは分からないが、このミクちゃんがひょんなことからＣＭ出演することになった。しかもこの子の素性を、制作会社もクライアントも知らないまま。やがてＣＭがオンエアされ、評判になった段階で、ようやくクライアントと制作サイドに情報が回ってくる。あれ、実は男らしいですよ、ってな。そういうストーリーだよ」

梶尾はニヤリとし、さらに続けた。

「そこでＱｒｏｓが、慌てて関係筋に箝口令を敷くわけ。自分のところのＣＭにオカマが出てるなんてあり得ない、絶対に漏らすな、ってな。これはもう、時代とか世論とかの問題じゃない。ジェンダーだの差別だのって次元でもない。単なる好き嫌いさ。増井社長か桑嶋隆平のどっちかが、大のオカマ嫌いなんだよ」

一応、エピソードとしては成立しているようにも思うが、だったらＣＭを打ち切ってしまえば済むことのようにも思う。

「ちなみにその、二人のどっちかが大のオカマ嫌い、ってのは本当なんですか」

「いや、俺のイメージ。豊か過ぎるイマジネーション」

これは、どうだろう。

「Ｑｒｏｓの女」は、実は男だった説。

それでも、そのニューハーフをこの目で確かめてみたい、くらいの興味は覚えた。

新宿歌舞伎町にあるショーパブ「エンジェルダスト」。さして大きな店ではない。カウンターの他にはボックス席が四つ。奥の方には小さな舞台。店の子が踊らないときは客がカラオケを唄ったりもする、かなり敷居は低めのステージだ。

「初めましてエーッ、よろしくでぇーす」

時間が早かったせいか、栗山のテーブルにはいきなり複数の女性、ではなくオカマが付いた。そのうちの一人が、橘ミク。きっちり指名料三千円を取られたが、これは致し方ないところだろう。あとは「お邪魔しまーす」と濁声で割り込んできたヒゲオカマ、干し芋のように乾びた骸骨オカマ、計三人。

「はい、じゃあカンパァーイッ」

確かに、ミクは直に見ても「Ｑｒｏｓの女」によく似ていた。艶々のストレートヘア、丸く広い額、パッチリとした黒目勝ちの目、やや大きめの口。そのせいか、ちょっとした笑みがやたらと華やかに見えた。これは「Ｑｒｏｓの女」かどうかは別にしても、なかなかのタレント性だと思う。

「はい、どうぞ」

水割りを受け取ったタイミングで、それとなく訊いてみた。

「ミクちゃんてさ、なんか、コマーシャルとかに出てない？」

すると、いち早く反応したのは骸骨だった。

「あれでしょ、ＱｒｏｓのＣＭの子でしょう？　アタシもォ、すっごい似てると思ったのォ」

ここぞとばかりに、ヒゲも濁声でかぶせてくる。

「この前さ、別のお客さんも言ってたのォ。ミクちゃん指差して、あの娘、藤井涼介ちゃんに抱き締められてる娘じゃないの？　って。ちょっと、どうなのよミクちゃん。アンタ、もし藤井ちゃんにダッコされたんだったら、今からでもいいからアタシにダッコされなさい。間接ダッコよ、間接ダッコ」

ちょっと、と骸骨が反撃に転ずる。

「ヤーよ、それだったらアタシが先よ。アンコ姐さんのあとじゃ、アンコ姐さんとの間接ダッコになっちゃうもの。ミクちゃん、アタシを先にお抱きッ」

よくもまあ、一つ質問しただけでここまで無駄に盛り上げられるものだ。当の、ミクのリアクションが薄いことなどまるでおかまいなしだ。

合間を見て栗山が訊く。

「まさか、本物……だったりして？」

ミクが、ちょっと上半身を引きながらかぶりを振る。

「やだ、ないですよ。だって、Ｑｒｏｓでしょ？　出てるの、みんな有名人ばっかじゃないですか。そんな……ねえ？　歌舞伎町のニューハーフなんかが、出られるはずないですよ。ああいうのは、別世界のおとぎ話ですって」

そうは言うが、ミクは間近で見ても女としか思えない、かなり完成度の高いニューハーフだった。声がずっと裏声、というのに多少の違和感を覚えるくらいで、それ以外はもう、完璧に女としか思えないルックスをしている。黒いドレスの襟元に覗く谷間、キュッと細く絞ったウエスト、膝下を斜めに揃えた脚。全てが一枚の絵のような美と調和を持ち、なお現実として目の前に存在している。本物の女性でも、このレベルに達するのは容易ではあるまい。

ミクが、小首を傾げながら栗山を見る。

「お客さん、お仕事とか、伺ってもいいですか？」

「ああ、そうだったね」

栗山はポケットから名刺入れを出し、一枚抜いてミクに向けた。すると、餌の匂いを嗅ぎつけた鮫の如く、ヒゲと骸骨が「アタシもアタシも」と騒ぎ出す。

二人にも一枚ずつ渡すと、骸骨が「あらーん」と妙な声を漏らす。

「週刊誌の記者さんなんじゃない、ヤダーん」

「あら、ガブちゃん。何が嫌なのよ」

「だってこのお客さん、きっとアタシのプライベートを探るつもりなのよ。それが狙いに違いないわッ」

そんな骸骨とヒゲの会話を聞きながら、栗山は適当に合わせて笑っていた。だから、ミクがいつそれを取り出し、掛けたのかは分からなかった。

「……あれ、ミクちゃん」

再び隣を見たとき、ミクはお世辞にも洒落ているとは言い難い、野暮ったいデザインの黒縁メガネを掛けていた。右の蔓を摘んでピントを合わせ、栗山の名刺を注視している。

「あ、ごめんなさい。コンタクト、昨日失くしちゃって。私、コンタクトしてないとなんにも見えないんですよ。メガネもね……もうちょっと可愛いの、作らないとな、とは思ってたんですけど……はあ、『週刊キンダイ』なんですね。私もたまに読みますよ」

「きみッ」

栗山は思わず彼女、いや、彼の細い両肩を掴み、強引に自分の方を向かせた。

「えっ……なんですか」

「ちょっと、いいから、このままでいて」

また骸骨とヒゲが妙な声をあげる。いやーん、映画のラブシーンみたーい。栗山っちィ、次はアタシを見つめてェ。よしなさいよ、アンコ姐さん。どうしてよ、いいじゃないの、栗山っち、けっこうアタシのタイプなんだから。それは気の毒よ、栗山っちにだって選ぶ権利はあるんだから、ねえ？　栗山っちィ、アンコ姐さんより、アタシの方がまだ許容範囲でしょう？

そんなやり取りは、全て無視した。

栗山はただひたすら、ミクの顔を見て思い出そうとしていた。

知っている。自分はこの子によく似た女を、知っている。

「Ｑｒｏｓの女」に似た橘ミク。彼がメガネを掛けた顔に、よく似た女性と、自分は過去に会っている。ということは、逆にその女性がメガネをはずしたら、それも「Ｑｒｏｓの女」に似ている可能性が高いということではないのか。

しかし、上手く思い出せない。

誰だ。黒縁メガネを掛けた、髪の長い、背の高い女。

頭の隅に、浮かびかけては消えていく、女の顔。野暮ったい黒縁メガネ。ミクが掛けていたのよりは、若干角張って（かくば）いたように記憶している。誰だ、この女は。たぶん、自分はその女性と会うのが目的だったのではない。誰か別の人と話をしていて、そこに彼女が偶然現われたとか、そういうことだ。現われたというか、視界に入ってきた。

つまり、その女性自身が芸能人なのではない、ということだ。それはそうだ。表に出る仕事をしている人間なら、もうとっくに名前がネットに上がっているはず。しかしそれは、いまだにない。誰々に似ている、という書き込みはあっても、「Ｑｒｏｓの女」は○○だ、という確定情報はどこにも上がっていない。

栗山も最初は、「ｗｉｌｌ　ｙｏｕ」というファッション誌の専属だった、森佑子（もりゆうこ）というモデルではないかと疑った。ネットにもその憶測は飛び交っていたが、それは森佑子が自身のブログにコメントしたことで完全に否定された。

【QrosのCMの子、可愛いですよねェ。羨ましい！　あんなに綺麗な方と間違われるなんて、逆に光栄です。でも、本当に違うんですよ。その証拠に私、藤井さんと並んだことありますけど、ほら、もっと身長差があるでしょ？　たぶん本物の方は、私よりもうちょっと背が高いんだと思います。海外で活動されてるモデルさんとかかも？】

背の高い、メガネを掛けた女。たまに携帯で撮った橘ミクの写真を見てはみるが、あまり見ていると彼のイメージばかりが刷り込まれ、もともと自分の中にあったものが消えていきそうになる。なので、たまに思い出す程度、数秒見るに留めておく。

誰だ誰だ、誰なんだ、この女は。

髪、ひょっとして結んでたんじゃなかったか。後ろで一つに。それに、自分はその女性に何かしてもらったような記憶がある。何か出してもらったのか。お茶か。いや、コーヒーだ。しかも紙コップではなく、ちゃんとしたボーンチャイナのカップでだ。ということは、スタッフか。付き人かヒラのマネージャーか。取材なら、仮に陽明社に呼んでの取材だったら、立場上こっちがコーヒーを出すことになる。ところがその逆だ。栗山が相手側の用意した場所に呼ばれて、取材をするというシチュエーションだ。

それで、コーヒーを出されるような場面。

よし、段々思い出してきた。これはたぶん、映画絡みだ。まとめてインタビューを受けられるよう設定された集中取材日。ホテルのワンフロアを借り切って、あちこちの部屋で出演者がインタビューに応じる、そういう日だ。栗山は普段、映画キャストへのインタビューなどまずしないが、たまたま人手が足りず、駆り出されたことがあった。あれは、どこだった。渋谷か、赤坂か、日比谷か。

そうだ。『罪の形』という映画で、栗山は福永瑛莉のインタビューをしたのだった。マネージャーの岩崎智弘（いわさきともひろ）に「栗山さんもインタビューとかするんですね」と冷やかされた。そう、あのときだ。配給や宣伝会社の人間だけでは手が回らなかったのだろう。岩崎は近くにいた若い女性に「コーヒー、淹（い）れて差し上げて」と命じた。

そうか、あのときの女か。

ということは、スマッシング・カンパニーの社員ということになるか。岩崎に言われてコーヒーを淹れたのだからそうだろう。

手帳で日付を確かめる。取材は三月六日の水曜日となっている。約八ヶ月前。今も彼女がスマカンに勤めているかどうかは分からないが、探ってみる価値はある。

探って、まだ勤めているなら会って、そしてできることなら、メガネをはずした顔を、拝んでやろうじゃないか。

スマッシング・カンパニーは、目黒区東山に本社を置く老舗(しにせ)芸能事務所だ。五階建ての自社ビルの、二階から四階までをオフィスとして使用している。五階を何に使っているのかは分からないが、一階には歯科医院が入っている。「芸能人は歯が命」というのを地で行っているわけだ。

午前九時半。本社周辺を徒歩で巡回しながら、福永瑛莉のマネージャー、岩崎に電話を入れてみる。二十回ほどコールしたが、出ない。現場への移動中、早朝から撮影中、昨夜が遅くて爆睡中。出ない理由はいくらでも考えつく。

十時になり、山手通りを挟んで向かいにあるチェーンの新古書店が開いたので、そこに入った。窓際に並べられた百円均一の文庫本を立ち読みしながら、スマカン本社を見張る。

この手の社に勤める人間の行動パターンは、概ね察しがつく。

現場でタレントのケアをするヒラマネージャーは、それこそタレントのスケジュール次第。朝早くも夜遅くも、泊まりも徹夜もあり得る。ヒラよりちょっと上、チーフマネージャー辺りは早くても十時、たいていは十一時か正午辺りに出社する。腕時計を確かめると十時半。現場直行でなければ、そろそろ岩崎も出社してきていい頃だ。

3

もう一度かけてみる。すると、今度は三コール目で出た。

『……もしもぉーし』

「どうも、お世話になってます。キンダイの栗山です」

『ああ、栗山さん。なんですか、こんな朝っぱらから……あれ、もう十時半か』

最初の数分は世間話。ちょっとしてから、映画『罪の形』を話題にしてみた。最近、同作が新聞社主催の映画賞を受賞したという、タイムリーな話題があるのも好都合だった。

『……そういや、栗山さんに記事書いてもらいましたよね。あれ、よかったですよ、実際。写真もいい感じだったし』

「ありがとうございます。でも瑛莉ちゃん、惜しかったですね。助演女優賞。あと一歩でしたもんね」

『ですねぇ……あれはでも、相手が悪かったですよ。倉持澄子さんだもん。あれを瑛莉が獲っちゃったら、逆に問題ですよ』

倉持澄子は「大」が三つもつくくらいのベテラン女優。彼女をノミネートしておいて賞を与えない、という状況を考えただけで、栗山は震えがくる。

そろそろ、本題をぶつけてみるか。

「そういえば、あの取材のとき、瑛莉ちゃんにサブで付いてた人、いましたよね」

一瞬間を置いてから、岩崎は逆に訊き返してきた。

『……瑛莉の、サブ？』

「ええ。インタビューのときに、アテンドで付いてた」

また少し間が空く。

『……いや、いないですよ、そんなの』

「じゃあ、たまたま助っ人で付いていてただけなのかな。ほら、僕にコーヒー淹れてくれた女性、いたじゃないですか」

『それは……宣伝の人じゃないですか？　制作とか、配給の。俺は、知らないな』

岩崎は普段から礼儀正しい男だ。状況がどうであれ、社外の人間に「コーヒー、淹れて差し上げて」などと指図するとは考えにくい。

では、どういうことなら考えられるのか。

むろん、この質問をはぐらかそうとしている。そういう結論に行き着かざるを得ない。だが、ここは一時撤退を選択する。

「そっか、宣伝の人か……いや、なんか急に、その女性のこと思い出したもんで。どこの人だったのかなって、気になっちゃって。そうか、スマカンさんじゃないんだ」

それはそうと、最近何か面白い話ありませんか。そんなふうに話題を変え、どうでもいい話に適当に相槌を打ち、近々飲みに行きましょうと結んでその電話は切った。

収穫はあった。そう考えていいだろう。

さらに待つこと十五分。ようやく背の高い女性が一人、スマカン本社ビルに入っていくのを確認した。歯科医院の入り口ではなく、ちゃんとビルの玄関から入り、エレベーター乗り場に向かっていった。その前にも何人か出入りはあったが、条件に合う身長とスタイルの持ち主はその女性だけだった。

濃いグレーのコートを着て、肩掛けのバッグを抱えていた。髪は結(ゆ)っているのか、あるいは最近切ったのか、コンパクトにまとまっていた。しかも、ちゃんとメガネを掛けていた。栗山の記憶にある女性のイメージとも、無理なく重なる。やはり、あの女はスマカンのスタッフだったのだ。

目的の人物がいると分かった瞬間から、アドレナリンでも分泌(ぶんぴつ)され始めるのだろうか。急に張り込みが苦でなくなるという特性が、記者にはある。記事の見出しを考えたり、中吊り広告をイメージしたりするだけで時間が経つのを忘れられる。

以後はスマカン本社隣のスポーツジムや、反対隣のマンション駐車場、駐輪場など、少しずつ場所を変えながら人の出入りを見張った。早ければ、彼女は昼休みに出てくる可能性がある。遅くとも夜には退社するのだから、それまで張っていれば必ず尾行できる。車を調達して、というのは今回に限っては考えなかった。目的の女性が徒歩及び電車移動なら、車はいざというときかえって邪魔になる。

動きは、意外なほど早くあった。

　正午を三十分ほど過ぎた頃、それらしき女性がビルから出てきた。今回も一人。着ているのもグレーのコート、バッグも同じものを持っている。間違いない。ミク似の女、ひいては「Ｑｒｏｓの女」似の女だ。しかし、どうも近所にランチという雰囲気ではない。栗山は慌てて新古書店を飛び出し、だがあえて通りは渡らず、四車線の道を隔てながら彼女を追った。ちょっと急いでいる感じがあった。それと、ときどき後ろを振り返る挙動が気になった。通常、人は滅多なことでは背後を気にしたりしない。気にするのは主に犯罪者かストーキング被害者、そのどちらかだ。でなければ薬物中毒か。

　彼女はストーキングを受けているのか。いや、栗山が岩崎に探りを入れたことが、早速彼女に伝わったのかもしれない。それで警戒させてしまったのか。このまま真っ直ぐ行けば中目黒駅に行き着く。そこから、どこか現場に向かうのだろうか。それとも何か別の用事か。

　案の定、彼女は中目黒駅まで歩き、東急東横線に乗った。降りたのは四つ目の自由が丘駅。依然、歩きながら背後に目を配ることを怠らない。駅周辺の小洒落た商店街では一瞬たりとも足を止めず、ただひたすら周囲を警戒しながら歩き続ける。そして曲がり角にきたら、後ろをくるり。直線の道の途中でもくるり。確認を繰り返す。栗山とて、そう簡単にバレるような尾行はしていないつもりだが、しかし物静かな住宅街に入ると、それも徐々に難しくなってくる。彼女から距離をとらざるを得なくなり、失尾の危険性が増す。

　十分弱歩いたところで、彼女は突如道の真ん中で立ち止まり、右、左と確認し、さらにもう一往復確認し、それからようやく、近くのマンションに入っていった。
二、三分待って、彼女が玄関からいなくなったであろうタイミングを見計らって、栗山も確認に向かう。「フェリーチェ杉尾（すぎお）」。オーナーの名前が「杉尾」なのだろうか。四階建ての、わりと小振りのマンションだ。
郵便受けを見てみたが、誰も名前を出していなかった。彼女の入っていった部屋番号も分からない。

しばらく、ここで様子を見てみるとしよう。


しかし以後、彼女はピタリとマンションから出てこなくなった。

最初、栗山は自分の張り込みの失敗を疑った。入ったマンションが違うのではないか。マンションに入ったと見せかけて、裏から抜け出たのではないか。むろんそういう可能性もないではなかったが、夕方になって、偶然にもベランダに出てきた彼女の姿を確認することができた。三階の、右から二番目の部屋。洗濯物を取り込んで、ちょっと周りを見回して、すぐまた室内に戻った。服を着替えていたから、ここが自宅というのは間違いないだろう。ということは、今日は会社を早退したということか。さほど体調は悪そうに見えなかったが。

その夜は十一時過ぎまで張り込んだが、動きのないまま明かりが消えてしまったので、栗山も諦めて帰宅した。車もなく、路上に立ち張りできる時間としてはこれが限界だ。

翌日は日中に沢口宏美の関係者と会う予定があったので、自由が丘に戻れたのは夕方四時過ぎだった。

再開当初、彼女が部屋にいるかどうかは分からなかった。体調不良なら寝込んでいるだろうし、よくなっていれば外出しているかもしれない。だがどちらにせよ、張っていれば必ず彼女の顔は見られる。そう信じて張り込みを続けた。今回は自分の車で来ているので、居場所に困ることもない。

近くのコインパーキングに駐めて、引き続きマンションの出入りを見張った。各戸の造りはワンルームなのか、出入りする住人は若者ばかりで、家族連れや中年以上の出入りは皆無だった。

夕方五時を過ぎると、彼女の部屋に明かりが灯った。どうやら在宅だったらしい。一歩も外に出られないほど体調が悪いのか。そのわりには会社からここまで、元気に歩いて戻ってきた印象がある。

その日、結局彼女は外出しなかった。そのまま栗山も車中でひと晩過ごし、夜が明けた。ちなみに一人張り込みのとき、栗山は小便をペットボトルで済ませるようにしている。大便はひたすら我慢。便秘と痔は記者の職業病といっていい。

しかし。

ゴーサインも出ていない取材でこれ以上張り込みを続けるのは、正直、精神的にも体力的にもキツかった。今夜は沢口宏美に会って、直接インタビューをする予定になっている。できればその前に一、二時間は仮眠をとって、シャワーくらい浴びて現場に向かいたい。それから逆算すると、ここにいられる時間も限られてくる。沢口と会うのは夜八時、場所は四谷のホテル。自宅に戻るより、新宿辺りのサウナでひとっ風呂浴びて仮眠、という方が現実的か。すると、遅くとも夕方五時頃にはここを離れなくてはならない。

ところが事態は午前九時頃、突如動き始めた。

彼女が、マンションから出てきたのだ。

黒っぽいニットキャップにメガネ、だが先日と同じコートを着ているのですぐに分かった。今日穿いているのはブルーのデニム。靴は白っぽいスニーカー。やはり背後を気にしながら自由が丘駅方面に歩いていく。体調がよくなって、ようやく会社に行く気になったのか。今日は日曜だが、相手は芸能事務所スタッフだ。曜日に関係なく、仕事を言い付けられる可能性はある。もしそうだとすると、また会社に入られてしまったら接触のチャンスがなくなる。そうなる前に、適当なところで声をかけて顔を確認しようか。あなた、スマッシング・カンパニーの方ですよね、『罪の形』のインタビュー現場でお会いした栗山です、覚えていますか。そんなふうに声をかければ、別段不自然ではない。

いや、違った。どうも彼女は、会社に行く気はなさそうだった。

東急東横線には乗ったものの、中目黒では降りず、渋谷まで乗っていく。そしてＪＲ山手線に乗り換え、次に降りたのは新宿駅だった。今日は現場直行なのか。

さすがに彼女も、この混雑した新宿駅では背後を見ても意味がないと思ったのだろう。振り返ることもなく、大人しく人の波に乗り、半ば自動的に東口から駅の外へと押し出されていった。

よく晴れた、変に清々しい午前中の新宿。彼女は外に出るなり再び背後を気にし始め、信号を待ち、渡り、歌舞伎町方面へと歩を進めた。

これまでの尾行で、彼女は決まって右側から振り返り、そのあとに左側を見る癖があることが分かっていた。なので栗山は、彼女の左斜め後ろを歩くよう心掛けた。これなら、彼女が右を振り返ってから身を隠してもまだ充分間に合う。実際、それで何度か発覚を免れてもいる。

やがて、靖国通りを渡って彼女が入っていったのは、「歌舞伎町一番街」の入り口脇にある、チェーン店のコーヒーショップだった。

栗山はあえて店内には入らず、外で待つことにした。こんなコーヒーショップだ。どうせ長居したところで、一時間とかかりはしないだろう。それに、せっかくここまで失尾せずに追ってきたのだ。ここで慌てて入って鉢合わせし、あら栗山さん、などとなったら目も当てられない。彼女が自分を覚えているかどうかは分からないが。

案の定、と言っていいだろう。

十五分ほどすると、彼女はコーヒーショップから出てきた。

だが意外だったのは、その後ろにいた連れだ。

まさか、と栗山は自らの目を疑った。

園田芳美。あのホラ吹きオヤジが、なぜ彼女と一緒にいる。

様々な思いが脳内を駆け巡る。

栗山が「週刊文秋」を辞めるきっかけになった、久岡リナの誤報事件。あの一件で、栗山に嘘の写真を掴ませたのが、まさにこの男だった。むろん、裏を取らなかった栗山も未熟だった。だが園田は違う。分かっていてやったのだ。こいつだったら騙(だま)して小銭をふんだくれる。そう考えたから栗山に狙いをつけ、ガセネタを掴ませたのだ。

後日、園田は言った。

「お陰で、いい勉強になったろ……ま、これからは気をつけるこったな」

ぶん殴ってやろうかと思った。だが思い留まった。陽明社に拾ってもらったばかりというのもあった。過去の失態を蒸し返して、林田にまで迷惑をかけたくなかった。

しかしあの園田と、スマカンのスタッフが新宿で、こんな朝っぱらから何をしているのだろう。彼女はマネージャーというよりは、むしろデスクなどの内勤をしているものと思われる。むろん事務所スタッフから情報が取れれば、園田にとってはいいメシのタネになる。だがそんな真面目な仕事を、果たしてあの園田がするだろうか。マジネタは十に一つ、記事にできるのは百に一つ、それ以外は全部ガセネタ。園田とはそういう男だ。そいつが、芸能事務所の若いスタッフに、日曜の朝っぱらから正面切って取材をするというのは、ちょっと考えづらい。

店を出た二人は西武新宿駅の方に進み、そのまま駅沿いの道を歩いていった。抜けたら都道を渡り、さらに直進。百人町（ひやくにんちょう）へと入っていく。百人町といったら、東京でも三本の指に入る大コリアタウンであり、その他にも中国、タイ、ミャンマーなどの外国人が多く居住している地域だ。こんなところで、二人は何をしようというのだろう。

ロケーションからしても、園田の取材というのはますます考えづらい。かといって何かを探しているふうでもない。彼女は依然、ときおり背後を気にする素振りを見せるが、でもそれだけ。周りをよく見る、という感じは全くない。

それは、都道から大久保通りまで抜ける道程の、ちょうど真ん中辺りだった。

ずっと西武新宿線の線路沿いを来ていた園田が、スッ、と右に折れて姿を消した。続いて、彼女も同じところを曲がっていく。栗山はそれを、十メートルほど離れて見ていた。二人が入っていったのは、とある一軒家だ。それも、立ち退き交渉に応じないまま時が流れ、周囲から孤立して半ば廃墟（はいきよ）化したような、昭和風情（ふぜい）色濃い日本家屋だ。その家が取材対象なのか。それとも、ひょっとして園田の自宅なのか。

少し間を置いてから近づいてみる。

垣根などはなく、道からちょっとだけ奥まったところに家屋は建っている。ガラス引き戸の出入り口。パッと見、呼び鈴や表札の類はない。二階建て。二階の窓三ヶ所は全て雨戸が閉めてある。ますます妙だ。こんなところであの園田と、モデルのような容姿の芸能事務所スタッフが何をしようというのか。

栗山は前を通り過ぎ、いったん建物から距離をとった。

よからぬ想像が自然と働く。彼女が園田に抱かれている、淫(みだ)らな場面が脳裏に像を結ぶ。彼女は園田に何か弱みを握られ、代わりに体を要求された、そういうストーリーだ。いかにも園田がやりそうなことだ。実際、園田が過去にそういうことをしたという噂もある。

ここもしばらく張る必要があるかと思い、辺りを見回していると、ふいにダークスーツにコートという出で立ちの男二人と出くわした。強烈に怪しさを感じさせる風体(ふうてい)。組関係など、暴力に通じる人種が放つ特有の空気。二人は正面から歩いてきたのではない。すぐそこの角から出てきて、こっちに歩いてきたのだ。場所柄、そういう男たちがいても決して不思議な街ではない。

栗山はすれ違ってから、なんとなく二人を振り返った。特に予感とか、胸騒ぎがしたわけではなかった。だが、二人組が例の家屋の前で足を止め、示し合わせるように互いを見てから、玄関の引き戸に手を掛けた。その場面を見てしまった。

なんだ。

何歩か戻った。ガラランッ、という音がここまで聞こえた。栗山はなんとなく身を屈めながら、家屋の方に
「オォーイッ、園田ァーッ」

ガシャンッ、とか、バタンッ、という音が外まで聞こえてきた。なんだ、借金の取り立てか。あるいは組関係に睨まれるようなことを、園田は何かしでかしたのか。

それはそれとして、彼女はどうなる。

栗山は家屋の前まで行って、中の様子を窺った。引き戸の中、コンクリートのタタキには黒っぽい革靴と白いスニーカーがある。板の間に上がって正面は和風の塗り壁。何か額縁でも掛けてあったのだろう、日に焼けていない、色の薄い四角がぼんやりと浮かんで見える。

「オイ、園田ァ、出てこいやッ」

椅子やテーブルを投げつけたのか、あるいは思いきり蹴飛ばしたのか。さっきより、さらに大きな破壊音が鳴り響く。しかし、女性の悲鳴などは聞こえない。押入れとか、そんな暗いところに息をひそめる、園田と彼女の姿を想像する。だが家屋はさして大きなものではない。一つひとつ扉を確認していったら、二人が発見されるのは時間の問題だろう。しかも、二階は全て雨戸が閉まっている。二階から逃げるには、まずその雨戸を開けなければならない。それはさすがに現実的ではない。逃げるならタイミングを見計らって一階から、ということになるだろう。

「オラァ、園田ァ、隠れてねえで出てこいッ」

食器棚でも引き倒したのか、派手にガラスが割れる音がした。これはさすがに、警察に通報した方がよさそうだ。それとも、もう周辺住民の誰かがしただろうか。

そのときだった。

玄関の中、右側から、ぬっ、と黒いものが現われた。背が低かったので、一瞬犬かと思ったが、違った。小さく屈んだ、四つん這いの人間だった。しかも、黒いのはニット帽をかぶっているからだった。肩から下は濃いグレーをしている。

彼女だ。

栗山は思わず、戸の前まで駆け寄った。気配を察して目を上げた彼女は、完全に怯(おび)えきった表情をしていた。栗山を三人目の暴漢と思ったのかもしれない。この誤解、どう解くのが一番早いか。

栗山は人差し指を口元に立て、シッ、とやった。余計な声はたてるな。俺は君の味方だ。そう示したつもりだった。

彼女の表情は、固まっていた。スニーカーを履(は)こうとした手もストップしている。駄目だ。かえって思考停止状態に陥(おちい)らせてしまった。

栗山は一つ大きく頷き、子供にするように、小さく「おいでおいで」をしてみせた。同時に、反対の親指で背後も示す。

おいで、行こう、一緒に逃げよう。

ようやく、彼女の目に意思の色が宿る。

声にならない言葉で、はい、と答える。

どこで落としたのか、そのとき彼女はメガネを掛けていなかった。

その顔はまさに、「Ｑｒｏｓの女」そのものだった。

4

とにかく、彼女を連れて逃げることが最優先だった。

「早く」

「はいっ」

二人とも靴がスニーカーだったのが幸いした。彼女の手を引き、大久保通りに向かって全力で走る。途中、一度だけあの家を振り返った。ダークスーツの男が一人、玄関から出てこっちを見ていたが、そもそも彼女が目的ではなかったのだろう。追ってくる様子はなかった。

大久保通りに出たところでタクシーを拾った。行き先は渋谷駅にした。どこか安全な場所に、というより、百人町から離れられればそれでよかった。

後部座席に納まった彼女は、ニット帽を脱いで頭を下げた。

「あの……ありがとう、ございました。すみませんでした」

　こういう状況は想定外だったが、もう接触してしまったものは仕方がない。ここから軌道修正をして、当初の目的に近づけていくしかあるまい。

　栗山は、少し間を置いてから訊いた。

「……君、確か、スマッシング・カンパニーの人だよね」

　彼女が小さく息を吞む。

「え、あの……」

「申し訳ないけど、君を助けたのは偶然じゃないんだ。俺と園田には、ちょっとした縁があってね……あんまり、自慢できるような縁ではないんだけど。それと、君とも一度は取材現場で会ってるよね。『罪の形』で、俺が福永瑛莉さんにインタビューしたの、覚えてないかな。『週刊キンダイ』の栗山というんですが」

　あ、の口をして、彼女はしばし固まった。

「……はい、あ、でも、すみません、いま私、メガネ、どっかに落としちゃって、あんまり、見えないんですけど、でも……はい、覚えてます。『週刊キンダイ』の……はい。あの、その節は……っていうか、今、助けていただいて、ありがとうございました。すみませんでした、なんか、わけ分かんなくて」

　こっちの狙いが園田であったように説明したのは、とっさのこととはいえ上手い方法だったと思う。

栗山は彼女にも分かるように、大きく頷いてみせた。

「君の名前、教えてもらってもいいかな」

「あ、すみません、あの……申し遅れました、イチノセ、マスミといいます……あ、名刺、ありますす。たぶん」

あれ、あれ、と言いながら肩に掛けていたバッグを漁り、ようやく綺麗な紫色の名刺入れを見つけ出す。

「すみません……スマッシング・カンパニーの、市瀬です」

市瀬真澄。肩書きは何もなし。正社員か契約かも、これだけでは分からない。

「歳も、聞いていいかな」

「はい……二十四です」

見た目は歳相応、といったところだ。

渋谷の駅前でタクシーを降り、すぐ近くのビルの二階、スクランブル交差点が見下ろせる喫茶店に入った。こういうときは窓のない地下の店より、広く周りが見渡せる場所がいい。ここならハチ公交番も目の前だ。いろんな意味で安心だろう。

真澄は店に入るなり、またニット帽をかぶった。そして、

「……あれ、あった」

バッグからメガネを出して掛けた。どうやらあの家に忘れてきたわけではなかったらしい。できるだけ奥まったテーブルを選んで座った。メニューを開いて向けると、真澄は頭を下げながら「ブレンドで」と小声で言った。何か食べればと勧めると、「じゃあ……パンケーキを」と遠慮がちに言う。栗山はアイスコーヒーを頼んだ。

水をひと口飲んで、栗山から切り出す。

「ズバリ、単刀直入に訊くけどさ……いま噂になってる『Ｑｒｏｓの女』って、市瀬さん、あなただよね」

むろん、周囲に聞こえないよう声は小さくした。彼女にプレッシャーを与えないよう、表情も柔らかくしたつもりだった。

それでも真澄が警戒し、肩に力がこもったのは分かった。

栗山は短く頭を下げた。

「ごめん。でもこれ、気づかない振りをしてる方が、かえって嫌かなって思って。だから、とりあえず確認だけさせて。そうしたらもう、面倒なことは訊かないから」

芸能記者が「もう訊かない」わけはないのだが、そこは方便だ。

真澄は、真剣な面持ちで一つ、頷いてみせた。

「……はい。私が、そうです……あのＣＭに出てるのは、私です」

やった。

ようやくだ。ようやく「Ｑｒｏｓの女」を捕まえた。

しかし、問題はここからだ。

「そっか。分かった……で、名刺を持ってるってことは、スマカンで働いてるってことだよね」

「はい。今は、デスクの補佐、みたいな」

「でもあのとき、『罪の形』のときは、現場にいたよね」

「あのときは、マネージャー見習い、でした」

「なんでデスクに引っ込んだの」

「それは……その」

ブレンドとアイスコーヒー、それとパンケーキが運ばれてきた。真澄は、これ幸いとばかりにカップを引き寄せ、ミルクと砂糖をたっぷり入れて搔き回し始めた。会社で内勤になった理由は、できれば言いたくないらしい。むろんそれは、ＱｒｏｓのＣＭ出演と大いに関係があるのだろう。

しかしそれは、今は訊かずにおく。

「そりゃそうと、百人町の、あの家はなんだったの」

百人町？　と真澄が訊き返す。

「園田と入っていった、あのボロ家だよ」

「ああ……あれは、私も、分かりません。園田さんが、こっちだって言うから、ついていって、入れって言うから、入って……」

まったく、なんと警戒心の薄い娘だろう。

「あとからきた連中はなんだったの。ヤクザ？」

「いえ、それも、私にはなんだか」

「どういう事情か、全然分からないの？」

「はい。とにかく、いきなり現われて、園田はどこだって、騒ぎ始めて。私は、茶の間……みたいなところに、いて。で、あの人たちが、奥の方に行ったから……そこで、暴れてるから、だったら、私はここにいなくても、いいかな、と……それで、別の襖を開けたら、なんか、廊下に出られて。そこから玄関に、そーっと移動していったら……」

栗山がいたと、いうことらしかった。

「そもそも園田とは、どういう目的で会ってたの」

付き合ってるんです、みたいな答えはもはやないと思っていた。そういう間柄だったら、たとえ栗山が手を差し伸べてもあの場から一人で逃げてくることはなかったはず。だから、それはない。真澄は何か目的があって、園田と会っていた。そうに違いない。

しかし、それも真澄は言いづらそうにしている。

「……あのね、市瀬さん。俺はね、何も記者としての興味だけで訊いてるわけじゃないんだよ。園田っていうのがどういう男か、君が知ってるかどうかは知らないけど、でもあんな男にでも、あそこまで手荒な真似をする連中は普通じゃない。君はそれに巻き込まれそうになったんだ。きちんと考えて対処しないと、また同じような目に遭う可能性だってあるんだよ」

この脅しが効いたのかどうか、それは分からない。ただ真澄の中で、何かが崩れたのは分かった。はずれた、あるいは、弛んだ、と言ってもいいかもしれない。

それはメガネの奥で雫となり、真っ白い桃のような頰を伝い落ちていった。

「……あの、私……誰かに、監視されてるんです。なんかもう、外を歩くのも、買い物に行ったりするのも、怖くて……それについて、園田さんが相談に、乗ってくれるっていうんで、それで……」

一瞬、栗山の張り込みがバレたのかと思ったが、どうも、そういうことでもなさそうだった。

詳しく話してごらん、と言うと、真澄は周囲を気にしながらも、ぽつりぽつりと事情を説明し始めた。これを「素直」と言えば褒め言葉になるが、栗山にはむしろ「迂闊」と映った。

確かに取材現場で一緒になったことはある。陽明社が刊行する「週刊キンダイ」の記者というのも、そこそこ確かな社会的立場ではある。しかし、それだけでペラペラと自分のことを喋り始めるのは迂闊過ぎる。聞くだけ聞いたら、ちょっと注意してあげた方がいいかもしれない。

「あのCMが、オンエアされて、ちょっとした頃からです……」

まずネットで話題になり、最初は真澄も、評判がいいことを素直に喜んでいたらしい。社内での評価が微妙だっただけに、ネットでのそれは一種の救いになっていたという。

「社内では、評判悪かったの？」

そう訊くと、真澄は難しい顔で首を傾げた。

「いいって、言ってくれる人もいたし、社長も最初は、かまわないだろ、みたいに、言ってたんですけど……あ、これって、記事に書くんですか」

ようやくそこまで気が回ったか。

「君が書かないでほしければ、書かないよ。でもそれは、あとあとの問題だから。とりあえず今は、君が置かれてるこの状況を理解することの方が先でしょう」

「はい……」

真澄は「これは絶対に書かないでください」と前置きして、続きを話した。

「最初に言い出したのは、瑛莉さん、なんですけど……私は、単にマネージャー見習いとして、現場に行って……で、ちょっとした偶然から、CMに、出ることになっちゃって」

どんな偶然かを栗山は訊いたが、真澄は「それはちょっと」とはぐらかした。

「……とにかく、藤井さんと絡んで、出ることになっちゃって。一応、現場判断で、藤井さんがいいならっていう話になって。藤井さんサイドが了承したんで、結局、私は出たんですけど。でもそれ自体、瑛莉さんは、面白くなかったみたいで……それはそうですよね。瑛莉さんは、雑誌モデルからずっと努力して、ようやく女優としても軌道に乗ってきて、CMにも出られるようになったのに。タレント志望でもなんでもない私が、たまたま現場にいて、それでCM出ちゃうなんて、失礼ですよね……軽はずみ、だったと思います」

確かに、それは軽はずみな行動だったと思う。ただ、これに関してはまだ弁解の余地がありそうだ。そのときクライアントは何をしていたのか。代理店は、制作会社はどう考えていたのか。藤井涼介の所属するWingは了承したというが、スマカンだって現場判断でOKを出したのではないのか。

「それで瑛莉さんとギクシャクしちゃって、デスクに引っ込んだ、ってわけ？」

「まあ、簡単に言うと、それはそうなんですけど……」

本当に困ったのはそのあとだ、と真澄は言う。

「なんか、最初はCMの評判がいいの、ちょっとは嬉しかったんですけど、でも段々、あの娘は誰だ、みたいな話になってきちゃって。でも、私も別に、女優とかタレントになりたいわけじゃないし、瑛莉さんも、デビューなんて冗談じゃないとか怒ってるし……私も、それはそうだと思うし。会社も、私なんかより瑛莉さんの方がもちろん大事なんで、瑛莉さんを立てるっていうか、私のＣＭ出演話は、ある意味タブーっていうか、禁句みたいになってて」

真澄はときおりメガネをはずし、ハンカチで目元を押さえた。それも周りに顔を見られないよう、コソコソと壁の方を向いてだ。

「……私もなんか、このまま会社にいても、迷惑なだけかなって思って、一度は辞めようと思ったんですけど、でもそれは逆に駄目だって、瑛莉さんが言ったみたいで。スマカン辞めて、他からデビューとかあり得ない、みたいな意味だと、思うんですけど……なので、結局」

デスク補佐になって飼い殺し、というわけか。ちなみに芸能事務所のデスクというのは、会社に常駐して相互の連絡をとったり、タレントの資料作りや公式サイトの管理などをする、要は内勤で芸能活動をバックアップする裏方業務である。決して週刊誌編集部のデスクのように、記事を割り振ったり部下を怒鳴ったりする仕事ではない。

真澄は水をひと口飲み、話を続けた。パンケーキはひと口も食べていない。

「そうしたらいつのまにか、ネットのあちこちに『Ｑｒｏｓの女』を捜せ、みたいな話題が上がってて。最初は、なんか実感なくて。私が普段いかないような、たとえば東京ドームにいたとか、大阪の通天閣(つうてんかく)にいたとか、その頃はそういう、的外れな書き込みばっかりだったし。それはそれで、似てる人って、世の中にけっこういるんだな、程度にしか思ってなかったんですけど……でも先月くらいから、私が買い物にいくコンビニで見かけたとか、中目黒の駅にいたとか、ちょっと、それ本当に私かも、っていうような、場所も日時もぴったりな書き込みが、あちこちに上がるようになって」

急に、有名芸能人の苦悩だけを味わわされた、と。

「まだ、会社の近くとかなら、我慢できますけど、段々、マンションの近くのことまで、書かれるようになって……ちょうどそこ、先月で契約更新だったから、思いきって出ちゃおうと思って。で、自由が丘に越したんですけど」

ここで「自由が丘」と口にしてしまうところが、この娘の脇の甘さだと思う。

「……私、タレントでもなんでもないから、誰も送り迎えとかしてくれないし。買い物だってなんだって、自分でしなきゃいけないし。でもなんか、そういう有名人みたいに、いっつも誰かに見られてる気がして、チェックされてる気がして……ネットにそういう書き込みがあるって知っちゃったら、もう、気になって仕方なくなっちゃって。毎日、会社でそればっかりチェックしちゃって……そしたら先週、もう、新しいマンションのこと書かれてて……たぶん三階に住んでるとか、そんなことまで……」

確かに「Ｑｒｏｓの女」の目撃情報は多数ネットに上がっているが、栗山は全てデマだと思っていた。まさか、それに事実が含まれていようとは思いもよらなかった。

くしゃっと、真澄の顔が歪む。

「……それで、ついこの前、なんですけど……たぶん、どっかの駅の、階段でだと、思うんですけど。スカートの中、撮られちゃって……それも、ネットに上げられてて……私、もうスカートも穿けないし、電車も駅も怖いし、部屋から出るのも嫌だけど、でも、出なければ出ないで、外で誰かが待ち伏せしてる気がするし……」

自身の張り込みに関しては、むろん今は明かさない。というか、当人がこんなに苦しい思いをしていると知っていたら張り込みなんてしなかった。取材対象にも選ばなかった。いや、選んだかもしれないが、もっと違うアプローチを考えた。

規制なきネット情報の渦に呑み込まれた個人は、はっきり言って無力だ。それと比べたらマスコミは紳士的だ、などと言うつもりもないが、少なくとも週刊誌記者は自らの顔を晒して取材をしているし、編集部はクレームを受け付ける。そう簡単に記事の掲載を見送ったり謝ったりはしないが、訴えられたら出るところには出る。負ければ潔く賠償もする。

これを義憤と言ったら、目糞鼻糞を笑う、と思われるかもしれない。しかしあえて、栗山は違うと言いたい。週刊誌記者は、知り得た情報をなんの分別もなく垂れ流しているわけではない。編集倫理だって、企業論理だってある。ただ「神」と煽てられたいだけの、悪意のボランティアとは根本的に違う。

よし。ここは一つ、本腰を入れて、やってみるか。

「……市瀬さん。とりあえず、場所、変えましょうか。いつまでもこんなところじゃ落ち着かないでしょう」

もう、真澄はぐちゃぐちゃの泣き顔だ。

「ね、出ましょう。会社も嫌、自宅も安心できないんなら、俺がどこか、安全な場所を用意しますから」

濡れた真澄の目が、期待の色を浮かべて栗山を見る。

「……そんなところ、あるんですか」

栗山は、深く頷いてみせた。

この娘一人くらい、なんとでもできる。


奮発して、下北沢までタクシーを使った。

最初、行くのは栗山の自宅だと告げると、当たり前だが真澄は驚いた顔をした。園田に続いて、また男の家に連れ込まれる。さすがに警戒心を覚えたようだった。

だが、そういった心配は無用だ。

「実は今、妹が一緒に住んでるんだ。二十五だから、君より一つ歳は上か……お恥ずかしい話、就職した会社が一年であっさり倒産してね。それで、バイトじゃ家賃まで稼げないって、俺のところに転がり込んできたんだ……まあ、そのバイトも、やってるんだかやってないんだかなんだけど」

部屋に着いたのは午後一時頃。築二十年以上経つマンションだが、栗山が入居する際にリフォームしてあるので、そんなに古い感じはしないと思う。二階の角部屋、２ＬＤＫ。栗山は仕事でいないことが多いので、女二人なら特に不都合もないだろう。

「ただいま。どうぞ、遠慮なく入って」

「はい、すみません……お邪魔します」

真澄を招き入れてドアを閉めると、ようやく妹の志穂が奥から顔を覗かせた。

「お帰り……ってヤダお兄ちゃん、お客さん連れてくるんだったら前もってちゃんと言ってよ。掃除もしてないし洗い物もしてないし、あたしだってお化粧してないし。ってかお兄ちゃんのカノジョ？」

ペコリと頭を下げる真澄に、最初に言っておく。

「お喋りの上に気が利かない女だけど、根は悪い奴じゃないんで。しばらく我慢して」

「いえ、こちらこそ、すみません。なんか、甘えて、押しかけちゃって」

リビングに入ると、小犬のように志穂がまとわりついてくる。

「ねえねえお兄ちゃん、カノジョカノジョ？　紹介してよ、ってか紹介しなよォ」

いつものように、ぺちんと頭をひと叩きできたら楽なのだが。

「そうじゃない。仕事の関係で、何日かいてもらうだけだ」

「すみません……お世話になります。市瀬、真澄です」

丁寧にお辞儀をする真澄。それを無遠慮に眺める、志穂。

「どうもォ、妹の志穂でぇす……っていうか、すっげー美人じゃん。ねえねえ、本当にカノジョじゃないの？　カノジョじゃないならカノジョにしちゃうってのはどうなの？　ん？」

真澄にどこで寝てもらうとか、着替えをどう調達しようとか、そういう諸々を相談したかったのだが、当の志穂は真澄に対する興味のみで暴走し、もはや制御不能な状態だった。

「ねえねえ真澄さん。ウチのお兄ちゃんって、髪の毛に若干の不安材料はあるんですけど、ってかいよいよ前髪ヤバいんですけど、落ち着いて見たらそんなに悪い男じゃないと思うんですよ。そこんとこ一つ大目に見てやってですね、付き合ってやるわけにゃいきませんかね……あれ、でも真澄さんって、ちょっとどっかで見たことある感じ、ありますよね。もしかしてテレビとか出てます？　出てても不思議ない感じですもんねぇ。美人だしスタイルいいし背ぇ高いし。あれですか、モデルさんかなんかですか。ん、違う？　お兄ちゃん、聞いてる？」

やはりここではなくて、ウィークリーマンションに行った方がよかったか。

5

とりあえず財布から三万円出し、志穂に渡した。

「これで買えるだけ、彼女の着替えを買ってきてくれ。できれば三日分か四日分」

「ブラとかショーツとかは、エッチ系にしとくか？」

「どうやら、口で言っても分からんようだな」

ポキポキと指の関節を鳴らすと、志穂は苦笑いを浮かべて後退りした。

「おっけー、おっけーよ……この予算で収めるなら、全部Ｑｒｏｓでいいよね」

「いや、全てＱｒｏｓ以外で頼む」

「何それ……っていうか、彼女は一緒に行かないの？」

いま真澄は、俯き加減でリビングのソファに座っている。借りてきた猫という比喩がどこまで当てはまるかは分からないが、慣れない環境に萎縮しているのは間違いない。

「とにかく、いろいろ事情があるんだよ。いいからお前、一人で行ってきてくれよ」

「そんなこと言ったって、じゃあブラは何センチの何カップ？　ウエストは？　股下は？」

「お前が彼女に確かめろ。俺は知らん」

そのときは口を尖らせたが、それでも志穂は真澄から必要なことを聞き出し、メモ帳にまとめて「おっけー」とポケットにしまった。

真澄は何度も「すみません」と頭を下げ、財布から金を出そうとした。だが志穂が「ハゲからもらってるから」というと、真澄は急に振り返り、ソファから立ち上がった。

「栗山さん、困ります。ご自宅にまで、お邪魔してしまってるのに」

「大丈夫。適当に他の取材の領収書に混ぜ込んで、あとで陽明社からふんだくるから」

志穂が「ほんじゃ、行ってくんね」と玄関を出ていく。普段は苛立ちの要因でしかない妹のいい加減さが、今回ばかりは何かの役に立ちそうな気がする。栗山がいない間、少しでも真澄の萎縮した気分を和らげてくれたらと思う。

志穂は一時間ちょっとで戻り、「オッサン、勝手に入ってくんなよ」と栗山を牽制し、真澄を連れて自室に入っていった。いや、志穂の部屋というか、もとは栗山の仕事部屋だったスペースだ。志穂が転がり込んできたお陰で、栗山のベッドルームは今、デスクやら書棚やらスノーボードの道具やらで半ば物置状態になっている。部屋の様子だけでいったら、どっちが居候だか分かったものではない。

五分ほどすると、オフホワイトのフリース、ピンクのカットソー、下は白黒ボーダーのルームパンツという出で立ちの真澄が現われた。おそらく、志穂がいつも着ているものと大差ないはずだが、印象はまるで違った。まさにＱｒｏｓのＣＭを見ているような錯覚に陥る。背後の壁が白いので、余計にそれっぽく見える。

あとから出てきた志穂も、半ば呆然としていた。

「ちょっとさぁ……これ、三千円でお釣りがくるコーデだよ。どうなのよ。世の中ってここまで不公平なわけ？」

だろう。神は決して人間を平等になどお作りにならなかった。

だが、栗山があまりじろじろ見ているのも変だった。

「ああ、いいじゃない……じゃあ俺は、悪いけどシャワー浴びたら、ちょっと寝るから。夜、取材の予定が入ってるんで、起きたら出かけるから……」

それだけ言って、栗山はいったん自室に退避した。ドアの向こうで「あれ、照れてるんですよ」と志穂の声がしたが、相手にしなかった。


夕方六時頃。身支度を整えてリビングに出ると、志穂と真澄がダイニングテーブルでパスタを食べていた。

真澄の姿勢は妙に正しい。女二人だからといって、すぐにリラックスできる性格ではないらしい。

「おや、おはようさん。お兄ちゃんも食べるかい？」

一円の食費も入れない居候が何を言うか。

「ああ、くれ」

正方形をしたテーブルは一辺がキッチンカウンターに接しているため、座れる場所は三ヶ所しかない。必然的に栗山はお誕生日席、真澄の隣になってしまう。

真澄が慌てたふうにフォークを置き、頭を下げる。

「あ、あの……すみません、なんか、お邪魔した上に、ご飯までご馳走に……」

二人の皿にあるのはトマトクリームパスタ。カニ缶でも開けたのか、細かくほぐした身が入っている。

栗山は、椅子に掛けながらかぶりを振った。

「いいから、楽にしてて。芸能事務所には日頃、少なからず不快な思いをさせちゃってるし。これは、その罪滅ぼし」

実際、そんな気持ちもないではなかった。

人間誰しも、他人から嫌われるよりは好かれたいと願うもの。ごく稀に、例えば園田のような人間は他人にどう思われようと頓着しないのかもしれないが、少なくとも栗山は違う。相手に迷惑をかけたら謝りたくなる。決定的に嫌われる前に関係を修復したいと思う。そういったバランス感覚は、芸能記者という仕事をする上で役に立つ面もあれば、無駄な足枷になることもある。

ときには相手の立場など気にせず、後ろから袈裟斬りにするつもりで書き飛ばせたらと思う。だが、取材メモを睨みながら中吊りや誌面を想像し、それを読む読者の顔、後追いで取り上げるワイドショー、頭を抱える取材対象と妄想が連鎖し始めると、どうしても筆が鈍ってくる。目撃した場面、関係者から直接聞いた証言を、いつのまにか「らしい」「ようだ」「かも」といった表現で和らげてしまう。

肚を括り、直接的な表現で書き切るのか、それとも言葉尻を濁して逃げるのかは、実際のところ半々だ。それでも栗山はプロだから、気持ちは逃げでも編集長にボツを喰らわない程度に帳尻を合わせることはできる。要は「週刊誌の文法」に適っていればいいのだ。いわば「霞が関文学」ならぬ「週刊誌文学」だ。特に「キンダイ」に来てからは、そんな小手先の対処法ばかり上手くなったように思う。

その是非は——栗山にも、よく分からないが。

「へい、お待ち」

なぜだろう。志穂が運んできた皿には、薄い緑色のパスタが盛られている。

「おい。なんで俺だけジェノベーゼなんだ」

「そりゃ兄さん、カニが足りなかったからに決まってるでしょうが。っていうか、あたしと真澄ちゃんのに、ドボッと入っちゃったんだよね。まあ、堪忍しなよ」

ちくしょう。この場に真澄がいなかったら、血祭りに上げているところだ。

出かける前に、志穂には重大な任務を与えた。

「いいか。ネットで『Ｑｒｏｓの女』って検索すると、いろんな目撃談が引っかかってくる。それをできるだけ……」

志穂は最後まで聞かずに振り返り、まだダイニングテーブルにいた真澄を大袈裟に指差した。

「うるさい。時間がないんだから黙って聞け。とにかく、ネットに転がってる『Ｑｒｏｓの女』の目撃談をリストアップして、それを彼女に読ませて、デマとマジネタに分類しろ。できれば、そこに何か法則みたいなものがないか分析もしてほしい。それと、あとで確認できるように、ネタ拾いの段階でそのサイト、スレッドのタイトルも忘れずに控えとけ」

そんなこんなも、聞いているのやら、いないのやら。

「きゅ、きゅきゅ、『Ｑｒｏｓの女』だぁ……」

「口裂け女みたいな言い方するな」

「り、涼ちゃんに、ハグされてた人だぁ」

テーブルの真澄が肩をすぼめ、表情を強張(こわば)らせたのが遠目からでも分かった。

「ああそうだよ。だから困ってんだよ。とにかくネット上で何が起こってるのかを正確に把握しろ。十一時かそれくらいには帰るから、それまでにある程度まとめとけ。いいな」

強めに志穂の肩を叩き、真澄のところに向かう。

「フザケた奴だけど、悪気はないんで。我慢して、協力して情報を整理しといてください」

「あ、はい……大丈夫です。何から何まで、すみません……あの、ほんと、私、なんて言っていいか」

「いいんですって。じゃ、俺は出かけるんで」

それから四谷までいき、沢口宏美にインタビューをした。内容は事前に聞いていたのとほとんど変わらなかったので、読者はともかく、栗山にとっては長いばかりで、ちっとも面白い話ではなかった。

結婚した相手が岡山の病院の御曹司だったのは事実だが、決してお金目当てではなかった。二人ともゴルフとマリンスポーツが趣味で、価値観も合っていた。ただ、いずれは女優を引退して院長夫人になると約束してはいたけれど、それは今年とか来年とか、そんな短いスパンでの話ではなかった。その辺の認識が、向こうの実家と喰い違ってしまった。愛していた。本当に愛し合っていたのだけれど、女優業に対する認識のズレ、それを修正できなかった生活サイクルのズレが、結局離婚という結果を招いてしまった。

要は、金目当てだったらとっとと女優は辞めている、むしろ女優であろうとした結果、自分は離婚する破目になったわけだから、玉の輿を棒に振ったのだから、これ以上変な目で見ないでね、これからも女優としてよろしくね。そう言いたいわけだ。

「……はい、ありがとうございました。では、原稿は出来次第お送りいたしますが、どうしましょう。事務所の方にお送りして、マネージャーさんがチェックなさいますか」

どういうわけか、このインタビューの場に事務所のマネージャーはいなかった。昨日会った関係者という男性と沢口宏美、その二人しかいない。

宏美が傍らに置いたバッグを漁り始める。

「いえ、原稿は私のところに、メールで直接お願いします。アドレスは……」

芸能人はまず名刺など持たないので、こういうときに困る。おそらく、旦那だけでなく事務所とも上手くいっていないのだろう。

「えっと、これで、お願いします」

宏美が栗山に携帯電話の画面を向けてくる。書き取れということらしいが、間違いがあっては困るので直接自前の携帯電話に入力し、その場で届くかどうかを確認した。無事届いたのはいいが、実際に原稿を送ったら、宏美はその携帯電話で確認するつもりなのだろうか。そんなことは別に、栗山が心配してやるまでもないか。

「では、失礼いたします」

ＩＣレコーダーをバッグにしまい、栗山は席を立った。二人とは部屋のドア口で別れ、やがて扉は静かに閉まった。

下北沢に戻ったのは案の定十一時過ぎ。真澄と志穂はノートパソコンをダイニングテーブルに据え、思ったより真剣に作業していた。

「おお、お帰りぃ」

真澄だけはサッと椅子から立ち上がる。

「あの、お帰りなさい……お、お疲れさまです」

「どうですか。何か、本当の目撃情報に共通するパターンみたいなものは、見つかりましたか」
するとと志穂が、ギッと背もたれが鳴るほど仰け反った。

「ちょっとさァ、これってヒド過ぎなんじゃない？　ストーカーっていうより、完全に痴漢じゃん。しかもさ、パンチラ画像公開ってどうなのよ。男ってそれしか考えてないの？　こんなもん見て、何をどうしようってのさ。おいコラ、そこの男子代表」

立ったままの真澄の肩に、力がこもるのが分かる。

「いいから、分かったことだけ報告しろ」

「あっそ……ほいよ」

ひらりと志穂がコピー紙を向けてくる。栗山が仕事でプリントした紙の裏を用いたものだ。確かに真澄が言った通り、先月より前の書き込みはガセネタばかりだったようだ。

「市瀬さん。ＱｒｏｓのＣＭは、いつからオンエアでしたっけ」

「九月の、アタマからです」

そうだった。ＣＭは秋冬に向け、Ｑｒｏｓのカシミアラインナップを紹介する目的で制作されたものだった。

まず、薄緑のセーターを着た近藤サトルが庭でゴールデンレトリバーと遊んでいる。そこから映像はダイニングの窓辺に移り、近藤と犬を微笑ましげに見ていた福永瑛莉が、肩に掛けた白いストールを押さえながら室内を振り返る。視線の先にはグランドピアノ、弾いているのはオレンジのカーディガンを着た島崎ルイ。しかしそこからの繋がりはなく、いきなり白い壁の前に素足の女が進み出てくる。「Ｑｒｏｓの女」、真澄だ。半袖の白いカットソーの上に、明るいグレーのカーディガンを羽織り、「どう？」と振り返りながら訊く。ここで、真澄より少し濃いグレーのセーターを着た藤井涼介が登場。「うん、いい感じ」と答え、背後から真澄を抱き締める。それを、はにかみながら肩越しに見上げる、真澄。

どういう経緯でこの演出になったのかは分からないが、ここでの主役は明らかに藤井涼介と真澄だ。台詞があるのはその二人だけだし、撮り方もどこか幻想的で、それ以前の三人とは別格の雰囲気がある。特に、真澄がいい。芝居なのかたまたまなのかは分からないが、藤井を見上げたときの表情がいい。男なら誰もが「こんなふうに女性に見上げられたい」と思うであろう、奇跡ともいうべき微笑を浮かべるのだ。ある意味、藤井涼介すら喰ってしまっている。

はっきり言って、ＣＭと実物の真澄とでは大違いだ。顔の形は確かに同じだが、今の真澄は怯えきっていて、完全に表情が固まっている。メガネの印象も手伝って、ほとんど別人と言ってもいい。

「で、十月に入った辺りから、プライバシーに関わる書き込みが見られるようになったと」

「……その、通りです」

志穂が作ったリストも、実際そのようになっている。

十月三日、十六時二十二分。

【中目黒駅で「Ｑｒｏｓの女」発見！　俺、よく考えたらこの女、中目で何度も見かけてるわ。本物はメガネかけてて、マジで可愛いぞ！　意外なくらいデカいけど。】

この書き込みを読んだ人間が、即座に喰いつく。

【マジですか。俺も中目、近いから行ってみようかな。】

【電車乗るんですよね。密かに真後ろに立って、匂い嗅ぎたい。】

【朝ですか、昼ですか、夜ですか？　その辺もっと詳しく。】

【み、密着しても、いいっすか……特に下の方……ハァハァ。】

【背高いって、実際どんくらい？　どっちにしてもオレは無理だわ。百六十五しかないし。】

【何が無理なんだよ（笑）。先走ってほとばしり過ぎだろ。】

こんな書き込みがこの一ヶ月の間、あちこちの掲示板に上がり、それぞれにレスがついているようだった。

志穂がモニター画面を向ける。

「実際のは、これとかね」

「うん」

「これなんか、マジで最低だから」

「ああ」

コンビニで見かけた。スーパーの生鮮コーナーで見かけた。伊勢丹で地味なグレーの下着買ってた。マックでポテト食ってた。隣に座った。声聞いた。袖が触った。尻に触った。柔らかかった。髪に触った。サラサラだった。いい匂いがした。パンチラ写真ゲット！

栗山が確認したことで、改めて男の視線、見えない加害者を想像してしまったのか、栗山が帰ってきたときより、さらに真澄の表情は強張っているように見えた。

モニター画面を見ながら、悔しげに口を尖らせる。

「書き込み、また、増えてるんです……私と、付き合ったことがあるとか、ナンパして、その……一回、したとか……そんなの、嘘なのに……それは、絶対に、違うのに……」

デマがいったん真実に行き着くと、その後はデマも真実のように一人歩きし始める。よくあることだ。

「志穂、もういい」

栗山は真澄に向き直った。

「市瀬さん。俺に今すぐ、これをどうこうする力は、申し訳ないけど、ないです。これらの書き込みが虚実混交である以上、警察に訴えてもすぐには対応してもらえないでしょう。体に触れた件や、盗撮写真にしても、犯行を立証するのは難しいだろうし……」

またIPアドレスから個人を特定することも、警察でなければできない。結局のところ、書き込みの主に直接アプローチする手段は、今の栗山にはない。

真澄の大きな両目が潤み、揺れ始める。

それを見ているだけで、栗山まで胸苦しくなる。

「……でも、なんとかしなきゃならない。そこで一つ、俺に考えがあるんだけど、市瀬さん。今、外に出るのは、嫌かな」

えっ、と真澄が顔を上げ、その弾みで雫がこぼれる。

「外って……どこ、ですか」

「まだ、場所は決めてない」

途端、真澄はくしゃくしゃと顔を歪め、口を固く結んだ。込み上げてくるものを、なんとかやり過ごそうとしているようだった。

「あ、あの……自分が、甘えてる、ことは……分かってるん、ですけど、できたらここに、置いて、くれませんか……ここに、しばらく、いさせてもらえませんか……」

立ち上がった志穂が真澄に寄り添う。身長差は十センチほどあるが、それでもなんとか真澄の肩を抱き、嗚咽をなだめようとする。

「お兄ちゃん、いま外に出るなんて無理だって。まだお兄ちゃんが読んでない書き込みにも、ヒドいのいっぱいあるんだから。今の真澄ちゃんには、世の中の男全部が痴漢に見えるんだよ。あたしだって、こんなの読んだあとに外に出るのはヤだよ。ましてや、真澄ちゃんにはいくつも心当たりがあるんだから……」

自力では抑えきれなくなったか、真澄は正面から志穂に抱きつき、思いきり声をあげて泣き始めた。志穂も彼女の背中に手を回し、それを全身で受け止める。

そうか、無理か。

でも、どうしても無理なのだろうか。

その週の水曜、朝一番で買い込んだ「週刊朝陽」に「『Qrosの女』台湾人説」が出ていたのには多少ひやりとさせられたが、それよりも狙い目は午後からの企画会議だった。開始時間になり、矢口慶太はまだ来ていなかったが、そのうちくるだろうということで会議室に移動した。デスクを除くと、今いる記者は栗山を入れて四人。この中で栗山より年下なのは池野、宮脇の二人。あとはまだ来ていない矢口。

デスクの中尾が「じゃ、ぼちぼち始めるか」と言った途端、会議室のドアが開いた。「すんません、遅くなりました」と矢口が勢いよく飛び込んできた。

栗山はこの瞬間、すでに狙いを定めていた。

顔色を見れば一発で分かる。矢口はまだ今週のネタを絞りきれていない。自分がサポートに付くと言ったら、矢口は尻尾(しっぽ)を振って喰い付いてくるに違いない。よし、こいつのネタに、こっちからかぶせてやろう。

案の定、矢口の発表はグダグダもいいところだった。グダグダ過ぎて、かえって栗山も絡みづらいくらいだった。詰めの甘い島崎ルイネタ、山本奈絵のドラマ低視聴率ネタ、近藤サトルの全裸ダンス――これは最近会っているだけに栗山には面白かったが、続く四本目は広げようのない秋吉ケンジの交通違反ネタ。五本目が駄目だったら、栗山の次に控えている宮脇に狙いを変えようか。そうまで思っていたところに、ようやく来た。

「では、最後です……これも、記事にできるほど詰めきれてないんですが、藤井涼介の引越し先です」

よかった、これなら乗れる。そう思った。

「最近、藤井はボルボを買って、その車両ナンバーと駐車場の情報を入手しました。これを張り込んだらですね……」

そこで栗山は勢いよく挙手し、矢口のサポートに回ると宣言した。自分の今週分は沢口宏美のインタビューでフィックス、それに関しては中尾の内諾も得ている。案の定、異論は誰からも出なかった。

具体的な作戦は翌日から開始した。

午後二時頃、矢口が張り込んでいる駒込のマンションまで出向く。あまりに下手糞な張り方なので駐車位置を変えさせ、まだ夜までは時間があったので車内で仮眠をとった。実際、沢口宏美の原稿を仕上げたり新宿に出向いたりで、ほとんど寝ていなかったのだ。

二時間ほどして起きてからは、矢口のお喋りに付き合った。サポートを申し出たお陰で、矢口の機嫌とサービスはすこぶるよかった。何か買ってきましょうか、弁当はどうですか、コーヒーは、お菓子は、トイレは。

引っ張るだけ引っ張って、夜の八時半になってようやく、矢口を買い物に出した。その隙に連絡を入れる。

「……よし、すぐに来てくれ」

『分かりました』

そこから先は公園のトイレに行ったときにした打ち合わせ通り、万事上手くいった。

表通りで拾ったタクシーに、ぐるっと回って「ラトゥール駒込」前まで来てもらう。路上でゆっくり荷物を載せ、こっちにシャッターチャンスを作らせる。トランクを閉めたらもう一度、顔がよく見えるようにポージング。完璧だった。

そこでもう一度、携帯に連絡。

「オッケーだ。出発してくれ」

『分かりました』

切ったら今度は矢口にかける。

『はい、もしもし』

「今どこだッ」

すぐ戻ってくるように言い、乗り込んできた矢口に前方のタクシーを追うよう命ずる。理由は道々説明した。偶然「Ｑｒｏｓの女」を目撃した。写真も撮った。とにかく追え。

予定通り、タクシーを追って東京駅に着いたら、あとは栗山が一人で追いかける。ここまで矢口にハンドルを握らせてきたのは、奴が車を捨てて、一緒に追いかけてこないようにするためだ。簡単には路上駐車できない東京駅を行き先に選んだのもそのためだ。

あとは、なんとでもなる。女は見失ったことにして、十五分かそこら暇を潰して、あちこち捜していたような顔で車に戻る。

「お疲れさまです。どう、でしたか」

残念だが見失った。乗ったのは東北新幹線のようだが、財布を忘れたので改札を入ることもできなかった。モデルだとしたら、東北で開催されるイベントにでも出演するのかもしれない。そんなデッチ上げを矢口には吹き込んでおいた。

そこまでお膳立てしておいて、いよいよデジカメの画像を披露する。矢口は喰い入るようにその写真を見た。

「……あ、ほんとだ。あの娘だ」

作戦は成功だった。あとは矢口が、これを使ってどう記事にするか。その記事に世間が、ネットが、どう反応するか。

見ものだった。

第三章

1

真澄が、ひょっとして自分は可愛いとか、ちょっと美人の部類に入るのかも、と思い始めたのは高校を卒業し、専門学校に入学した頃だった。

それまでは中高と私立の女子校に通っていたので、父親と教師以外の男性とは話をする機会自体がなかった。よって評価は主に同性からということになるのだが、これが何しろ当てにならない。

女の子同士、特に女子校の生徒は、必ず互いに褒め合う。貶すよりはもちろんポジティブだし、相手を傷つけないのはよいことだけれど、それが「必ず」となると、逆にあまり意味をなさなくなる。

「カナミって、ほんと可愛いよね」

そこにカナミがいようといまいと、みんなでカナミの可愛い部分について語り合うのだが、真澄はいつも疑問に思っていた。

カナミって目ぇ大きいし——実際大きいんだけど、三白眼(さんぱくがん)気味なのが、かえって怖いと思う。肌も綺麗だし——まあ、肌は確かに綺麗だけど、歯並びがちょっと。というか、かなり悲惨。むろんそんなことは、思っても絶対に口には出さない。

「ほんと、目ぇパッチリだもんね」

「ニキビとか全然できなそう」

それが協調性というものだと思っていたし、そこからはずれることが如何(いか)に怖ろしいかは、試すまでもなくよく分かっていた。

まるで納得はしていなかったが、でも合わせていた。

「私にも、ミカくらい胸があったらいいのに」

「うん、私も私も」

まあ、ミカのそれは単に太っているだけなのだが。

「タカコって、何げにお洒落じゃん」

休みの日、みんなで原宿に遊びに行ったときの私服のことだろう。

「だよねぇ、うんうん」

申し訳ないけど、あれはあんまり似合ってなかった気がする。レギンスも、なんかパッツパツだったし。脚が太いのを、かえって強調してしまっていたような。靴もヒールが高過ぎて、竹馬に乗ってるみたいな歩き方になってた。

　そもそも褒め合うことがルール化されていたら、自分に順番が回ってきたところで、その評価を鵜呑みになんてできない。

「真澄って背ぇ高いし、マジでモデルオーディションとか受けてみたらいいのに」

　背が高いのは事実だけど、それだけで務まるほどモデルは甘い仕事ではないと思う。

「それよりかさ、可愛いから女優とか、アイドル系の方が向いてるんじゃない？」

　その、無闇に乱発される「可愛い」が何よりの曲者（くせもの）だった。

　真澄は鏡を見て、自分のことを「可愛い」などと思ったことは一度もなかった。

　鼻はなんだか丸っこいし、鼻の下もちょっと長い気がするし、口は開けば奥歯まで見えそうなくらい大きい。一応、瞼（まぶた）は二重だけど、もっとはっきりくっきりしてないと駄目だと思う。髪は、普通に真っ直ぐなので特に苦労はないけれど、眉毛が濃いのはけっこう困る。抜くのは痛いし、切って整えるのも面倒臭い。あと、おでこが広過ぎ。そのうち禿（は）げてくるんじゃないかって心配になる。胸は、中学ぐらいだったらまだ将来に期待もできたけど、高校も三年になると、いい加減自覚しなければならなくなる。

　貧乳。「小さい」でも「ペチャ」でもない、「貧しい」乳房。なんて悲しい響きだろう。それでも滅多に表に出ることがない胸は、詰め物で誤魔化（ごまか）せるからいい。あとは将来好きになった男の人が、そのたった一人が納得してくれれば人生を生き抜くことはできる。男がみんな巨乳好きなわけじゃないよ、小さくたって真澄は綺麗だよ。そう言ってくれれば帳尻は合う。ただ、そんなときでも「貧乳でも綺麗だよ」はNGだ。前後をどう飾ったところで「貧しい」はネガティブワードだ。それだけは一生誰にも言われたくない。自分で冗談めかして言うのはともかく、他人に、しかも男性に言われたら立ち直れない。

しかし、そういうところこそ男性は、よく見ている。

高校くらいから写真が好きになり、自分でも撮ってみたり、パソコンで画像補整してみたりして興味が深まったことから、真澄は普通の大学ではなく、写真科のある専門学校に入学した。真澄にとっては小学校以来、六年ぶりに男子と机を並べることになったのだが、これが、小学校時代とはまるで違う生き物になっていたのには驚かされた。

まずはニオイ。汗、脂、タバコ。女子校時代も部活によっては汗臭い女子がいたけれど、でもやっぱり、男子のそれは別物だった。なんというか、女子のそれとは桁(けた)が違っていた。桁というより、単位か。もはや「キロ」ではなくて「トン」、みたいな。

それから体。むろん街中で男性は見ていたけれど、それを間近というか、身近な存在として見てみると、やはり印象は違った。偶然触ってしまったり、逆に軽く触れられたり、裸の上半身を見たりすると、女子とは全く違うんだな、と実感させられた。太くて、硬い感じがした。

でもそれ以上に違ったのが、異性に対する獰猛なまでの興味だったように思う。

むろん、同じ科の生徒なら写真、他の科なら映画、映像、音楽、音響、放送、俳優、声優と、情熱と目的を持って入ってきた人たちばかりだから、自分の専門分野の話は当たり前のように熱が入る。だが異性の話は、それ以上に熱がこもっていた気がする。

とある昼休みの教室。週刊漫画誌の巻頭グラビアを見ながら、男子二人が何やら密談していた。

「分かってねえな、お前。これはニセ乳だって」

「えっ、そんなことないだろう」

「馬鹿、よく見てみろって。ここまでは確かにナマ乳だ。でもこんな細い娘の、胸だけがこんなに盛り上がってるなんてあり得ない。で、ここよ。そういうときは、アンダーを見るんだよ。肋骨と接してる、ここのライン……な？　微妙に浮いてるだろ。こういうのはさ、下に詰め物して、寄せて上げてるからなるんだよ。本当に大きい娘は、逆に喰い込んでたり、はみ出たりしてるから。俺くらいになるとな、パッと見ただけで、ナチュラルな胸か、詰め物で下駄履かせた胸なのか、服の上からでも確実に分かるんだよ……」

そう聞いた瞬間、真澄は二人に背を向けていた。荷物で胸を隠しつつ、教室から急いで逃げ出した。

男って、服の上からでも詰めてるって見分けられるのか。恐るべし、盛りのついた男子。

これからは詰めるにしても、より自然に見える方法を模索せねば。

ただ、悪いことばかりでもなかった。

「市瀬って、カレシいんの？」

入学当初からわりと気安く、そういうことは訊かれた。

「えっ、いないよ……だって、ずっと女子校だったし」

「うっそ、マジで。そんなに可愛いのに、カレシいねーの？」

じゃあ俺と付き合ってくれ、と言われたのも、一度や二度ではなかった。

コンパに誘われるようになると、自分のポジションもなんとなく分かってくる。

「市瀬は競争率高いからな」

「俳優科に行った方がよかったんじゃないの？」

「写真撮らしてよ。脱がなくていいから」

「ほんとはカレシいるんでしょ？」

「事務所関係とかもよく学校に来るから、そしたらスカウトされるんじゃね？」

どうやら真澄は、本当にちょっと、可愛いとか、美人の部類に入るようだった。実際、一つ上の先輩と三ヶ月半、同級生と九ヶ月弱、交際した。二人ともけっこう人気があって、周りの女子からはえらく羨ましがられた。

俳優科の先生からも声をかけられた。それも男性だった。

「あなたが、市瀬真澄さん?」

「はい、そうですけど……」

「写真科だって聞いてるけど、あなたは、表に出る仕事に興味はないの?」

「あ、そういうのは、ちょっと……性格的に合わない、というか、向いてないかな、と」

「嫌なら無理にとは言わないけど、あなたは充分、人前に出られるだけのルックスをしてるよ。演技が嫌なら、モデルって手もある。なんだったら私が知ってるプロダクションを紹介するけど」

「いえ、そういうのは、ちょっと……すみません。お気持ちだけで……ありがとうございます」

二年の課程を修了し、真澄は商業写真家であるOBの事務所に就職したのだが、二年半ほどした頃、その社長が急に活動拠点を海外に移すと言い出した。

「あなたたちは、みんな優秀だ。私がいなくても、立派に活躍できる人ばかりだ」

嘘だった。写真家としての真澄はまさに素人に毛が生えた程度。再就職先は二転三転、四転五転し、結局は在学中にプロダクションを紹介すると言ってくれた先生の口利きで、比較的大手のスマッシング・カンパニーに拾ってもらうことになった。ただし、業務内容は内勤限定で、とお願いした。

面接をしてくれた斉木社長も、それで納得してくれていた。

「僕はねぇ、とにかく美人が好きなの。もちろん僕の奥さんは美人だし、早紀だってさ、麻衣子だってさ、蘭だって愛美だって瑛莉だってユキだって史奈だって、うちの娘はみんな美人でしょう？　だからね、君も合格。いいんだよ、嫌なら外に出なくたって。事務所にも仕事はいっぱいあるんだから。デスクだって総務だって。経理はできる？　ああ、できない。いいのいいの、美人は経理なんてしなくて。なんだったら僕の秘書だっていいし。うんうん、できそうな仕事、できる範囲でがんばってくれればいいから」

　しばらくは本当に、内勤ばかりをしていた。所属は総務係ということで、法的なことから会社所有の車両の管理、マスコミ対応、トイレ掃除まで、社内のあらゆる雑務を請け負った。たまには新人タレントの写真を撮ったりという、自分の能力を活かせる場面もあった。

　だがそれは、スタッフの数が足りているときの話。新人を入れたり他社から引き抜いたりしてタレントが増えれば、逆にマネージャーが独立したり病気で退職したりすれば、そのバランスは崩れる。崩れたら、どうにかして補正しなければならない。

　一番手っ取り早いのは、顔も勝手も分かっている内部の人間が、スポット的にマネージャー業務を兼務することだ。

「市瀬。明日の瑛莉のインタビュー、アテンドしてやって」

　真澄にそう言ってきたのは、チーフマネージャーの岩崎智弘。明日は福永瑛莉が出演した映画『罪の形』の集中取材日。瑛莉は赤坂のホテルに一日カンヅメになるという。普段は女優のタマゴが瑛莉の付き人をしているのだが、その日はたまたま映画のオーディションと重なってしまい、現場に同行できないということだった。

「……分かりました。何時に、どこに行けばいいですか」

朝七時にマンションまで迎えにいき、そこから赤坂に直行。現場では着替えやメイクの立ち会い、食事や飲み物の確保、映画会社宣伝部員との打ち合わせから、NGワードの確認まで、雑用全般なんでもやった。瑛莉の場合、NGワードは「元モデル」「抜擢（ばってき）」「演技派に転向」「転身」「本格女優」など。モデルが演技もやるようになった、という書き方はしないでほしい、というのが事務所と瑛莉からの要求だった。

取材は午前十時半スタート。他の出演者との対談形式もあれば、瑛莉の単独インタビューもある。一件終わるごとに衣装を変え、メイクをやり直す。この日に受けた取材は大小合わせて九件。終わりは夜十一時の予定だったが、案の定その時間には終わらなかった。実際には零時を過ぎ、それから帰り支度をして瑛莉を自宅まで送り届けた。

正直、真澄はこの一日で、自分にマネージャーは無理だと思った。瑛莉はとにかくわがままだし、すぐ機嫌を損ねるし、他所のスタッフや共演者に愛想がいいのは唯一の救いだが、それがかえってストレスになるのだろう、身内しかいなくなったときの瑛莉の態度は本当にひどいものだった。性格が悪い悪いとは聞いていたが、ここまでとは知らなかった。

「……んっと、やってらんねーっつーんだよッ」

瑛莉がコーヒーの入ったカップを壁に投げつければ、真澄は黙ってそれを片づけなければならない。タバコは一本吸うたびに灰皿を交換し、下げたそれもすぐ綺麗に洗わなければならない。携帯電話、水、キャンディ、目薬、ファッション雑誌、文庫本、携帯ゲーム機。何を言われてもすぐ渡せるように用意しておき、しかし自分からは勧めない、話しかけない。そうするよう、岩崎に言われていた。

一応、言われたことは守ったつもりだったが、それができるのはせいぜい丸一日。もうマネージャーはこりごり。そう思っていたのに、人生とは皮肉なものだ。岩崎はその後も真澄を指名し続けた。

「瑛莉がさ、どうしても市瀬がいいって言うんだよね」

最初は、瑛莉が自分の何を気に入ったのかまるで分からなかったが、三回もやると大よその察しはついた。

明らかに瑛莉は、真澄をこき使って楽しんでいた。事務所内でそこそこチヤホヤされていた真澄を手元に置き、思うがままに従わせ、八つ当たりの的にし、ときには小突き、蹴飛ばし、罵倒（ばとう）し、「お疲れ」のひと言で任務から解放する。

そうやって真澄を、自身のストレス解消に利用していたのだ。

ＱｒｏｓのＣＭ撮影現場は、いろんな意味で不幸な偶然が重なってしまったのだと思う。

撮影は、目黒区内にあるハウススタジオを丸ごと一軒借りて行われた。青々とした芝生の庭、広いテラスのある白い家。窓は、枯れた感じのレトロな木枠。中に入ると、床も節の浮き出た天然木。ロケーションはかなり真澄の好みだった。

だがそんな、ちょっと上向きなテンションも、瑛莉がひと言発した途端、真っ逆さまに墜落する。

「個室、取れてんの?」

「あ、はい。確保できてます」

「島崎ルイと相部屋とか言うんじゃないでしょうね。勘弁してよ」

「大丈夫です。別室です」

「間違ってたら殺すよ」

「はは、大丈夫ですって」

女性二人と藤井涼介がそれぞれ個室を確保したお陰で、格闘家の近藤サトルが廊下で着替えなければならなくなるというハプニングはあったものの、撮影は午前中から始まり、昼過ぎぐらいまでは順調に進んでいた。

ハプニングといえば、あれがまさにそうだった。

ちょうど近藤の撮影が終わり、瑛莉のカットの準備に入った頃。照明か何かのケーブルがテーブルに当たり、そこにあった紙コップが倒れ、何人かに中身がかかった。たぶんコーヒーだったと思う。

真澄はよかった。それこそ着ていたのはＱｒｏｓのカットソーとフレアスカート、素足に安物のパンプス。駄目になっても諦めがつくものばかりだった。だがすぐそこにいた年配の紳士、彼のネイビーのシャツはともかく、純白のパンツの裾にまで跳ねが飛び、染みになってしまったのはマズかった。しかもなぜだか、周りのスタッフは固まってしまって動かない。

仕方なく、真澄が動いた。

「大丈夫ですか……ちょっと、失礼します」

たまたま専用洗剤を持っていたので、それを丸めたティッシュに含ませ、裏からもティッシュを当てて応急の染み抜きをした。

それを、その紳士はえらく褒めてくれた。

「若いのに用意がいいし、手際もいい。あなたはどこの方？」

「あ……ご挨拶が、遅れました。スマッシング・カンパニーの、市瀬と申します」

紳士は手渡した名刺を見ながら、真澄の顔を覗き込んだ。

「あなたのメガネにも、跳ねてますよ」

「えっ、あ、そうですか……すみません、ありがとうございます」

慌ててメガネをはずし、レンズを拭いた。でも、言われるほど汚れてはいないような。

そう、思ったときだった。

「あなた、ちょっといらっしゃい」

真澄はその紳士に手を引かれ、奥の方に連れていかれた。困ります、福永の本番が間もなく、とも言ったのだが、紳士はまるで聞いてくれず、「ベース」と呼ばれる、モニターなどの機材を設置した撮影拠点にドカドカと踏み込んでいき、

「おい、カンドリくん」

そこにいた関係者を呼びつけた。

「はい、クワジマ先生。何か」

それを聞き、真澄は思わず「えっ」と漏らしてしまった。

クワジマって、Ｑｒｏｓのチーフ・エグゼクティブ・デザイナーの、あの、桑嶋隆平のことか？　この紳士が？

「急で悪いんだけどな、藤井くんのシーンさ、あそこにこの娘を絡められるように、ツーショットのシーンに書き替えてくれよ」

「藤井くん」はもちろん藤井涼介、「この娘」は真澄、「あそこ」というのは、藤井がカシミアのセーターを着るメインのシーンを意味していた。

むろん真澄は、そんなのは無理だと言った。私は女優でもタレントでもありません、ただのサブマネージャーです、ＣＭ出演なんて困ります、そもそも、そんなの藤井さんだってＷｉｎｇさんだって納得しませんよ、私みたいな素人を相手になんて。

しかし真澄の反論を、その紳士、桑嶋隆平は笑顔で受け止めた。

「じゃあ、藤井くんとＷｉｎｇサイドが納得すれば、君は出演してくれるんだね？」

そんな理屈があるもんか。

「あ、いえ、ですから、私は、いちスタッフで、言わば……素人ですから」

「Ｑｒｏｓの第一弾テレビＣＭは、出演者全員が素人さんだったよ。別にそんなのは特別なことじゃないさ」

「いえ、でも、何も、私じゃなくても……」

だったら福永を絡ませてください、というところまでは聞いてもらえなかった。

「僕はね、君がいいんだよ。そのカットソーもスカートも、うちのでしょう。いいよ。最高に素敵に着こなしてくれてる。ほら、もう一度メガネをはずして、顔を見せてごらん」

はずすというより、無理やり奪われた感じだった。

「ほらカンドリくん、監督も、こっちきて見てみてよ。どう、いいだろう、この娘。特にな……君さ、ちょっと上を向いてごらん」

アゴの先を持たれ、斜め上を向かされた。

「この角度。アゴ、喉元(のどもと)、肩にかけてのラインが、すーっ……な？　いいだろう。美しいだろう」

確かにいいですね、と同調したのは撮影監督だったか。

「そうだ、藤井くんにさ、この娘を後ろからハグさせてさ。で、君がこう、肩越しに、藤井くんを見上げるんだよ……君、身長いくつ」

百六十八センチ。そこは正直に答えた。

「いいじゃない。藤井くん百八十以上あるでしょう。ばっちりだ。それで、ひと言ふた言、交わしてみるといいな……よし、ちょっと撮影は中断して、藤井くんのシーンを練り直そう」

こんなことが許されるのか、と真澄は思った。広告代理店、制作会社、制作スタッフ、出演者、それぞれの事務所。たった三十秒でも、ＣＭには実に多くの人々が関わっている。それが、クライアントであるＱｒｏｓの、チーフ・エグゼクティブ・デザイナー桑嶋隆平の単なる思いつきで、滅茶苦茶になろうとしている。

一方で真澄は、いくら桑嶋隆平のゴリ押しでも、通る話と通らない話があるだろう、と高を括ってもいた。

しかし、

「藤井さん、了解得られました」

「Ｗｉｎｇさんからも、問題ないという回答、もらいました」

通ってしまった。

もう、桑嶋は得意満面だ。

「ということは、スマカンさん的にも問題はないよね？　まさか、Ｗｉｎｇさんがいいって言ってるのに、スマカンさんがＮＧを出して、僕の案を潰したりはしないだろう？」

それは、真澄に言っているのではなかった。ちょうどその場に居合わせた、岩崎に言っているのだった。

「すみません……社長と、連絡がとれないので、もう少しお時間をいただかないと、なんとも……」

「何が問題なの。斉木さんはこんなことでグダグダいう人じゃないよ。この場にいたらさ、ガハハッて笑って、面白いじゃない、やってみてよって、絶対に言ってくれるよ」

いやいや、問題は斉木社長ではない。福永瑛莉だ。

案の定、そのときも瑛莉は柱の陰から、物凄い目で真澄を睨んでいた。

2

あれよあれよという間に話はまとまり、真澄の出演が決まってしまった。そればかりか、桑嶋隆平自らが真澄の衣装をコーディネイトし、それに合わせて藤井涼介の衣装も変更されたようだった。

「……うん、綺麗。似合うよ、真澄ちゃん。まるで天使だ……そう、君は天使だ。天使がバレエを踊ってるんだ。霧の立ち込める湖でね、その湖畔でね、ふわーり、ふわり……」

そのまま桑嶋は、まさにふわりふわりとどこかに行ってしまった。

入れ替わるように控え室に入ってきたのが、なんと、藤井涼介だった。

真澄は慌ててドレッサーチェアから立ち上がった。

「あ、あの、初めまして、い、市瀬、真澄といいます。あの、実は、私は……」

「いいですよ、事情は大体伺ってますから」

真澄自身は、特に藤井涼介のファンでもなんでもなかった。でも、実際に会うと確かに、甘いマスクと低い声のギャップが妙にセクシーで、スタイルもメディアを通して見る以上に抜群で、ある意味、現実離れした恰好よさだった。

一瞬でファンになった、というか。ひょっとしたら、ちょっと恋をしていた、のかもしれない。

少し腰を屈めて、藤井が真澄の顔を覗き込む。

「桑嶋さんが目を付けたの、なんか分かる気がするな……うん、大丈夫。市瀬さんなら、きっと上手くいくよ」

もう、鼓動が完全に暴走していて、それが藤井にも聞こえてしまわないかと、不安で堪らなかった。

「あ……ありがとう、ございます」

「台本は、もう読んだ?」

真澄が「これ、カシミアなんだね……どう?」と藤井に訊いて、彼が「うん、いい感じ」と答えるだけの、簡単なものだ。

「あ、はい、あの……はい、読みました」

「ちょっと、向こう向いて立ってくれる?」

姿見の前に立たされ、そこで後ろから、藤井に抱き締められた。

むろん、軽くではあるけれど。

平たくて硬い藤井の胸板を、肩から首の後ろ辺りで感じた。二の腕には、藤井の力瘤(ちからこぶ)。お腹の前に回ってきた、大きな両手。

それと、ほんのり漂う、バニラの香り。

話しかけられると、彼の声が直接、振動となって伝わってきた。

自分の髪が、藤井涼介の声に、震えている。

「……市瀬さん、背が高いって聞いてたけど、これだけ違えば大丈夫だね。本番はこういう感じで、ちょっと俺が上から覗き込むから……うん、ちょうどいいよね」

撮影中は無我夢中で、監督の指示に、自分がどういう対応をしたのかもよく覚えていない。

「真澄ちゃん、もうちょっと藤井くんを見て、ふわっと笑える?」

言われたことにはできるだけトライしてみたけれど、上手く笑えたのか、ちゃんと台詞を言えていたのかは、自分では分からない。

ただ、ベースのモニターでＯＫテイクを見て、思ったより自然な感じに撮れているな、とは思った。不思議なほど表情がリラックスしている。でもそれは、藤井のリードがあってこその表情だった。

彼が優しく見つめていてくれたから。柔らかく抱き締めてくれたから。カメラが回っていないときに「大丈夫」「すごくいい」「普段通りの君でいい」と耳元で囁(ささや)き、真澄にほんの一時間だけ、恋をさせてくれたから。芝居なのは分かっている。この場限りだってことも理解している。でも体が、ぽっ、と火照(ほて)ったのは事実だから。その火照りが、あの半分とろけたような微笑になったのだと思う。

「じゃ、お疲れさまでした」

当たり前だが、撮影が終わったら藤井はさっさと帰っていった。男だから身支度も簡単なのだろう。真澄はまだメイクを落としている途中だったので、挨拶に出ることもできなかった。

そうして、修羅場(しゅらば)は始まった。

「カンドリさん。いきなり現場でこういう変更って、ちょっとどうかと思いますよ」

もう、藤井とＷｉｎｇ、その他プロダクション関係者がいなくなった途端、瑛莉がブチ切れた。たぶん広告代理店の責任者なのだと思うが、その人に直接抗議し始めた。

「申し訳ない。でも状況的にさ……」

「状況的にも何も、市瀬はタレントでもなんでもないんですよ。彼女には単価も評価も何もないんです。これ、どうするつもりなんですか。どうせ素人だろって、あとから買い叩くんですか」

「それは、きちんと対応させてもらいますよ」

瑛莉が、これ見よがしに溜め息をつく。

「あのさぁ……いくら桑嶋さんのアイデアだからって、やって良いことと悪いことがあるでしょう。じゃあ、私が桑嶋さんに脱げって言われたら、カンドリさん、同じように『お願いしますよ』って、私に頭下げにくるわけですか」

「いや、それはさすがに……」

「でも同じことですよね。撮影プランも台詞も、お偉いさんの気分次第でコロコロ変わって、それに代理店も制作も右へ倣えじゃ、こっちはおっかなくて現場になんて来れませんよ。ほんと洒落にならない」

むろん、瑛莉が怒っているのは現場の仕切りが悪かったからではない。どういう経緯があったにせよ、自分のサブマネージャーである真澄がＣＭのメインを張ったことが気に喰わなかった、許せなかった、そういうことだ。

言うだけ言ったら、瑛莉は自分の楽屋に籠城。ちなみに真澄はルイが使った部屋が空いていたので、撮影前も撮影後もそこに控えていた。瑛莉の部屋に入れるのは岩崎だけ。真澄もその他のスタッフも、ドア越しに声をかけただけで「入ってこないでッ」と怒鳴られる有様だった。

カンドリの上司が現場に駆けつけて瑛莉に詫びを入れ、ようやく事態が収まったのが夜の七時。今回の件はクライアントであるＱｒｏｓと相談して、スマッシング・カンパニーにも納得してもらえる形に持っていく、というのがその夜の落とし処だった。

だがそれで、瑛莉の怒りが収まったわけでは全くない。

マンションまで送り届け、真澄だけ先に帰るよう言われた。

「……ほら、来てよ」

岩崎だけが瑛莉の部屋に呼ばれ、さらに怒られたのか善後策を練ったのかは分からないが、翌日の昼に真澄が出社したときには、もうこの件に関する対応のガイドラインは大よそできていた。

まず、今回のＣＭのラストに登場する女性について、情報は一切表に出さない。氏名年齢、所属プロダクションはもとより、出演するに至った経緯、現場での様子も完全に伏せる。これを関係者全員に徹底させ、情報が出回った場合は広告代理店、白凰堂が責任を持って対処する。情報漏洩元を速やかに突き止め、以後は出入りを禁ずる。その代わり、スマッシング・カンパニーはＣＭの編集、あらゆる媒体での使用を許可し、これに対するペナルティを求めない。そういうことで落ち着いたようだった。

こんな横車が許されるのは、スマッシング・カンパニーという会社がプロダクションWingに次ぐ大手芸能事務所だからに他ならないのだが、ではこれについて、斉木社長はどう思っていたのかというと、これが正直、どうでもいいようだった。

真澄も社長室に呼ばれ、事情を訊かれた。同席者は岩崎のみ。瑛莉は事務所には滅多に来ない。

「……でなに、真澄ちゃんはそれに、出たかったわけ？」

応接セットではなく、真澄と岩崎は社長デスクの前に立って質疑に答えた。

「そんな、出たくなんてありませんでした。私は現場でもはっきり、困りますってお断わりしました。でも桑嶋さんが、もう、とにかく強引に進めてしまったんです」

斉木がうんうんと頷く。

「ああいう成功したクリエイターってのはね、自分の感覚でどこまでも突っ走ってく生き物なんだよ。そこはさ、勘弁してあげなさい。君だって、おっぱい見せろって言われたわけでも、愛人になれって言われたわけでもないんでしょう？」

斉木には何かと、話を下ネタにすり替えて収めようとする癖がある。というか、根っから下ネタが好きなのだろう。

岩崎が、さも心配そうに訊く。

「でも社長。情報が漏れた場合、白凰堂が突き止めてその後は出入り禁止なんて、そんなことできるんですか」

斉木は、鼻で笑いながら掌をひらひらさせた。

「方便だよ、方便。ある程度の脅しにはなるだろうけど、漏れたところでペナルティなんて無理さ。先方は俺と瑛莉の顔を立てて、今のところそう言ってるだけ。でもいいじゃない。そう言ってくれるだけ、嬉しいじゃないの」

だがそれでは、真澄の立場がない。

「社長、そんな適当に言わないでくださいよ。困るのは私なんですから」

「なんでよ。なんで真澄ちゃんが困るの」

それには、気を遣ったのか岩崎が答えた。

「ここしばらく、市瀬には瑛莉の現場についてもらっていました。私には手の回らないところまで、市瀬はよくやってくれていました。瑛莉は……態度はともかく、彼女なりに市瀬のことは信頼していたと思うんです」

それはどうだろう。利用はしたが、信頼はしてなかったと思う。

「その市瀬が、急に自分と同じ土俵に、いや、ひょっとしたらそれよりも高いステージに立ってしまうかもしれない。そう考えたら、そりゃ焦りますよ。市瀬にやる気がないのならなおさらです。他のタレントと比べたら大したアレではありませんが、それでも彼女自身は、自分のことを苦労人だと思ってる。物凄く努力して、苦労してここまで上がってきたという自負がある。それはそれで、私はいいと思うんですけど、でも今回の市瀬の件は、下手に内情を知っているだけに、彼女も自分の中で処理しきれないんだと思います。本人を目の前にして言うのはアレですが……自分より低く見ていた市瀬が、世間で脚光を浴びるのに耐えられないんだと思います」

さすがチーフマネージャー。タレントの気持ちを理解するのはお手のもの、というわけだ。

斉木が溜め息をつきながら背もたれに寄りかかる。

「……そこまで分かっててお前、俺にどうしろって言うのよ」

「とりあえず、市瀬を内勤に戻します。外には出さない……そのことを社長から、瑛莉に伝えてもらえませんか」

「なんで俺なんだよ。お前が言えばいいだろう」

「現場で市瀬の起用を止められなかった私は、マネージャー失格なんだそうです。まあ、だからといって、代わりを誰にしろとも瑛莉は言ってこないんですが」

また一つ、斉木が溜め息をつきながらかぶりを振る。

「真澄ちゃんは前みたいに内勤にするから、人目に触れるところに出すようなことはしないから、安心してちょうだいね、と。俺が瑛莉に言えばいいわけか」

「それから社長。市瀬に『ちゃん付け』するのも、やめていただけますか」

それには、ケッ、と唾を吐く真似で答える。

「そんなのは今だけだよ。わざわざ瑛莉に、そんなこと言うわけねえじゃねえか」

「すみません……でも、注意はしていただかないと。社長が誰を呼び捨てにして、誰をちゃん付けして、といったことを、女の子たちは非常に気にします。特に市瀬の扱いは、慎重にしていただかないと困ります」

「はーあ……はいはい、分かりましたよ」

溜め息をつきたいのは、真澄も同じだった。

芸能界は嫉妬の世界というが、もう少し遠慮というか、それを表に出さずに上手くやることはできないのか、と思う。

これだったら、グループの和を乱さないために、嘘と分かっていても互いを褒め合っていた中高の同級生たちの方が大人だった気がする。

やっぱり自分には、外に出る仕事は合わない。内勤の方が向いている。

改めて、そう思った。

事情が事情だけに、CMの完パケ——編集され、音も入った完成品のDVDが届いても、なんとなくみんなで集まって見ようという雰囲気にはならなかった。中には九月になってオンエアされ、それで初めて見たという社員もいた。

経理の内村千明がそうだった。

「真澄ちゃん、見たわよぉ。すんごい綺麗だった。瑛莉よりずっと目立ってたじゃない」

「千明さん、それ……シッ」

それでも千明はやめなかった。

「んもぉ、あたしあの娘、ずっと前からいけ好かなかったのよぉ。ツンケンしててさ、いっつもイライラしてて。真澄ちゃんの方がずっと可愛いし、性格もいいもの」

男性社員にも、そこそこ評判はよかった。

「市瀬、メガネはずしてみてよ」

「えっ、なんでですか」

「全く以て、灯台下暗しだよな。お前があんなに美人だなんて、全然気づかなかったよ。今度、二人で飲みにいこうか」

社長がああだからか、こういうことを明け透けにいうスマカンの男性社員は多い。

「けっこうです……っていうか、そういう話、全般的にタブーなんで。気をつけてください」

「なんでだよ。瑛莉なんて滅多に来ねえじゃん。平気だよ」

「ひょんなことから、外部に漏れても困るんで」

「大丈夫だって。案外心配性なんだな、市瀬って」

別の社員は、もっと悪質なことを耳打ちしてきた。

「……なあ、市瀬。他社からデビューしちゃうってのは、どう？　俺に心当たりがあるんだけど」

もう、考えただけでゾッとした。

「冗談やめてくださいよ……っていうか、そんなこと私にさせて、野口さんに一体なんの得があるんですか」

「そうなったら俺は、がっちり紹介料せしめるのさ」

そんな、ある面では好意的な評価も、ケチな悪だくみも、社内でこっそり言われているうちは、まだよかった。

3

別に、仕事的には以前の状況に戻っただけだった。

「真澄ちゃん。ヴェルファイアの車検、手配してくれた？」

「はい。来週前半が空きそうだったんで、火曜日に予約しました。念のために代車も頼んでおきましたけど」

「よかった。じゃ、水曜に一台押さえといて。麻衣子のロケが変更になったから」

「了解しました」

忙しいのなら、かえってその方がよかった。

「市瀬ェ。トイレの、あの、ブオォォーッてやつ」

「あ、はい、ハンドドライヤー」

「男子トイレのあれ、壊れてっぞ」

「あ、ほんとですか。分かりました。メンテ呼びます」

「そう言わずに、とりあえず一緒に見にいこうよ」

また馬鹿なことを。

「……いえ。あとで、誰もいないときに、ちゃんと見にいきますから。ご心配なく」

そんな冗談半分のセクハラにも、もはや慣れっこだった。むしろここが自分の居場所なのだ、自分はこのオフィスで受け入れられているのだと、再確認する思いがした。

「真澄ちゃん、お昼どうする？　お弁当？」

経理の内村千明はだいぶ年上というのもあり、事務所内では一番真澄のことを気遣ってくれる、いい姉貴分だった。

「あ、いえ、今朝、ちょっと寝坊しちゃって作れなかったんで、出ます。千明さんは？」

「真澄ちゃんがお弁当なら、サンドイッチか何か買ってこようかと思ったけど、じゃあアレ、いこうか。スペインバル」

「あ、いいですね。お供します」

そこはカウンター席も個室席もある、真澄と千明の行き付けの店だった。仕事帰りにワインとアヒージョを楽しむ、というのが定番だったが、近頃はランチも始めており、九百七十円の日替わりワンプレートが二人のお気に入りだった。

その日に座ったのはカウンター席。

「あたし日替わり」

「私も。じゃあ、日替わり二つで」

メインディッシュは確か、ローストビーフか、チキンの煮込みだったと思う。

オーダーが済むと、噂話大好きな千明が早速耳打ちしてきた。

「……右、テーブルの男子。いま真澄ちゃんのこと見てたよ」

「だから、やめてくださいって、そういうの。見てませんよ誰も、私のことなんか」

「いやいや、案外そうでもないかもよ」

そう言って千明がバッグから取り出したのは、二枚か三枚のコピー用紙だった。

「今さ、あの、ＱｒｏｓのＣＭに出てる女の子って誰？　みたいな話題が、ネットの一部でけっこう盛り上がってるのよ」

広げて見ると、それはインターネットの掲示板か何かをプリントアウトしたものだった。

確かに【ＱｒｏｓのＣＭに出てる女の子、あれって誰？】というタイトルのスレッドに、たくさんの書き込みが連なっていた。出だしは女優の誰々に似ている、といった類の内容が多かった。それが次第に、森佑子というモデルではないかという意見に集約されていく。ファッション誌「ｗｉｌｌ　ｙｏｕ」の元専属モデルで、現在は女優としても活躍している彼女は、言わば福永瑛莉が歩んでいる路線の先駆者的存在だ。もっとも、彼女は今もモデル業を積極的に続けており、瑛莉ほど「脱モデル」という路線は打ち出していない。

「でも……なんかこういうの、ちょっと気持ち悪いですよね」

千明が目を丸くする。

「なんでよ。凄いことじゃない。だって、ＣＭのオンエアが始まって、まだ十日よ？　それでこれだけ話題になるんだもん。凄いわよ。スターだよ、真澄ちゃん」

「ちょっと千明さん……声大きい」

その頃はまだネットでどう盛り上がろうと、所詮他人事と思うようにしていた。むしろ森佑子に似ていると言われたことを、ちょっと光栄に思っていたくらいだ。

しかし、ネット情報の「目」は次第に、真澄本人との距離を詰め始めた。

それを知ったのもやはり、千明とのランチどきだった。十月の初め。場所は中目黒のステーキハウスだった。

「……ちょっとさ、さっき、こんなの見つけちゃったんだけど」

同じように書き込みをプリントアウトしたものを見せられた。

【中目黒駅で「Ｑｒｏｓの女」発見！　俺、よく考えたらこの女、中目で何度も見かけてるわ。本物はメガネかけてて、マジで可愛いぞ！　意外なくらいデカいけど。】

珍しく、千明が深刻そうな目で覗き込んできた。

「真澄ちゃん、今までごめんね。あたし、こういう事態まで想像してなかったからさ、なんか、馬鹿みたいにはしゃいじゃってたけど、確かに気持ち悪いよね……うん。ようやく、真澄ちゃんの気持ちが分かった。ほんと、ごめん。からかうようなこと言って」

別に千明が謝るようなことではない。そのときの真澄は、ただかぶりを振るしかなかった。

千明が続ける。

「でもさ、見つけちゃったら、知っといた方がいいじゃない。あるもんは、こうやってあるんだから……知らないより、注意だってできるじゃない。だから、あえて持ってきたの。ごめんね、なんか、嫌な話ばっかりしちゃって」

そんなことはない。千明がいてくれるのと、いてくれないのとでは大違いだ。

「んーん……教えてもらえて、よかったです。そう、ですよね……注意っていうか、対処っていうか、知ってればできることとかも、あるかもしれないですもんね」

「うん、そう、あたしも思ったの。大体、ＣＭのときの真澄ちゃんってさ、サラッサラのストレートヘアで、メイクだってちょっと感じ違うじゃない？　いつもはメガネも掛けてるし。気づく人、そんなにいるとは思えないんだよね」

「だから、千明さん……声大きいです」

現場ではヘアメイクのプロが三十分以上かけて丁寧にブロウをし、何種類もスプレーを使い分けてセットしてくれた。実際はただのストレートヘアではなく、下の方はゆるく外巻きにしてあった。分け目も真ん中ではなく、カメラのアングルを考慮した結果右分けにした。ライトの加減か、髪色も明るめに映っていた。普段の自分よりは、かなり大人っぽい雰囲気になっていたと思う。

しかし、それでも見破られた。

中目黒、メガネ、背がデカい。どう考えても、真澄本人を示しているようにしか思えない。これからは何か、そういう視線をかわす工夫をしていく必要があるのかもしれない。だからといって、仕事は簡単には変えられない。身長も縮められない。メガネをコンタクトにするのは可能だが、それでは逆に素顔になってしまい、ＣＭのスタイルに近づいてしまう。意味がない。

真澄はそれとなく、周りを見回した。

昼時のステーキハウス。同じ年頃のＯＬもいるが、割合としてはやはり男性サラリーマンが多い。中には携帯を弄（いじ）っている人もいる。「Ｑｒｏｓの女」の画像を検索し、今まさに真澄と比較している可能性だって、ないとは言い切れない。今日の昼食を写真に撮る振りをして密かに真澄を撮影し、勝手にネットにアップするかもしれない。「Ｑｒｏｓの女」、中目のステーキ屋でランチ食ってた。そんなコメントを添えて。

「……ごちそうさま。千明さん、すみません。私、お先に……」

あの日からだ。街中にいると、妙に他人の目が気になるようになったのは。特に男性。ネットの書き込みの文面は、基本的には男性のそれであるように読めた。明らかに「Ｑｒｏｓの女」を異性として見ている。それも——こんなことを自分で認めるのは本当に嫌だけど、匂いを嗅ぎたいとか、髪に触りたいとか、体に触りたいとか。要するに、性的な妄想の対象にしているように受け取れた。

まだ男性に慣れていなかった、専門学校に入りたての頃に戻ったようだった。いや、もう真澄は男性がどういうものかを知っている。男が女に何をしたいのか、実際にどうするのか。経験は大してないけれど、でも知っている。その分、真澄の側の妄想もリアルだった。

同級生だった恋人が面白半分に見せたアダルトビデオ。その中には、主人公の女優が電車の中で何度も痴漢に遭い、次第にその快楽の虜になっていくという内容のものがあった。調子に乗った彼は、真澄にそういうプレイをしようと持ち掛けてきた。若かったのだろう。真澄も軽い気持ちでそれに応えた。でもそれでよく分かった。

男って、街中で見かける異性に、たまたま同じ電車に乗り合わせた女に、こんなふうに欲望を滾らせるものなのか。普段は優しくて明るい性格の彼の中にも、こんなにも暗く、粘着質で、なおかつ残忍な性欲が渦巻いていたのか。

なんだ。あんた、感じてんじゃねえか。もう濡れてるぜ。

そんなことを言う人じゃなかった。あんなに低く、冷淡な声で囁く人じゃなかった。痴漢役のAV男優になりきっていた、というのはもちろんあっただろう。でもそれも、彼が望んでのことだ。いつもは決して真澄を乱暴に扱う人じゃなかった。でもあのときだけは、嫌だと言っても聞いてくれなかった。あとで、それも芝居のうちだと思った、との釈明をされたが、明らかに彼は興奮していた。それまでのどのセックスよりも獰猛で、光を失った目が無慈悲で、中途半端な体勢だろうとおかまいなしだった。実際痛かったし、乱暴にもされたものだから、途中で涙が出てきた。

真澄の涙を見て、彼はようやく正気に戻った。

ごめん、ちょっと、やり過ぎちゃったね、ごめん、うそうそ。

いや、嘘じゃない。男の本性を、真澄は見た。

そして今、自分はああいう、男の剝き出しの本性の餌食になろうとしている。


あの日は珍しく、福永瑛莉が事務所に来ていた。なんの用事があったのかは知らないが、真澄が銀行から戻ると、デスク担当の女性社員と何やら楽しげに話し込んでいた。

「……おはようございます」

真澄はそれだけですれ違い、自分の席に戻るつもりだった。だが、瑛莉の方が真澄を追いかけてきた。

「市瀬さん」

呼びかけられただけでフラッシュバックが起こった。サブについて、いびられながらも瑛莉の身の回りの世話をし続けた日々。違う、これじゃない、ほんと鈍いね、聞いてた？　とぼけんじゃないよ、使えないなァ、いい加減にしてよ、次やったら殺すよ。

それでも、無視することは許されない。

「……はい、なんでしょう」

振り返ると、そこにいた瑛莉は意外なほど穏やかな表情を浮かべていた。身内に対するそれより、むしろメディアを通して多くの人が目にする「福永瑛莉」に近かった。美人で、ちょっとお高くとまった感じはあるけれど、それを「爽やかさ」という長所に置き換えてみせた。むしろ媚びた感じがなくて、嫌らしくなくていい。カッコいい。それは、瑛莉の本当の性格を知る前の、真澄自身が抱いていた印象でもあった。

瑛莉が微笑む。

「案外、元気そうね」

案外、ってどういう意味だ。

「……はい、お陰さまで」

「何その、お陰さまって」

思ったことをそのまま口に出せる強さ。羨ましい限りだ。

「……いえ。特に、深い意味は」

真澄の答えなど最初から望んでいないのだろう。瑛莉はそのまま奥に進み、真澄のデスク近くで振り返った。目が、こっちまでおいでと命じている。

もともとそうするつもりだった。真澄は肩からバッグを下ろし、自分のデスクに置きにいった。もう一つ向こうの島、経理のデスクには千明がいる。心配そうにこっちを見ているけれど、どういう顔をしていいのか分からない。口で「助けて」とサインを送りたいけれど、瑛莉の目の前ではそれもできない。

瑛莉は真澄のデスクにある、クリップや切手を入れている小物入れの蓋(ふた)を弄(もてあそ)んでいる。

「なんか、ずいぶん話題になってるみたいね。『Ｑｒｏｓの女』とか言われて」

表情は、まだ外向きのままだ。

「いえ……そんな、別に」

「だから、それはなんなのって言ってんの。余裕の謙遜(けんそん)？　そりゃまた、ずいぶんとお気楽ね」

気楽なわけないじゃない、と喉元(のどもと)まで出かかる。

「いえ、その、なんにせよ、いっときのことですから。別にそれで、私が何かになるわけではありませんし。季節が変われば、次のＣＭに、切り替わるだけですから」

「確かにねぇ……昔はそうだったかもしれないけど、今はネットに上げられちゃったら、ほとんど永久に消せないからね。画像も映像も、文章も、噂も……一度世に出回ったら、封印するのはほぼ不可能。要は人前に出ることに対して、そこまで覚悟が持てるのかって話よ」

何が言いたいのだ。まだCMに出たことについて、文句を言い足りないのか。

瑛莉は小物入れの蓋を荒っぽく閉め、そりゃそうと、と真澄の顔を覗き込んだ。

「『Qrosの女』の目撃談で、市瀬さん本人っぽい話まで、アップされてるらしいじゃない。ちょっとそんなこと、小耳に挟んだんだけど」

瑛莉にそんな話をするとしたら、岩崎くらいしか思いつかない。彼は今も引き続き、瑛莉のマネージャーを担当している。付き人には元の女優のタマゴ。残念ながら彼女はオーディションに受からず、一本立ちのチャンスを逸したようだった。

どう返答したものか迷った挙句、真澄は小首を傾げてみせた。

「さあ……ネットとか、私、あんまり見ないんで。よく分かりません」

嘘だった。もはや仕事の手が空くと、それればかり見るようになっていた。特に中目黒はもう、真澄にとって安全な場所ではなくなっていた。

瑛莉が小さく溜め息をつく。それと一緒に、表情からも何かが抜け落ちたように見えた。メディアと向き合うときの「張り」。芸能界にいる限り抜くことを許されない「気」。商品としての「福永瑛莉」。あるいは、一人の女としての「プライド」。そんなものが一瞬だけ谷間にはまり、弛んだのではなかったか。

「ほんとタチ悪いから、あれは。なんも責任ないからね、奴ら。相手のこと考えなくていいから、とことん残酷になれる。情報化社会なんて言うけど、あんなもん情報でもなんでもない。ただの恨みだよ。恨み、妬み、鬱憤、中途半端な自己顕示欲……気をつけた方がいいよ。あいつらに捕まったら、厄介だから」

別にネットに疎いわけではないから、分かっているつもりだった。

でもまだどこか、他人事に思っていた部分はあった。

それが甘いと思い知らされたのは、瑛莉と話した翌日か、翌々日だった。

やるべき仕事は片づけたが、退社するまであと二、三十分はある。そんなタイミングで見つけてしまった、「Qrosの女」に関する書き込み。

【よく似た女が豊洲にいるんだよね。確かにメガネかけてるし、スタイルはいいし、背も高い。結んでるからよく分かんないけど、でも髪もCMのあれくらい長い。胸も、まあまあんな程度（笑）。ひょっとして「Qrosの女」って豊洲在住？】

ゾッとした。学生の頃からずっと住んでいる豊洲。馴染みの店もいくつかあるし、知っている人もいるけれど、誰にも「QrosのCMに出てる？」なんて訊かれたことはなかった。

中目黒はともかく、豊洲はまだ自分にとって安全地帯だと思っていた。

しかし、そうではなかった。

【あ、やっぱり？　俺、豊洲のスーパーで働いてて、よく似た女がたまにくる。メガネが異様に地味なんだけど、よく見ると美人だし。あの人かなぁ……たぶん近くのマンションに住んでる。買うもんがそれっぽい。風呂の椅子とか、普通出先じゃ買わない（笑）。絶対近くにいる。】

確かに買った。お風呂用の椅子が古くなり、とうとう座るところにヒビが入ってしまったので、いつものスーパーで新しく買った。その後も同じ店に行き、食材や日用品、薬局では生理用品も購入した。

駄目だ。あの店には、もう行けない。

だが、マンションの最寄りであるあそこが使えないとなると、日常が一変するくらい生活がしづらくなる。それまでは豊洲まで手ぶらで帰ってきて、あそこに寄って買い物をしてから部屋に戻っていた。足りないものがあったら、ちょっと上着を引っかけ、サンダルで買いにいく。もう何年もそうしてきたから、仕事帰り、有楽町線に乗る前に、有楽町界隈で何もかも済ませてから電車に乗るなんて、考えただけで気が滅入った。混んでいる時間に帰るのなら、食パンや豆腐、トマトや葉物野菜も諦めざるを得なくなるだろう。

もう、豊洲では暮らせない。

でも、そこはまだポジティブに割り切ることができた。今の会社に通うのに、豊洲という街はそもそも不便だった。マンションの契約更新も近づいている。だったら思いきって引越してしまおう。もっと電車の便のいい、誰も知っている人のいない街に移ろう。

　そうして選んだのが自由が丘だった。収入からしたら背伸びした感はあったけれど、少しくらい「いいこと」が欲しかった。新しい街、新しい部屋、新しい暮らし。全てをリセットすることで、「Ｑｒｏｓの女」だった自分に別れを告げたかった。

　ところが、だ。

【「Ｑｒｏｓの女」が豊洲在住ってガセじゃね？　あれによく似た女、自由が丘で見たぜ。もちろんメガネ、長身、貧乳（笑）。サンダル履きだから地元確定でしょ。】

　その書き込みを発見したときは、もう会社にいることも忘れ、

「真澄ちゃん、ちょっと、なに……どうしたの」

　その場で泣いてしまった。「美人だけど貧乳」という近頃増えてきた表現も怖かった。どこかから行動を見られているというだけでなく、服の中、裸まで透かし見られている気がした。悔しくて、悲しくて、怖くて、孤独だった。

　せっかく引越しまでしたのに、一週間も経たないうちに追跡の「目」は真澄に追いついてきた。また自分は捕捉されてしまった。もう駄目だ。もう安全な場所なんてどこにもない。どこまで逃げたって「目」は追ってくる。いたぞ、「Ｑｒｏｓの女」がここにいるぞ。そう言ってカメラが、男たちの「目」が、真澄を取り囲む。

【自由が丘にお住まいの「Ｑｒｏｓの女」さん、はっけーん。確かに美人だわぁ。貧乳だけ

ど（笑）。けっこうファンなんで住所までは書かないけど、お部屋は三階のようです。どっか窓とか覗ける場所ねーかな。】

とどめはこれだ。

【「Ｑｒｏｓの女」のパンチラ写真ゲット！】

ひと目で分かった。間違いなく、真澄の持っている下着だった。スカートの裏地と合わせて考えれば、それがいつ撮られたのかまで特定できた。

もう、気が狂いそうだった。被害妄想ではなく、本当にカメラは服の中にまで侵入してきた。

むろん、千明や社長にも相談はした。ネットの書き込みがひどく、引越しても効果がなかったので、もうこの事務所に通うのも限界にきている、申し訳ないが退職したい、と。

だが、千明と社長の意見は同じだった。少し休んでみるというのはどうだろう。ＣＭの件は事務所絡みだから、社員であれば最大限のケアはする。でも社員でなくなってしまえば、なんのバックアップもできなくなってしまう。辞めるのは簡単だが、決して得策ではない。何か方法を考えよう。瑛莉も辞めないでほしいと言っている。

千明と社長の意見は頷けるものだったが、瑛莉のそれは余計だった。自分がここまで追い詰められても、会社は瑛莉の意見を尊重するのか。そう思うと、もう何もかもがどうでもよく思えた。

4

翌日の土曜日は、あえて早朝から行動を開始した。

今まで行ったことのない二十四時間営業のスーパーで大量に食料を買い込み、しばらく引き籠もる覚悟でいた。一ヶ月、いや、せめて二週間。実際そんなには無理だと思うが、可能な限り外に出るのはよそうと考えた。外部との接触もできるだけ断つつもりでいた。

朝から、ひたすらダラダラとテレビを見る。ニュースから朝の連続テレビ小説。朝食もゆっくりと。カクテルソースで和えたツナにレタス、トマト、スライスチーズを全部、豪勢にトーストでサンドして頬張る。いつもは機械任せだけど、コーヒーもケトルとドリッパーで淹れてみた。ちょっと薄くなってしまったけど、でも美味しかった。

こんなふうに、食べたいときに食べたいだけ食べ、あとは寝転んでテレビを見るだけ。そんな生活をしていれば、自分は自然と「Ｑｒｏｓの女」ではなくなっていくのかもしれない。二重アゴになって、下腹部も弛んで垂れ下がって、ただの脂肪の塊だけど胸も大きくなって、内股にもこすれ合うくらいお肉がついて。そんなの絶対に嫌だけど、ただの想像でもいっとき、現実を忘れる助けにはなった。

番組の途中に挟み込まれるショッピングＣＭ。前々から興味があったお掃除ロボット。怠け者の究極の夢。しかしあれで、本当に部屋の隅々まで綺麗になるのだろうか。ユーザーの口コミはどうなっているのだろう。そんなことを思い、なんの気なしに携帯を手に取った。お掃除ロボット、口コミ、と入力して検索ボタンをクリックする。だがそうしてみて、マズい、と思った。

まもなくディスプレイには検索結果が表示された。その一つをクリックすれば、お掃除ロボットの評判がズラズラと表示され、それを読んでいけば、概ねユーザーの満足度は把握できるだろう。ちょうど「Ｑｒｏｓの女」の情報を仕入れるのと、同じように。

見た見た、あそこで見た、好き、嫌い、可愛い、美人、整形臭い、鼻が変、口デカい、背がデカ過ぎ、スタイルいい、貧乳、性格悪そう、中目黒在住、豊洲在住、自由が丘在住、パンチラ写真ゲット！

いつだ。いつ自分は検索のキーワード欄に「Ｑｒｏｓの女」と打ち込んだのだ。いつ「Ｑｒｏｓの女」関連の掲示板にアクセスし、書き込みを読み始めたのだ。

無意識のうちに、だったのだろうか。でも実際、目はディスプレイに表示された「Ｑｒｏｓの女」関連情報から逃れられなくなっている。

毒の味。そんな言葉が思い浮かんだ。違法薬物を止められない人の気持ちって、こういうことなのかも。読まない方がいいのは分かってる。苦しむだけなんだから、嫌なことしか書いてないんだから、読む必要なんてない。でも、それを阻むものは何もない。手を伸ばせば、情報はいつだってすぐそこにある。

書き込みは増えてないかも。もうみんな飽きてきて、誰も「Ｑｒｏｓの女」なんて追っかけていないかも。甘い認識、誘惑の囁き、淡い期待。最後まで読んで、増えてないことを確かめたい。

馬鹿だった。昨日の今日で、そんなに事態が好転してるはずなんてない。いや、むしろ悪い方に転がっていた。

【この子、たぶん昔オレが六本木でナンパした子だ。すぐついてきたし、すぐ姦(や)れた。確かに貧乳だけど、その他はよかったぜ。肌とかスゲー綺麗だったし。1回だけだったけど。】

嘘だ。六本木なんてほとんど行ったことないし、ナンパなんてされたことない。違う、それは他の人だ。勘違いだ。

【確かこいつ、立川二高じゃね？　スゲーワルだった浅田洋子(あさだようこ)。男とはヤリまくりだしタバコは吸うし喧嘩(けんか)はするし。自分ではやらないくせにヤク売ってたし。モデル事務所にスカウトされたからってプイッと地元からいなくなっちゃったけど、こんなところで出てきたか。出世したな。】

違う違う、立川の高校なんて行ったことないし、タバコなんて吸ったことないし、そもそも浅田洋子なんて名前聞いたこともないし。

もうやめて、赦(ゆる)して。

携帯ごと頭を抱え、うずくまった瞬間だった。突然バイブレーターが作動し、着メロにしていたGReeeNの「ミセナイナミダハ、きっといつか」が鳴り始めたものだから、驚きのあまりそのまま壁に投げつけそうになった。だがすんでのところで思い留まり、ディスプレイに目を向けた。

千明からだった。よかった、投げなくて。

思わず反対の手を胸に当てる。瞬間的に鼓動が倍くらいまで早くなっていた。でも、大丈夫。じきに治まる。

真澄はひと息、大きく吐き出してからディスプレイに指を当てた。

「……もしもし、千明さん？」

『ああ、真澄ちゃん。どう？ 一人で大丈夫？』

「あ、ええ……まあ、なんとか。今のところ」

『今、ちょっと話してもいいかな』

「はい。大丈夫です」

千明なら何時間でも大丈夫だ。

『真澄ちゃん、ソノダって人、知ってる？』

はて。あまり記憶にない名前だが。

「いえ……心当たりは、ないですけど」

『一応、マスコミ関係の人で、でも、あんまり評判よくない人物なんだよね。まあ、有体に言っちゃえば、ブラック・ジャーナリスト、みたいな』

よくないどころか、「ブラック・ジャーナリスト」では評判悪過ぎだろう。

「ああ、そうなんですか……その、ソノダさんが、どうかしましたか」

『なんかさぁ……真澄ちゃんが「Ｑｒｏｓの女」だってこと、嗅ぎつけたらしいんだよね』

予期せぬタイミング、予期せぬ角度からの一撃だった。

そうか、敵はネットユーザーだけではないのか。マスコミが嗅ぎつけて、さらに騒ぎが大きくなる。確かに、そういう事態だって充分起こり得るはずだ。なぜ今までそれに思い至らなかったのだろう。

「……千明さん、どうしよう」

『いや、ただね、ちょっと変なのよ。向こうは何も記事にしようってんじゃなくて、だいぶ変な噂が立ってるようだから、なんだったら火消しに協力しようか、って言ってきてるの』

「火消し？」

この事態を収めてくれるというのか。

「そんなこと、そういうことが、できる人なんですか、そのソノダって人は」

『それが分かんないから困ってるのよ。もうじき社長も来るっていうから、来たら相談してみるつもりだけど』

「あれ、千明さん。いま会社なんですか?」

土曜なのに。

『ああ、定岡(さだおか)くんが昨日の夜になって、今日の昼までに出張費用の仮払いしてくれって……ま、それはいいとして、今ちょっと電話で岩崎くんに訊いてみた感じじゃ、迂闊に関わらない方がいい相手ではあるけど、かなり際どい仕事もするし、ある種の汚れ仕事とか、裏取引なんかには長(た)けた人物だ、って……まあ、具体的にどういうことかはあたしも分かんないんだけど』

裏だろうが表だろうが、そのソノダが誰と取引をしたらこの事態を収められるというのだ。ひょっとして、プロバイダーから非合法な手段で契約者名を引き出し、書き込みをした人物を特定してくれるとでもいうのか。なんにせよ、えらく高くつきそうな気がする。

『もう三回も電話かかってきてるの。社長はまだか、市瀬はまだかって。前に事務所に来たことがあるから、真澄ちゃんのことも見て知ってるって言うんだよね』

「えっ、私、会ってるんですか」

『社長室にいるときに、お茶運んできたって』

社長室にお茶なんて、何十回も運んだから覚えていない。

「どんな感じの人ですか」

『岩崎くんの話では、ブルドッグみたいな顔した、嫌らしい中年男だって』

中年男なんて、たいていはブルドッグみたいな顔をしているもの。若い女の子を見れば嫌らしい目をするものだ。

その後に斉木社長とも電話で協議し、園田芳美の話を聞くだけは聞いてみよう、という結論に至った。ただし、連絡は真澄自身がしなければならない。園田は真澄と直接話をしたいと言っている。だが真澄としては、自分の携帯からかけるのは避けたい。率直にそのことを伝えると、なんと事務所で余っているのを貸してくれることになった。

そんな事情で結局、真澄も午後から出社することになってしまった。引き籠もったのは正味半日だった。

相変わらず、外の世界は知らない男たちの「目」が無数に光る危険空間だった。電車の中はその最たる場所。近くに立った男が顔を覗き込んでくる。ラッシュ時ほどではないけれど、それでもすれ違いざまに何かがお尻に当たったり、手に何かが触れたりすることはある。気づくと携帯を向けられていたりもする。でもスカートではないので、下着を盗撮される心配がないのだけは唯一の安心材料だった。

お願い。もう私にかまわないで、放っといて。そう念じながら、中目黒までの乗車時間をやり過ごした。

駅を出たら出たで、誰かに尾行されていないかが気になった。振り返り、二度同じ顔を見つけただけで怪しく思える。どこから一緒なのだろう。どこまで一緒なのだろう。だが三度目に見ていなくなっていると、へたり込みたくなるくらい安堵する。

よかった、違った。

どうせ相手を特定しても自分ではどうにもできないのだから、振り返ったところで疲れるだけ。それは分かっている。でもやっぱり見てしまう。誰かに尾けられているのではないか。行動を監視されているのではないか。そういう疑念が拭えない。

もうやめたい、こんなこと。

ようやく事務所に着いた頃には、もうヘトヘトだ。

「おはよう、ございます……」

ドアを開けると、すぐそこに千明がいた。どうやら、心配して待っていてくれたらしい。

「真澄ちゃん、社長室行こう」

バッグを置く間もなく、真澄は社長室に引きずられていった。

「失礼します、内村です。真澄ちゃん、来ました」

「どうぞぉ、入ってぇ」

中で真澄を待っていたのは、岩崎と斉木社長の二人だった。

「おはよう、ございます……すみません。なんか、私なんかのために、わざわざ……」

ドア口で頭を下げ、社長デスクの方に進む。

このときばかりは斉木も、珍しく真面目な顔をしていた。

「はい、おはようさん……いや、これに関しちゃ、こっちの責任が大きいからね。真澄ちゃんには、悪いことしたなって思ってるよ。ネット、俺も見てみたけどさ……どうしたもんか、俺なんかにゃさっぱり、解決方法が思い浮かばねえや」

隣で岩崎が頷く。

「昨日、俺のところに『週刊キンダイ』の栗山って記者から電話があった。『罪の形』の取材のとき、瑛莉のサブについていた女性は誰かって訊かれた。話はそれだけだったんだが、あれが探りなんだとしたら、もう園田だけじゃなくて、週刊誌にも話が漏れ始めてるのかもしれない。手を打つなら早い方がいい。でも正直、どうやったら情報の出所を特定できるのか、俺にも皆目見当がつかない。だから、園田がどういう方法を提案してくるのか、それだけでも知っておいた方がいいと思うんだ。当然、奴は法外な金額を要求してくるだろうが」

「ほ……法外って」

すると、斉木が蠅でも追い払うように掌を振った。

「金の話はいいよ、岩崎。あんなのは、百万も握らせりゃなんとでもなるんだから」

「えっ、百万も取るんですか」

手取りでいったら、真澄の給料の五ヶ月分ではないか。

真澄の声に、逆に斉木が驚いた顔をする。

「なんだよ。百万で駄目なら、二百万だっていいんだぜ。俺がちょっと、銀座で遊ぶのを我慢すりゃいいだけの話なんだから。とにかく、真澄ちゃんは園田に連絡してみなさいよ。奴がどういう提案をしてくるかは分からないけど、それで解決できるんだったら、いくらだって払ってあげるから」

知らなかった。斉木が、こんなに太っ腹だったなんて。

会社が貸してくれた携帯で園田に連絡をすると、明日の朝、新宿まで来いということだった。場所はカフェチェーンの「ドゥーブル」歌舞伎町店。岩崎によると、歌舞伎町一番街の入り口脇にある店だろうということだった。

部屋に戻っても、その夜は寝た気がしなかった。明朝会う予定の園田という男も、その往路の道も、歌舞伎町という目的地も、全てが不気味で怖ろしかった。だが、行くしかない。思えば、自分だって最終的にはＣＭに出演することに同意したのだ。絶対に嫌だったら、絶対に嫌だと地団太（じだんだ）を踏んででも断わればよかったのだ。瑛莉のようにはいかないかもしれないけれど、もっと現場で抵抗することもできたはずだ。向こうだって、泣いて暴れる真澄にＱｒｏｓの服は着せられなかったはず。そういった意味では、真澄にも責任はある。この状況を打開するのに、まず最大限の努力をすべきは自分自身なのだ。

翌朝。気合を入れて電車に乗り込み、人波に抗（あらが）いながら、必死に我が身を守りながら、なんとか新宿駅までたどり着いた。歌舞伎町までの道では何度も後ろを振り返り、尾行がないことを確かめつつ歩いた。そして歌舞伎町一番街の入り口脇に「ドゥーブル」の看板を見つけ、飛び込んだ。

自動ドアの中に並んでいる頭。真澄は園田の顔を知らない。だが一階奥の喫煙席。確かにブルドッグを思わせる顔つきの男が、明らかに真澄に向けて右手を挙げ、ピースと親指の三本指で手招きをしている。

あれが園田芳美か。社長室で見たことがあるだろうと言われれば、あるかもしれない。いかにも社長の知り合いっぽい、怪しい風体だ。カーキ色のブルゾン、その下はジャージか、襟とジッパーに同じ幅のラインが覗いている。

真澄は軽く頭を下げつつ店内を進んでいった。通路沿いにいた男たちが、避けるように背もたれから背中を浮かせつつ真澄の顔を覗こうとする。以前は背の高さで注目されているだけだろうと思ったが、今は違う。そんな視線が一々、自分と「Ｑｒｏｓの女」を重ね見ているように感じられ、居た堪れない気持ちになる。

園田が座っているのは小さな二人用の席。向かいまで行き、改めて真澄が頭を下げると、園田は「まあ座んなよ」と痰の絡んだような声で言った。言われたら、座るしかあるまい。

「……初めまして。市瀬です」

「分かってるよ。あんた、モーニングコーヒーは、もう済ませてきたのかい」

園田の手元にあるトレイにはマグカップが載っている。中身はミルクを入れたコーヒーか。傍らには斜めに転んだ空のポーションカップと、先の千切れたスティックシュガーがある。トレイに直接置いた使用済みスプーン。その汚れが、すぐ近くのレシートにまで染みている。

いつのまにか、顔が火照ったように熱くなっていた。緊張しているのだろうか。

「……いえ。私は、けっこうです」

「じゃ、俺が飲み終わるまで待ってな」

それから十分くらいかけて、園田はゆっくりとコーヒーを飲んだ。何も言わず、真澄の顔をじっと見ながら、ひと口飲むたびに灰色の唇をべろりと舐めた。

ようやく飲み干し、ふうとひと息つく。

「……じゃ、行くか」

どこに、と小声で訊いてみたが、答えはなかった。

店内は狭い。必然的に、手前に座った真澄が先に立って出る恰好になった。帰りはさほど注目されることもなく、出入り口まで来られた。

店を出ると、園田はなんの説明もなく右手に歩き始めた。西武新宿駅の方だ。

「あの、すみません……どこに、行くんですか」

「黙ってついてこい」

言われるまま、園田に続いて歩くしかなかった。つい癖で何度か後ろを振り返ってしまったが、今はそんなことよりも、園田が自分をどこに連れていこうとしているのか、何をしようとしているのかを考えるべきだと思い直す。考えても、何も浮かびはしなかったけれど。

園田は大通りを渡り、おそらく西武新宿線であろう線路沿いの道を進み、お世辞にも高級とは言い難い住宅街に入っていった。まあ、見たままを言えばかなり貧乏臭い。

その中でも、とりわけ貧乏臭い家の前で園田は立ち止まった。ホラー映画に出てくる幽霊屋敷を思わせるものがある。

「ここだ」

古臭いガラス引き戸。それをガタガタと揺らしながら園田が鍵を開ける。建物と、周りの風景と、園田の後ろ姿。突き出した大きなお尻。何に注目していいのか分からず、真澄はただ黙って戸が開くのを待っていた。

「入れ」

「あ、はい……お邪魔、します」

ふわりとカビ臭い玄関。でも意外と掃除は行き届いているのか、上がり框（がまち）やその先に続く板張りの床には光沢があり、どこかから射し込む光を白く映し出していた。ふと、お掃除ロボットがその廊下を行き来する様子を思い浮かべたが、それもまた余計な想像だった。

通されたのは左手の日本間。目で数えると八畳あった。入って左に抜けていくと台所。そっちも明るいが、この八畳間にも窓はある。幽霊屋敷という第一印象よりはだいぶマシな感じだ。

窓の下には文机（ふづくえ）。中央にぽつんとノートパソコンが置かれている。他にはペン立ても何もない。マウスもない。

「適当に座れ……嫌なら立っててもいいが」

園田は文机の前に胡坐（あぐら）をかき、ノートパソコンを開いて一つキーを叩いた。それだけで画面が立ち上がる。スリープ状態にしてあったようだ。

「……ところで、市瀬さんよ。あんた、結局のところ、今の事態をどうしたい」

背を向けているので、園田の表情は見えない。低く、抑揚（よくよう）のない声から真澄が読み取れるものは何もない。

「あ、えっと……ですから、書き込みを、やめてほしいです」

「そうは言っても、全部は無理だぜ。あんたは形はどうあれ、メディアに出ちまった。それをああだこうだ言う口を塞（ふさ）ぐこたぁできねえ。同じように、好き勝手書くのを禁じることもできねえ」

現実はそうなのだろうが、でもその相談に乗るために、園田は自分を呼び出したのではないのか。

「あ、あの、だったら……プライベートについての書き込みだけ、なんとかしたいです。これは、重大な人権侵害だと思います」

「つまり、デマや憶測ではない、あんたの生活実態について言及した書き込みをなくしたい、ってこったな？」

「その、通りです……そういうの、やめてほしいです」

園田は背中を丸め、ポケットから出したＵＳＢメモリーらしきものをパソコンに挿し、何やら作業を始めた。

「それにはよ、いくつかレベルがあると思うんだ。書き込み自体を削除するという、対症療法的なレベル。もうちょいと踏み込んで、あんたのプライベートを探っている人間を突き止め、それをやめさせるというレベル……さらに踏み込むんなら、そいつを社会的に抹殺する。これが最も深いレベルだ。あんた、どこまでやる気だ」

不思議だ。無愛想な喋り方、洒落っ気なんて欠片もない後ろ姿、おまけに小太り。普段なら一番遠慮したいタイプの中年が、ほんの少し、頼れる男のように見えてきた。

「プライベートを探ってる人間を突き止めるなんて、そんなこと、できるんですか」

「ああ、できるよ。そいつをさらに、社会的に抹殺することだって、俺にならできる。まあ、本当に殺すわけじゃないからな。俺が仕掛けるのは、いわゆる情報戦だ。生かすも殺すも、情報次第ってことだ。なもんで、ひょっとしたら社会的に復活してくるって可能性だって、ないわけじゃ……んッ」

なんだろう。急に園田が苦しげな声を漏らした。

がした。

「……ちょっと、待ってろ」

あいたた、と立ち上がり、前屈みのまま台所の方に出ていく。たぶんトイレだろう。真澄のいるところからは見えなかったが、まもなく薄っぺらいドアが開き、乱暴に閉められる音がした。

その直後だった。

ガラララッ、と玄関の方で音がし、

「オォーイッ、園田ァーッ」

完全にヤクザとしか思えない怒声が屋内に響いた。続いてゴトゴトという足音。しかも複数。慌てて部屋の端に寄ると、土足の男が二人、真澄のいる部屋まで踏み込んできた。

「……オイ、園田はどこだ」

真澄は正直に、台所の方を指差した。ほんの一瞬だけ頼れる人のようには思ったが、かばってやるほどの義理はない。トイレ、と言わなかったのは決して園田を思ってのことではない。単に、怖くて声が出なかっただけだ。

「オイ、園田ァ、出てこいやッ」

男たちは台所にあるテーブルや椅子を蹴散らし、茶箪笥(ちゃだんす)を引き倒し、まるで特撮映画に出てくる怪獣の如く暴れ始めた。っていうか、園田を捜してるんじゃないのか。わざわざテーブルを引っくり返さなくたって、下を覗いてみるだけで、いるかいないかは分かるんじゃないのか。

「ヒデさん、トイレっす」

一人がそう言うと、今度は二人がかりでトイレのドアを破壊し始めた。叩いて蹴って、駄目なら今度は蹴散らした椅子だ。それを持ってトイレに向かう。

あの人たち、まともじゃない。ここにいたら、私も危ない。

むろん、最初に真澄が考えたのは逃げることだった。そうするのが最善であることは分かっていた。でも、気になって仕方がなかった。園田が弄っていたパソコンが。その横から突き出ている、USBメモリーが。園田は真澄を部屋に招き入れてから、わざわざあれを弄り始めた。ひょっとすると園田は、真澄に何か見せようとしたのではないか。あの中には、悪意の書き込みを阻止するのに抜群の効力を発揮する、何かとてつもない情報が入っているのではないか。

幸い男たちはトイレのドアに夢中になっている。園田もあれでは出てこられないに違いない。

真澄はそっとパソコンに近づき、USBメモリーに手を伸ばした。これって泥棒？　とも思ったが、状況が状況だ。放っておいたら、あの男たちはパソコンごと持ち去るかもしれない。それよりは、真澄が持っている方が園田にとってもいいはず。

ごめんなさい、お預かりします。

真澄は力任せに、ＵＳＢメモリーをパソコンから引き抜いた。

5

突如現われた、栗山と名乗る週刊誌記者に助けられた。

聞けばどうやら偶然というわけではなく、園田とも因縁浅からぬ仲であるという。また『罪の形』云々という件で真澄も思い出した。確かに栗山とは取材現場で会っているし、岩崎も昨日「『週刊キンダイ』の栗山って記者から電話があった」といっていた。

最初は栗山の意図が分からず、助けてもらったという恩義を感じてはいたものの、週刊誌記者というだけで警戒心を抱いた。しかも栗山は、真澄が「Ｑｒｏｓの女」であることを承知していた。そうではないかという疑いのレベルではなく、完全に確信しているようだった。でも、いったん自分が「Ｑｒｏｓの女」であると認めてしまうと、不思議と気持ちは楽になった。

会社も自宅も、もはや安全な場所ではなくなってしまった。相談に乗ってくれるといった園田は、今頃ヤクザ紛（まが）いの連中に捕まってどうなっているか分からない。そんなときに現われた栗山が、真澄には優しく、とても気遣いのある人物に思えた。そんなのは単に話を聞き出すための方便なのかもしれないけど、それこそ週刊誌記者というプロの話術なのかもしれないけど、でも話をすればするだけ、栗山に対する警戒心が薄れていったのは事実だ。CMに出演したあの日から、いや、よく考えたらもっと前、ひょっとしたら芸能界に関わるようになってからずっと、心にまとっていた分厚い鎧(よろい)。それが栗山のひと言ひと言で、徐々に軽くなっていく。鎧は決して鉄の塊ではなく、実は幾重(いくえ)もの層になっていた。その層の隙間に栗山の言葉が吹き込まれ、ふわりと軽いヴェールになって浮き上がる。一枚、また一枚、ヴェールは栗山の声に運ばれ、どこかへと消えていく。真澄の告白と共に。

何を話したのかは、よく覚えていない。事実関係や順番も、けっこう間違っていたかもしれない。でも、それでもよかった。そもそも真澄は、栗山を信じたから話したわけではない。

栗山は自分の話を、ただうんうんと頷いて聞いてくれた。

そんな彼を、真澄は信じたのだ。

栗山の自宅に招かれると、さらに真澄は安堵を覚えた。栗山の妹、志穂の気さくな振る舞いが、なんだか妙に心に染みた。真澄は一人っ子だから、兄妹という関係が羨ましいというのも、もちろんある。でもそれよりも、むしろ志穂には女子校時代の同級生のような親しみを覚えた。そう、家に帰れば男兄弟がいるという、女友達。なんとなく男性に対して余裕があって、幻想なんてこれっぽっちも抱いていない、あの感じ。そんな懐かしさもあり、志穂と二人になっても別段緊張することはなかった。意識していないと、リラックスし過ぎてしまいそうで怖いくらいだった。

だが、ネットで「Ｑｒｏｓの女」について調べ始めると、そうも言っていられなくなった。否が応でもあの嫌悪感が甦り、不安がぶり返した。街を歩いたときや、電車に乗ったときの心細さを思い出して泣きたくなった。志穂が「こりゃヒドいや」と同情してくれたことで、実際涙を堪えきれなくなった。

一方、栗山の行動は謎だった。

記者としての仕事をしているだけなのかもしれないが、真澄を自宅に匿っておきながら、帰ってきても真澄と話すことはほとんどなく、自室にこもって執筆に没頭している。かと思えば夜になって出かけ、いつのまに帰ってきたのか、朝になったら自室で寝ていたりする。普通、男性の家に行ったとしてもそんなことは起こり得ないのだが、志穂がなんの遠慮もノックもなくドアを開けるものだから、真澄も栗山の寝姿を見てしまった。ちゃんとスウェットみたいなものを着ていたので、特に問題はなかったが。

そしてまた午後になると栗山は出かけていき、マンションには志穂と真澄の二人だけになった。

それにしても、志穂の集中力は大したものだと思う。今日もひたすらパソコンに向かい、真澄本人と思われる「Ｑｒｏｓの女」の目撃談を探し当てては真澄に確認し、そのサイトアドレスやらスレッドタイトルやらを別のファイルに記録していく。栗山の話では、就職した会社が一年で倒産したための失業状態ということだが、元来、仕事は物凄くできる人なのだと思う。少なくとも、事務処理能力は真澄より遥かに高い。しかも、あの記述はこの辺、その記述はこっちにあったと、記憶力もすこぶるいい。真澄なんて、自分のバッグに何を入れたか、どのポケットに入れたかもすぐに忘れてしまうのに。

「あっ」

それだ。まさに、今の今まで忘れていた。

「なに、真澄ちゃん」

「あ、えっと、あの……ちょっと待っててください」

真澄は志穂の部屋に入り、置かせてもらっていた自分のバッグを漁った。園田の部屋から持ち出してきたUSBメモリー。アレに何が記録されているのかを確かめる必要があった。

でも、見つからない。

「何よ、真澄ちゃん。どうしたの」

盗んできたUSBメモリーが見つからない、という以外の説明方法はないものか。

「あの、えっと……ちょっと、調べたいものが」

幽霊屋敷の混乱の中とはいえ、とりあえずこのバッグに入れたのは間違いない。確か、そのとき落っことしたメガネと一緒に突っ込んだのではなかったか。

「全部出しちゃえば？」

「あ、でも、それは……」

ゴミとか、汚れ物とかもいろいろ入っているので無理。

あった。ハンドタオルに半分包まってたから分からなかった。

「ありました。これです」

「ほう、USBメモリー。何が入ってんの」

「分かりません」

ガクッ、と分かりやすくコケてみせる志穂。

「……んまあ、ね。分からないから調べる、ってのは、世の中の基本だよね。貸してみ」

その銀色の、小さな筐体を手渡す。志穂はそれをダイニングテーブルまで持っていき、迷うことなくパソコンの側面に突き刺した。

「で、真澄ちゃんはこれに何が入ってるかは知らないと」

「あ……そう、です」

「なんで中身が分からないものを、真澄ちゃんは所持しているのかな？」

「えっと……それは」

すると志穂は、分かりやすくニッコリとしてみせた。

「おっけーよ。深くは訊かない。調べる上で必要になったら、またそんときに訊くから」

数秒待つとパソコン側の読み込み準備が整い、志穂はマウスを握って【フォルダーを開いてファイルを表示】をクリックした。瞬時に大きめのウィンドウが立ち上がり、中に黄色いフォルダが何十個も表示される。タイトルは全て数字。

「日付ごとに整理されている、ということかな」

「そのようです……ね」

園田はああ見えて、意外と几帳面な性格をしているようだ。

フォルダの一つをクリックし、中身を見ると、メモ帳の絵柄のアイコンがまたズラズラと並んでいる。一般的に「テキストファイル」と呼ばれているものだ。おそらくパソコンで使うファイルの中では最も原始的な、文字データを横書きで記録、表示するだけのシンプルなファイル形式だ。

「これが、なんだっつーのよ」

さらにそのうちの一つをクリックすると、

「なんじゃこりゃ」

「さあ……なんなんでしょう」

表示されたのは、まるで意味不明な文字列だった。

【 ?ｿ・ｭ桄ﾃm y ｨﾒ%fl・Q5ｪｳ写　嚢ｾ1」3T煜9ｱ陟ﾘQ陟2 Eｵ譟励┤+@ﾐ{P・!・eB P・!・eB P
√!#・GAｺ・r?sqBF・ﾌｧ 訥ｱ仔・% ＊ # 多K 」1躋ﾁG ±(ﾙ E。謹訛・・ｬ yﾜｧ/ ?ｯﾊ・p3TdJｭ帙ﾙ 飛]
KWｹ・・ﾁ痩ﾎ= ^竪 ON^・ ・_ｬ・詬各ﾑｲ￥ｻ=ｨ ﾑJ:F雹襞悶取8 ｦ､祝 ﾊ・。ｨC* ﾊ・。ｨC* ⌘ f・盃=・｢・

dq= b a・梃wJ祝Q,・El→ 劑ｪQ,・T杁 劒Xfj ﾊB息3zR6hｽ峻 =HnJ・ｽ黑W¥炒&・ｸ・5Cｵｽ・・ｾﾑｻ謹・BｴI・P+砥 4・6・U・p車m@sﾚ・。ｨC* ﾊ・。 * ﾌｬ!・j梲ｸ｢ｸ sﾛ 4麁ﾄdｷ｣, =)基ﾏj ★ｨ ﾃQ朮d6・ ﾌｬ!・z ・f陌4――】

パッと見ても、一文字一文字よく見ても、意味の汲み取れる個所は一つもない。志穂がいったんファイルを閉じ、もう一度開いてみても結果は同じ。

「こりゃ文字化けかな」

「それっぽい、ですね」

他のファイルも開いてみる。厳密にいったら文字列は違うのだろうが、その違いすら分からないくらい、どれも見事なまでに文字化けしていた。

「志穂さん。なんで、こんなことが起こるんですか」

「さあてなぁ。使ってる言語が違うのかなぁ。それとも意図的に、何か仕掛けてあるのかな……例えば、盗まれてもすぐには解読できないようにしてある、とか」

思わずギクッ、と真澄がなったのを、志穂は見逃さなかっただろう。でも、それについては訊かない。文字化けだろうとかまわず、次から次へとファイルを開いていく。

「……ちょっとずつ、化け具合が違うような気もするけど」

十個以上開いただろうか。画面は、じっと見ていると気が変になるくらい、無数の意味不明な文字列で埋め尽くされてしまった。それでも志穂は諦めない。さらにいくつもファイルを開いて、スクロールさせて一つひとつ確認していく。

「ああー、めんどクセェーッ」

もういいです、やめましょう。喉元まで、そう出かかっていた。だがファイルの一つ、テキストのウィンドウを最大化した瞬間に、志穂が何かに気づいた。

「……あ、分かった。これ、本当はワードファイルだ」

「え、そうなんですか？」

志穂がウィンドウの一番下を指差す。

「だって、ここに書いてあるもん」

なるほど。志穂が指差した個所、意味不明な文字列の最後には、珍しく解読可能な一文が記載されていた。

【Microsoft Office Word 文書 MSWordDoc　Word.Document】

ははぁん、と納得顔をした志穂が説明を始める。

「このファイルの作成者は、それがなんであろうとかまわず、カクチョウシをテキスト形式に変更することで、内容を分からなくしたんだね」

あまりパソコンに詳しくない真澄には、分からない個所が一つあった。

「カクチョウシ、ってなんですか」

「カクチョウシってのは、これよ」

志穂はアイコンの並んだウィンドウにカーソルを戻し、そのタイトルの一つを指差す。

【20XX.05.11.1242667.txt】

「この最後の【txt】がカクチョウシ。『拡張』する子供の『子』で、拡張子」

何かの説明書で見たことがある気はするが、意味は知らない。

「でも、私のパソコンのって、こんなの付いてたかな」

「ああ、これは表示と非表示を、自分で選択できるから。真澄ちゃんのは非表示に設定してあったんでしょう。ごく一般的な形式のファイルを使ってる限り、あんま必要もないしね。そもそも、ファイルが使用するアプリケーションを自動選択するために付けたもんだから、普段は必要ないのよ」

やはり真澄にはチンプンカンプンだった。ただ、園田が普段からファイルに細工を施し、他人には簡単に読めないようにしていたことだけは理解できた。

「つまり、ここにあるのはテキストではなくて、全部ワードの文書ファイルであると」

「いや、そうとも限らないんだな。これなんて違うもん」

志穂が別のファイルを最大化して表示する。その文字列を最後まで追っていっても【Microsoft Office Word 文書】の文字はない。志穂はアイコンのタイトルにある【txt】を【doc】に打ち直し、改めて開こうとしたがエラーになってしまった。

「……ね。これはワードファイルじゃないんだよ。もっと他の形式だったものを、テキスト形式にカムフラージュしてあるのよ」

この、数え切れないほどのテキストファイルは実はテキストではなく、それぞれ別の形式のファイルだということらしい。つまり、一つひとつファイルの文字化け傾向を見極めて、なんのアプリケーションでなら開けるか試していかなければならないのか。

実作業に入る前に、真澄は早くも気が遠くなりかけた。

しかし、志穂はそうでもないようだった。いったん画面を綺麗に消し、ウェブブラウザを立ち上げる。インターネットで何か調べるようだ。

「こういう問題を一発解決してくれるアプリケーションだって、世の中にはあるはずよ……ファイルが開けないとかさ、そういうトラブルって、日常的にあるわけだから……」

なるほど、と納得しかけたときには、もう志穂は答えに行き着いていた。

「ほぉーらあったァ、『自在くん』」

なかなか、頼りになりそうな名前だ。

「三百種類以上の形式のファイルを、そのファイルを作成したアプリケーションを使わずに、直接画面に表示することができる、だってさ。なかなか便利そうじゃない……あ、でも駄目だ」

「え、なんでですか」

志穂が値段のところを指差す。

「ダウンロード版、四千五百円か……あのハゲ、案外用心深いからさ。あたしが好き勝手にネットで買い物できないように、アカウントもパスワードも絶対教えてくんないんだよね」

まあ、家計を守るためには必要な措置であるようにも思う。

ただし、その上には【パッケージ版　九千八百円】と出ている。

「志穂さん。でもこのパッケージ版なら、家電量販店とかで売ってるわけですよね」

「そりゃそうだけど、値段、倍以上するじゃん。悔しいじゃん」

「この際、致し方ありません。私、これ買います。買ってきます」

「買ってきますって真澄ちゃん、下北にパソコンショップなんてないよ。買うんだったら、渋谷まで出ないと」

そうか、忘れてた。外は無数の「目」が蠢く世界。マンションから下北沢、電車に乗って渋谷、駅から家電量販店、混雑した売り場で買い物、また駅まで戻って、電車に乗って帰ってくる。

「真澄ちゃん。顔、青くなってるよ」

「い、いいえ……大丈夫、です」

「どもりまくって、カミまくってるし」

「あ、こ、これは……」

「いいよ。あたしが行ってくるから」

「……すみません」

せめて何か美味しいものでも食べてきてくださいと、志穂には二万円を渡し、その『自在くん』を買いにいってもらった。

すると、志穂は一時間もしないうちに、

「……ただいまァ。ねえねえ、真澄ちゃんはどれが好き？　あたしのお気に入りはね、抹茶オールドファッションとクッキーバニラなんだけどォ」

クリスピー・クリームのドーナツを山ほど抱えて帰ってきた。むろん『自在くん』もしっかり小袋に入れてぶら下げている。

「わ、美味しそう……じゃ、あの、私」

真澄がコーヒーを淹れ、その間に志穂が『自在くん』をインストール。二人でドーナツを頬張りながら『自在くん』を起動し、いよいよ園田のファイルを開く段になった。

マウスに載せた志穂の手、その人差し指がピンと伸びる。

「なんか、緊張するね」

「……はい」

「スパイが、国家機密にアクセスする瞬間みたいだね」

「……う、うん」

「あれ、そうでもない？」

ちぇ、と舌打ちし、志穂が園田のフォルダをドラッグ、『自在くん』の画面にドロップする。すると、

「オオオォォオーッ、すげぇーッ」

「うわ、なんですかこれ」

今まで閲覧不能だったファイルが、次々とプレビュー画面に現われた。二、三行の短い文章から、えらく長い文章。どこかの屋上からマンションの窓を盗撮したような写真。ピントはボケているけど、寄り添った男女であることはかろうじて分かる写真。

「真澄ちゃん。なんなの、これは」

「あの、これは、その……園田芳美という、ブラック・ジャーナリストの、お仕事ファイル、なのだと、思います」

「ブラック・ジャーナリスト？　ってことは、こん中にゃ、世に出せないようなとんでもないネタが、わんさかあるってこと？」

「いや、それは、どうでしょう。私も今、初めて見たわけですから。そもそも、園田芳美って人のことも、よく知りませんし」

しかし、凄い。写真としてのクオリティは総じて低いが、状況は充分に察しがつく。人物の見分けもつく。裸の男、裸の女、あるいは絡み合う男女。料亭のような場所で酒を酌み交わす男たち。かと思えば、路上に横たわる血だらけの女。

このメモリーには、世にある醜い出来事の、ほとんどのパターンが網羅されているように思えた。人間の闇の側面、と言い替えてもいい。他人には見せたくないもの、見せられないもの、隠しておきたい秘密、世に出たら全てを失うような何か。いま見て分かるのは画像ファイルだけだが、文章も読んでいけば、さらにいろいろな社会の暗部が見えてくるのかもしれない。

しかし、どれだろう。

園田が真澄に提示しようとしていた情報は、この中のどこにあるのだろうか。

第四章

1

いかにも芸能関係者が好みそうな、西麻布の個室居酒屋。

園田芳美はハイライトの煙を深めに吸い込みながら、相手の出方を待っていた。

向かいに座っているのは中堅芸能事務所「GOプロモーション」の社長、十和田春敏。二人なのだからもっと小さな部屋でいいのに、そこはプロダクション代表の見栄(みえ)か、案内されたのは楽に十人以上座れる洒落た和室だった。

十和田は座卓の縁に両肘をつき、組んだ手に鼻を載せた恰好のまま固まっている。考え中、というポーズなのだろうが、時間の無駄だからやめろと言いたい。いくら考えても、十和田に有利な結論などありはしない。

園田はタバコを陶器の灰皿に落とした。火種は、張ってあった水に、ちゅ、と浸(ひた)って消えた。

「……社長。俺はね、別にどっちだっていいんですよ。滝沢セイラがどうなろうが、知ったこっちゃない。ただ、このままだとね、確実に週刊誌が動くことになる。動き始めたら、もう止められない。それは分かるでしょう。奴らは、載せるとなったら広告主が圧力をかけようが、他部署からクレームがこようが譲らねえから。版元の社長にだって、止めることはできねえんだから」

これは脅しでもなんでもない。現実だ。

現代の新聞や雑誌は、収益のかなりの割合を広告収入に依存している。これを抜きにして、純粋に部数の売り上げだけで黒字に持っていけるのは漫画雑誌くらいのものだ。

よって編集サイドは、自社広告セクションの意向を無視できない。カップラーメンの広告を載せている雑誌が「カップラーメンを食べ続けたら早死にする」などという記事は掲載できないし、載せようとしたら広告セクションが止めに入る。自動車、携帯電話、生命保険、オンラインゲーム。タブーは広告主の数だけ存在する。

だが中には、この広告の圧力に屈しない連中もいる。週刊誌の芸能取材班がそうだ。奴らは芸能事務所と企業の圧力に屈しないことに、異様なまでのプライドを持っている。

「でもね、今ならまだ止めることができる。俺になら、その取材にストップをかけることができる」

そう園田が言うと、十和田は組んでいた手を解き、少し首を傾げてみせた。

「……なぜ、あなたがそれを、止めることができるんですか」

まあ、当然の疑問ではある。

「取材を止める方法？　それを言っちゃったら、俺の出番がなくなっちゃうだろう。言えないよ、それだけは」

納得したかどうかは知らないが、十和田は一応頷いた。

「……現状、セイラの件は、どこまで漏れてるんですか」

「どこの社の週刊誌に、ってこと？」

「いえ、まあ、それもですが、記事になったら、どこまで書かれるのでしょう」

「ああ、取材の内容ね……それは、カレシがシャブ中って、アレよ。おそらくセイラちゃんがやってるかどうかまでは、まだ摑んでない。ただ、それだって表沙汰になれば無傷では済まないよ。そりゃ使用から十日もしてからさ、セイラちゃんがパンツ脱いでね、綺麗なオシッコを出してみせれば、逮捕はされないかもしれない。でも世間は違うよ。世間は彼女を、汚れたイメージで見るようになる。今回はセーフだったけど、絶対やってるよな……それが滝沢セイラのイメージになっていく。そうなったら企業は使わない。制作サイドも、今までみたいな清純派路線では起用しなくなる。いいとこアバズレ、ヤリマン、元ヤン風俗嬢……要は、汚れ専門ってわけだ」

十和田が手元に視線を落とす。今、十和田は心底困っている。元広告マンであるこの男は、タレントイメージが汚れることによって被る損害の大きさというものを嫌というほど知っている。見た目はこの通り垢抜けない「父ちゃん坊や」だが、実は広告代理店時代に培った人脈と交渉術を駆使して成り上がってきた、なかなかの遣り手だ。過去に扱ったケースを鑑み、どの人脈が使えるか、どう交渉すべきか、いま必死に考えているのだろう。

だが、他のトラブルはともかく、このケースは無理だ。それこそ週刊誌の芸能班ではないが、広告主の力を借りたくらいではどうにもならない。大人しく、こっちの言い値を払うのが一番手っ取り早い。

園田は分かりやすく、腕時計を覗いてみせた。

「……悪いが、俺もそんなに暇じゃねえんだ。あんたが別に気にしねえってんなら、俺も放っておくよ。こっちは、単なる親切心で言ってるだけだから……それと、ちょっとした哀れみかな。セイラちゃんは、あれはなかなか、昭和の香りのする正統派美人だ。シャブ疑惑なんかで干されて消えるのはもったいねえなと、個人的に、そう思っただけだから」

右手でタバコのパッケージを摑み、左手を畳について「よっこらしょ」と腰を上げた。忙しいところ悪かったな、ここはご馳走になっとくぜ。そんな台詞も頭の中に用意してあったが、十和田が、いいタイミングで声をかけてきた。

「……分かりました。この件の火消し、園田さんに、お願いします。いかほど、必要ですか」

中腰はつらいので、園田は右膝だけ畳につけた。その体勢で、右手で小さく「チョキ」を作る。目尻の辺りで、十和田が頷くのが見えた。早速、脇に置いていたカバンを漁り始める。

出てきたのは、札束だ。

「すみません。風呂敷も封筒もないんですが、これで……セイラの件、なんとか、よろしくお願いします。才能のある娘なんで、私も、なんとかして守ってやりたいんです」

才能、か。まあ、それが信じられなかったら、こんな商売はしてないか。

皿などが並んでいない、テーブルが広く空いたところ。押しつけるように置かれたそれを、園田は無言ですくい取った。ぴっちりと帯封がしてある。二百万。確かにありそうだった。

「……承知した。出るとしたら来週か、再来週発売の『週刊新窓』だ。それで大丈夫だったら、もう掲載はないと思っていい。あえて、こっちから連絡はしねえから……じゃあな」

札束はブルゾンのポケットに入れ、今一度「よっこらしょ」と発して立ち上がった。

これで一つ、仕事が済んだ。


才能、か。

園田は今でもときどき、そう呟くことがある。

若い頃は舞台俳優を目指していた。自分が二枚目でないことは百も承知だったから、主役など望まず、脇の方でひっそりと燻し銀の芝居を見せる、そんな役者を自分なりにイメージし、成功を夢見ていた。

諦めた直接の理由はなんだったか。特にこれという出来事はなかったように思う。

強いて言えば、

「奴には才能がある。お前にはない」

「あいつは見どころがある。それに比べてお前はどうだ」

日々、劇団代表や先輩役者から浴びせられる言葉の数々が、徐々にボディブローの如く効いてきた。そしていつのまにか、二度と立ち上がれなくなっていた。そういうことだったのだと思う。

恨んでいた。自分に辛辣な言葉を浴びせ続けた代表も、先輩も、劇団という枠組も、芝居という表現手段も、稽古という名の公開処刑の儀式も、自分を受け入れない世間も、何もかも。

仕返し、腹いせ。そういう気持ちは当然あった。だから代表が所属女優と片っ端から寝ているという内容の手紙を書き、彼の奥さんに送りつけた。しかし予想に反して、何も起こらなかった。おそらく奥さんは、そんなことは先刻承知だったのだろう。

ならば、その逆はどうか。

奥さんの行動を密かに見張り始めると、まもなく劇団期待の若手俳優と密会する場面を目撃した。これはさすがに代表も知らないに違いない。そう思い、園田はシャッターを切った。腕を組んで男のマンションに入り、四時間後に出ていく姿までフィルムに収め、代表に送りつけた。結果、奥さんは病院送り、代表は傷害罪で逮捕、起訴され、劇団は解散になった。

正直、驚いた。代表、奥さん、さらに劇団員全員。そんなに多くの人生を狂わせることになるとは予想もしていなかった。こんなにも多くの人生を狂わせる力を、自分が持っているとは思ってもみなかった。

黒い血が沸き立ち、腐った肉が躍り狂った。

初めての感覚だった。麻薬的な快感だった。

その後、劇団員たちはそれぞれ活躍の場を求めて散っていった。代表が一番気に入っていた女優がアダルトビデオに出ていると知ったときは、腹の底から笑った。レンタルショップで借りてきて、素っ裸になって鑑賞していると、代表から寝取ってやったような優越感に浸ることができた。じっくり見ると、これがなかなか、思っていた以上に、エロくていい体だった。

代表に見込まれていたわりに大成しなかった者、園田と大差ない扱いを受けていたわりに成功した者、その後の人生は様々だった。ただし、見込まれていた通りその後も成功した奴は、とてもではないが応援してやる気になれなかった。代表の奥さんと不倫していた俳優がそうだった。

だから、潰してやった。

自宅住所も、交友関係も、行きつけの店もよく知っていたので、ネタを摑むのにさしたる苦労はなかった。共演した同世代の女優と恋人気分を楽しみつつ、金蔓にしていた開業医の女房、さらには例の代表の元奥さんとも並行して付き合うというタフネスぶり。これらをまとめて週刊誌に売り込むと、時代もあったのだろうが、けっこうな額になった。この記事でその俳優はまんまと人気を落とし、干されて消えた。

ボロい。

腹いせもできて、なおかつ金も儲かる。記者、とりわけ芸能記者とは、なんてボロい商売だろうと思った。また二、三回、似たようなネタを売り込みにいくと、専属にならないかと誘われるようになった。だが、それは断わった。

園田は気づき始めていたのだ。

情報というのは売り方次第、売る相手次第で、いくらでも値段が上がったり下がったりするものなのだと。

人によって大切なもの、絶対に失いたくないものは大きく違う。

善良な一般市民の、最も模範的な回答は「愛する家族」だろう。

人間が抱え込む多くのトラブル、その原因の根本を探るとたいていは親の育て方に行き着くものだが、そんな現実はほぼ無視される。そしてただひたすら、家族を愛し、それを尊ぶことを是（ぜ）とする価値観が妄信（もうしん）される。なんともめでたい世の中だ。

次に多いのは「財産」だろうか。確かに金は万能だから、それが完全に失われたら困るだろう。だがこの考え方は、巨万の富を手にした者がそれを守りたい、という発想でしかなく、なくなってもまた稼げばいいとか、なくなったところで大した額ではない、と感じる層には共感しづらい。ただ、入手可能なものは常に奪われる可能性がある、と認識している点はいい。真顔で「愛する家族」と答えるような眠たい人種よりはだいぶマシだ。

「地位」とか「名誉」と答える人間もいるだろう。だがその多くは「財産」と答えた人間と重なるのだろうし、下手をしたら、本音は「地位・名誉」なのに人前では「愛する家族」と答える輩（やから）もいるかもしれない。しかも、聞いてみたらその「地位・名誉」も大したものではなかったりする。町会長、田舎議員、実体もよく分からない団体の理事。総じて自慢話が好きな、これまたおめでたい連中だ。

大切なもの、絶対に失いたくないものは何か。そう訊かれたら、園田なら「命」と答える。はっきり言って、それ以外に大切なものなど何もない。死ぬのは嫌だ。だから死なないように、一所懸命生きている。人生とはそういうものだ。

今年四十七歳になったが、親は両方とも三十代で死んでいるし、兄弟親戚とも長らく音信不通だから、奴らが死のうがどうしようが知ったことではない。決まった女もいないので、失うという可能性自体がない。むろん子供もいない。欲しくもないし、できたところで育てるつもりはない。

財産もない。金は必要なときその都度作ればいいと思っているから、失うという感覚すらない。そもそも金は「失う」ものではなく、稼いだら「使う」ものだ。むろん「地位」にも「名誉」にも縁がない上に興味もない。それに対する恨みはあるが、決して羨んでいるわけではない。そんなものに価値を見出している人間が存在すること自体に苛立ちを感じるのであり、そんな価値観を土足で踏みにじってやりたいという黒い欲求がある。それだけのことだ。

一方、世の中には「命の次に大切なもの」という表現がある。こっちの方が、園田にとってはいくらか興味深い。

園田の場合は、携帯電話と、ＵＳＢメモリーだ。

プロダクションＷｉｎｇの石上翼と食事をしたのは、十和田と会った三日後くらいだったと思う。

赤坂の料亭「藤よし」。石上と会うときはいつもここだ。

「……それで、あの小僧はなんと言った」

園田ももうけっこうな歳だが、それでもまだ怖いものはある。ヤクザ、半グレ、警察、それと、この男。石上翼は本当に怖い。握っている権力の大きさも、それを振るうときの容赦のなさも、さらにいうと顔も怖い。口を閉じたワニに似ている。いつその口が両耳まで割れて、喰らいついてくるか分からない。面と向かうと、常にそんな緊張を強いられる。

「まあ……才能がある娘なので、守ってやりたいと。そんなことを、いってました」

それでも、出されたものは食わないともったいない。白子の旨煮。なかなかの美味だ。

石上の両目が鈍く光る。

「……どうするつもりだ、お前は。小遣い分だけは、仕事をしてやるのか」

確かに付き合いは長いが、決して園田は石上に飼われているわけではない。園田にしてみれば石上も十和田も同じ飯のタネであり、似たり寄ったりの狸だ。よって石上も、園田の手の内を完全に把握しているわけではない。滝沢セイラのネタを潰してやるという約束で十和田から二百万せしめた、という話は耳に入れたが、本当はどこの週刊誌も滝沢セイラなどマークしていない、というカラクリは明かしていない。よって小遣い分の仕事も何も、これ以上すべきことは何もない。十和田が園田に裸で二百万よこした、あの瞬間に全ては決着している。

「まあ、抑えますよ。才能があるかどうかは知りませんが、あたしは、個人的にあの娘が好きなんでね。あの娘をテレビで見られなくなるのは寂しい。できればそういう事態は、回避してやりたいと思っています」

石上が、上唇だけで笑みを作る。怖いから表情なんて作らなくていいのに、意外とこの男は感情を顔に出す。

「それなら一度、抱いてやればよかったじゃないか。そうしたら、あの小僧も安心しただろう」

「いやいや、こんなペンゴロが抱いたところで、安心材料になんてなりゃしませんよ」

「そうかね。私は、一概にそうは思わんが」

皺の寄った手を高級そうな猪口に伸べる。業界を牛耳る、魔王の手だ。バブル期に貯め込んだ莫大な資金を後ろ盾に芸能界に転出。最初は単純な資金提供、そのうちに金銭トラブルの仲裁などを手掛け、次第に相談役的な、やがては顔役的な存在にまで上り詰めた、男の手。

女は石上に抱かれたら一生安泰。そんな伝説は今も根強く芸能界にある。一方で、男でもいいらしいという噂があるが、その真偽を確かめた人間を園田は知らない。そもそも確かめた人間がいないのか、確かめたはいいがのちに消えてしまったのか。どちらにせよ怖過ぎる話だ。

椀物に続いて出てきた刺身に、園田は箸を伸ばした。中トロ、フグ、甘海老と並んでいる。

「……しかし、社長はあの十和田という男を、いったいどうしたいんですか。目障りだなって、思ってるんでしょう?」

石上は酒の辛味をやり過ごすように、しばし口を結んだ。

「んん……どうして、やろうかね。近頃は、移籍の仲介だとか、業務提携なんかを、積極的に進めてるそうじゃないか」

それは両方ともあんたが散々やってきたことだろう、と喉元まで出かかったが、むろん口には出さない。

「ええ。スマカンの斉木社長もこぼしてましたよ。うかうかしてると、ウチのタレントもいつ持ってかれるか分からない、って」

園田が徳利を向けると、石上は片手で猪口を出してきた。

「さすがに、斉木くんの懐に手を突っ込むほど奴も馬鹿じゃないだろうが、あれだね……うちの下の方に、それとは知らずに手を出そうとすることは、あるかもしれないね」

「確かに。それはあるかもしれませんな」

徳利をもとの位置に戻し、園田はまた箸を取った。今日の、この甘海老は特に美味い。ひと口、ぷちっと噛んだあとのとろけ具合が堪らない。

石上は今になって椀物を口に運んでいる。鯛と椎茸のなんとか、と女将が言っていたものだ。

ふいに、石上の手が止まる。

「……園田。あの男の弱みを探れ」

気づくと、真正面からワニの目が見据えていた。迂闊に動いたら、食われる。だが、逃げずにこの場にいても、いずれは食われる。油断すると、小便を漏らしそうだ。

「弱み……と、言いますと」

「なんでもいい。お前と違って、別に、売って金にしようって話じゃない。奴がどういう人間で、何を好み、何を嫌い、何を欲しがり、何を守り、何を捨ててきたのか……そういうことを、私は知っておきたいんだ」

それが、一番怖いのだが。

「なるほど……承知、いたしました。ちなみに期間や、その他の条件などは」

「ない。いくら欲しい」

いくらと訊かれれば、いくらでも欲しい。五億といって本当に貰えるかどうかは知らないが、試してみたい気持ちもなくはない。

だが悲しいかな、園田は自分の身の程を痛いほど弁えていた。吹っかけ過ぎて逃げていった儲け話が、過去にいくらあったか。億とまではいかないまでも、数千万程度はあったのではないか。

「……では、とりあえず、三本……ほど」

むろん三千万ではない。三百万という意味だ。

「分かった。いつもの口座に振り込めばいいか」

「はい……よろしく、お願いいたします」

しかし、できればこういう仕事はしたくない。

仮に、園田以外の誰かが十和田について調べ、その情報を週刊誌か何かに売り、掲載されたらどうなる。石上はまず園田を疑うだろう。金だけ取っておいて、俺のところにネタを持ってくる前に週刊誌に売ったのかと、ワニの目で睨みつけるに違いない。むろん、石上ほどの力があれば週刊誌編集部に問い合わせ、ネタ元を確かめるくらい朝飯前だろう。だがおそらく、そういう事態になっても石上は確かめない。

確かめたら、園田に因縁をつけるネタがなくなるからだ。

2

仕方なく、という表現がこれほど相応しい仕事もないだろう。

園田は「タイショウパブリッシング」という実体のない会社から三百万円振り込まれていることを確認し、溜め息をつきながらＡＴＭの前を離れた。金を貰ってしまったら、もうやるしかない。やるだけやって、嘘でも糞でも情報を捻り出して、上手く立ち回るしかあるまい。

せっかくコンビニまできたのだから、ついでに酒とツマミを買っていくことにする。焼酎と焼き鳥の缶詰、それとポテトチップ。コンソメと迷ったが、結局はのり塩にした。

さらにレジでタバコをふた箱買ってコンビニを出た。大久保通りの歩道を歩き、家に戻る。

午後一時半。平日なので人通りはさして多くない。ここ数年、この一帯のコリアンタウンは韓国ブームに沸き返っていたが、竹島（たけしま）だの通貨スワップ終了だの、元応募工だのホワイト国外しだの、数々の外交問題が持ち上がってからこっち、急速にその勢いは衰えた。というか、いい具合に寂れたから園田はこの街に越してきたのだ。あのまま賑（にぎ）わっていたら、どこか別の街を選んでいた。

そもそも園田は、あまり一つの街に長くは住まない。ガセネタを摑ませたマスコミ関係者、それが原因で仕事を失った芸能人、借金を踏み倒したままの知り合いなど、自宅を知られたくない人間が世の中には大勢いるからだ。

借りるのは主に家賃五万円以下のアパートだが、手頃な物件が見つからなければウィークリーマンションを利用したり、カプセルホテルに泊まったり、不動産屋ですら勧めたがらない事故物件を借りたりもする。基本的に霊感はないので、過去に殺人事件があろうが自殺者の霊が出ようがかまわない。雨風が凌（しの）げて、出入り口が二つ以上あって、電気とガスと水道が通っていればそれでいい。

この一軒家もそうだ。再開発計画の頓挫（とんざ）だか、整備事業の見直しだかで撤去されなかった家だという。間取りは、今風な言い方をすれば３ＤＫ、家賃は二万五千円。分かりやすく言ったら、つまりは廃墟だ。実際、構造が歪んでいるのか壁の継ぎ目には隙間があるし、二階のふた部屋は雨漏りがひどくて使えない。今現在、二階にはドン・キホーテで買ってきたビニールプールがダブルで設置してある。お陰で今まで、一階への雨漏りは防げている。

玄関の引き戸を開け、中に入る。若干カビ臭いのは仕方がない。床板を剝がせば地面の土が直に見えるし、土台になっている木材はところどころ朽ちている。二、三ヶ月したらまた越すつもりだから、それまでに倒壊するような大地震が起きないことを祈るほかない。

この家における園田の居場所は、台所と通じている一階の和室、ここだけだ。もともとあった文机に据えたノートパソコンの他は、家財道具と呼ぶほどのものも特にない。仕入れてきた情報をパソコンで整理し、買ってきたものを食い、風呂を浴びたら寝袋に収まる。それしかすることはないのだから、物は増えようがない。

買ってきた焼酎を、塩素臭い水道水で割って飲む。こんな安酒でも昼間に飲むと妙に美味い。缶詰を開け、ポテトチップの袋も豪勢に背中から全開にする。これで人肌が恋しくなったらソープにでもいくのだが、今日はそうもいかない。少し今後について考えなければならない。

ハイライトを一本銜え、ゆっくり吸い込みながら火を点ける。ひと口大きく吐き出すと、部屋の空気が霞み、少し眺めが落ち着く。明るい場所と、暗い場所。濃淡がはっきりとし、見えないものが見えてくる。焼き鳥を摘み、指までしゃぶる。その甘みを焼酎の水割りで洗い流す。繰り返しているうちに、次第に思考が輪郭を失っていく。境界線を隔て隣合っていた事象が、とろとろと流れ出ては、斑に交じり合う。

そう、そういうことだ。

滝沢セイラの自宅は、すでに調べがついている。男が入り浸っていると言って、誰かを張り込ませよう。今から張り込んでも、セイラ自身が警戒しているだろうから、滅多に尻尾は出すまい。だが、できれば下手糞な、分かりやすい張り込みをする奴がいい。「週刊新窓」の江尻か「モダン」の桜木、「キンダイ」の矢口、その辺りだ。そしてあとから、「モダン」も「キンダイ」も来てたろう、奴らも俺が追っ払ってやったぜ。十和田には、そう恩に着せるくらいでちょうどいい。

あとは、十和田自身か。奴の住まいにはすでに盗聴器が仕掛けてある。しかし今のところ、弱みになるようなネタはこれといって拾えていない。

四十七歳、独身の一人暮らしというのは園田と共通しているが、それ以外は何から何まで違う。

特別な用事がなければ、午前十一時には恵比寿のオフィスに出勤。当たり前だが日中は社長業をこなし、夜になったらほぼ毎日関係者と会食。放送業界人だったり、同業者だったり、暴力団のフロントだったり。飲むときはやはり六本木や西麻布のクラブが多い。一人や二人、馴染みの店のホステスと付き合いはあるのかもしれないが、そんなものはなんのネタにもならないので、こっちも調べない。

だが他に女の影があるのかというと、それがないので困っている。店で飲んでお開きになったら、近くで待機していた運転手付きのアウディか、タクシーで自宅マンションに帰る。あとは風呂に入って寝るだけという生活。AVでセンズリくらい掻いているのかもしれないが、それもネタにするにはあまりに下らない。せめて所属の女優に手を出すとか、新人は自分で味見してから採用不採用を決めるとか、それくらい分かりやすいことをしてくれないと探っているこっちも面白みがない。

暴力団関係者と付き合いがあるからといって、違法薬物に手を出しているということもなさそうだ。仮にそうだったとしても、これまたネタとしては使いづらい。十和田はえらいシャブ中ですよ、と言ってみたところで、あまり誰も驚かないだろうし、十和田自身はタレントではないから傷もつかない。警察に売る、という手は確かにある。そこまでいったらさすがにダメージを負うので、石上は喜ぶだろう。だがそれだと、園田自身ものちのち仕事がしづらくなる。あいつはいざとなったら警察にもネタを売るぞ、と。ただでさえ敵が多いのに、そんな評判が立ったらもう誰も付き合ってくれなくなる。本当に石上の犬になるしかなくなる。

それはそれで生きづらい。

そもそも十和田の私生活を調べ始めたのは、GOプロの急激な台頭を面白くなく思っている人間は大勢いるだろうから、そいつらにネタを売ってひと儲けしよう、と思いついたからだ。石上に三百万円貰う、実に四ヶ月も前から動き始めていた。

それと、十和田には悪い噂が一つもなかった。これも調べ始めた理由の一つだ。石上のいうように、近頃の十和田は業務提携に積極的で、それによって業界に影響力を強めているという面がある。しかしそれ自体は合法的なビジネスだし、広告マン時代に身につけたノウハウを活かしているだけだから、言ったら恨む方が筋違いなのだ。しかし、だからこそ弱みが知りたくなるというのも、また人情。園田自身のサディスティックな欲望とも無理なく重なったため、調査を開始した。

仕事はできる。でも女はいない。クスリもやらない。見た目も真面目そうだし、ギャンブルをやっているのも見たことがない。ここまで問題がないと、仮に十和田がホモセクシャルだったとしてもすんなり受け入れられてしまいそうだ。別にいいじゃないか、所属タレントに手を出してるわけでもないんだから。そう言われたら、そうですねと引き下がらざるを得ない。

なんかねえのか、あの「父ちゃん坊や」は。なんか、ねえのか、ねえのかよ、あの――。

かくん、と一回頭が落ちたところで、意識を取り戻した。

危ない。寝てしまうところだった。

暗くなる前に家を出て、十和田の自宅がある広尾(ひろお)に向かった。

自身がタレントではないという脇の甘さからか、あるいは単なる貧乏性なのか、十和田の住んでいるマンションは今どき信じられないほどセキュリティが甘い。一応オートロック式になっているため、正面エントランスから入るには認証が必要だが、裏手の駐車場出入り口は施錠されていないことが多く、簡単に内部に入ることができる。また、境界になっているブロック塀を登れば二階の外廊下に侵入するのも容易で、そうなったらエレベーターを使って何階にでも行ける。

十和田の部屋は一番上の七階。これも侵入が容易なポイントで、屋上からベランダに下りてくる輩がいるなどとは思ってもいないのだろう。ベランダに面した窓にはカギすら掛かっていないことがある。お陰で行動パターンが掴めたあとは、盗聴器は仕掛け放題だった。

言うまでもないが、園田のしていることは犯罪である。だから逆に、普通の週刊誌などにはネタを売りづらい。面白い話はたくさん知っているのだが、どうやって知ったのかを明かせないし、そのネタがもとで裁判にでもなって調べられたら、名誉毀損（めいよきそん）のトバッチリ程度では済まない。住居侵入罪、他にも電波法か何かで処罰される。

こんな危険を冒してまで、なぜ芸能スキャンダルに固執するのか。園田もときおり、自分で不思議になる。まあ、簡単に言ったら「才能に対する嫉妬」なのだろう。あるいは、才能などというあるのかないのかよく分からないもので商売をしている人間どもへの、天罰のような気持ちか。天才だのなんだのとチヤホヤされて、いい気になってると足をすくわれるぜ。

俺みたいな無能な人間でも、お前らを表舞台から引きずり降ろすことはできるんだぜ。そんな、捩じくれた自己顕示欲か。

ただ最低限の用心として、ストレートな恐喝だけはしないようにしている。滝沢セイラの一件も、もとはといえば十和田の部屋に仕掛けた盗聴器で拾った会話が元ネタだ。自宅という安心感もあったのだろう。十和田はセイラのマネージャーと思しき相手と、迂闊過ぎる話をし始めた。

《とにかく落ち着いて喋れ。何があった》

《誰だそれは。何者なんだ》

《逮捕は、されてないんだな》

《その男とセイラは、今も付き合ってるのか》

《セイラはなんて言ってるんだ。やったって認めてるのか》

《とにかく、検査キット買ってきて確かめろ……誰か知り合いに頼めばいいだろう。それくらい頭使えよ》

もうこの時点で、セイラの違法薬物疑惑は確定だった。さらに男を特定できれば完璧だったのだが、そこまでしなくても交渉は可能だった。

週刊誌がそれっぽいネタで動いてますよ。記事になってからじゃ遅いですよ。今のうちに取材を止めさせた方がよくないですか。

これで二百万円。実にボロい仕事だった。

そこまではいいとして、だ。肝心の、十和田自身を陥れられるようなネタだが、これがいまだに拾えない。ウィークデーはほとんど仕事で終わり、週末もゴルフで埋まることが多い。たまに空いた休日は何をするのかと思いきや、横浜で一人暮らしをしている母親の様子を見にいったりしている。その母親との通話が若干気持ち悪かったのだが、

《……うん、大丈夫。元気にしてるよ。ママは？》

《明後日の日曜は行けると思う……うん、欲しいもの言って》

《……はは、それは楽しみだな。ママの散らし寿司、大好きだよ》

まあ、売り物になるほどのネタでもない。これは、そっと園田の記憶に留めるだけにしておく。

新大久保から山手線で恵比寿、日比谷線に乗り換えて広尾。駅から十分ほど歩いて、夕方五時にはマンション付近まで来た。

ちなみに今日は、十和田の部屋には入らない。近くの駐車場に仕掛けてあるレコーダーからデータを回収するだけだ。

十和田の身辺調査のためにまず園田がしたのは、軽自動車の購入だった。ネットで安い中古車を探し、車体価格七万円、もろもろの経費を入れて二十万支払った。次に、これを置い

ておく月極駐車場を探す。これは運よくマンションの裏手に確保できた。

数日後に十和田の部屋に侵入し、リビングのコンセントに盗聴器を仕掛け、準備完了。あとは駐車場に駐めっ放しにした軽自動車の中で傍受、録音。これを定期的にチェックするだけだ。盗聴器はコンセント直結なので電池切れの心配はない。受信機とレコーダーはバッテリー式で、仕様書には四日ほど持つと書いてあるが、念のため三日に一度は交換に行く。これらの器機一式が十万ほど。駐車場代が意外と高くて月五万円。四ヶ月やって五十万。まあ、セイラのネタで二百万せしめているので、充分もとは取れた勘定になる。

何喰わぬ顔で軽自動車に乗り込み、後部座席の足元に置いた受信機とレコーダーのバッテリーを交換する。レコーダーのメモリーはカード式なので、これも交換。今日は時間があるので、用意してきた別のレコーダーで録音内容をチェックする。さてこの三日間、十和田は自宅で何をしていたのだろう。

録音は一定以上の音量になったときに開始するようセッティングしてある。よって、無録音状態を何時間もチェックする必要はない。

最初の音は、三日前の帰宅時だろうか。

《……ただいま》

そう。十和田は意外と律儀(りちぎ)に、帰ってくるたびにちゃんと《ただいま》と言う。

《はあ……なんだかな、まったく》

一人暮らしの男の独り言なんて、たいていはこんなものだ。溜め息と、行き場のない愚痴。それとときどき、誰も笑ってくれない親父ギャグ。いきなり十和田が《カレシも、おつカレねェ》とブチかましたときは正直、背筋が寒くなった。十和田の頭の中には何かしら文脈があったのだろうが、それを察することは、いくら同い歳の園田でも難しかった。
また《あ、そうだ》と何か思いついたりすることがあるが、その後の音から判断すると、書類仕事の続きだったり、留守録しておいたテレビ番組の視聴だったり、高級缶詰か何かを開けて一杯飲み始めたりすることが多い。缶詰で一杯というのは親しみを覚えるが、十和田の場合はズワイガニとかタラバガニとか、フカヒレの姿煮とか、園田のそれとは一線を画す高級缶詰なのだろうと推察する。
二日前の記録にはこんな音声が残っていた。
《ああ、どうも。お世話になっております、十和田です。すみません、こんな時間に。今、大丈夫ですか……ええ、またちょっと、調べていただきたいことがありまして。ええ……園田芳美という、ジャーナリストというか、まあ、ペンゴロみたいな男のことなんですが》
ぞわ、っときた。カレシもおつカレ、の十倍くらい。
《ほう、そうなんですか。いや、私もこの前初めて会ったんですが、なかなか喰えない男でして……言い値でいくらか摑ませたんで、しばらくは大人しくしてると思うんですが》
大人しく、はしないが、今すぐどうこうもしない。

《分かりませんね。一応名刺はよこしたんですが、携帯の番号と、住所だけで。しかも住所は、ちょっと調べたら、もう二年も前に転居してました》

早速調べたのか。分かってはいたが、なかなかマメな男だ。

《まあ、そうでしょうね……ええ、潰せるなら潰しておいた方が、のちのち面倒がないかとも思うんですが、そういう手合いなら、飼っておくのも悪くはないかと》

どいつもこいつも。何かというと、飼うだの使ってやるだの。自分を何様だと思っていやがる。

《はい、よろしくお願いいたします。特に急ぎませんので、何か分かりましたらご一報ください……承知しております。はい》

相手は誰だ。ヤクザか、マスコミ関係者か、汚れ仕事もこなす興信所か何かか。まさか警察関係か。なんにせよ碌な相手ではない。

さて、これはどうしたものか。

3

仕事のネタは全て自分の足で稼ぐ、などというポリシーは毛頭ない。園田の収入の大半は、リークされた情報を右から左に捌(さば)いて、その利鞘(りざや)をかすめることによって生まれる。

『あ、園田さんですか。俺です、中畑です』

長年こんなことをやっていれば、疎まれようが蔑まれようがそれなりに人脈は広がるし、持ちつ持たれつで続いている関係も少なからずある。

「おう、久しぶりだな。元気か」

『お陰さんで。なんとかやってます……園田さんはどうっすか。今日とか、ちょっと一杯やりませんか』

この中畑というのは、もとは「梅田興業」という大阪のお笑い系プロダクションの社員だった男だ。

梅田興業は十年ほど前に東京進出を目論み、その露払い的意味合いで中畑を東京駐在員として送り込んだのだが、その直後に社長が脱税容疑で逮捕され、会社自体が東京進出どころではなくなってしまった。しかも、中畑は大阪に戻ることもできず、四ヶ月ほど無給のまま放置され、五ヶ月目に当時の副社長から電話で『すまん』と話を切り出され、解雇を言い渡された。以来、小さな制作会社や宣伝会社など、芸能界周辺の仕事で食い繋いでいるようだが、どうも最近、クスリを覚えてしまったらしく顔色が優れない。園田に電話をしてくるのも、クスリ代に事欠いてのことではとつい勘繰ってしまう。

「ああ、いいよ。どこにする」

そんな男でも繋いでおく価値はある。どうせこれからソープにでも行って、口の堅い知り合いがやっている居酒屋で飲もうと思っていたところだ。話し相手ができただけよしとしておこう。

待ち合わせは池袋の居酒屋にした。芸能関係者が少ない街の方がいい場合もある。また、小遣いをやったら中畑がすぐクスリを買いに行けるように、という配慮も多少は含まれている。

五分遅れで店にやってきた中畑は、前回会ったときよりだいぶ老け込んでいた。まだ三十代半ばのはずだが、もう初老といってもいいほど雰囲気が枯れている。

「……へへへ。すんません、遅くなりました」

いいから好きなものを頼めと言うと、中畑は焼酎のお湯割りに揚げ出し豆腐、それと茄子(なす)の一本漬けをオーダーした。あまり食欲もないのだろう。

中畑にお湯割りが来たところで、園田から切り出した。

「何か、いいネタでも拾ったのかい」

「ええ……まあ、そうなんですがね」

中畑は背中を丸めたまま、濁った目で園田を見た。

「もったいつけたって駄賃は弾まねえぞ。さっさと白状しろ」

「へへ……」

まもなく、中畑は小指で耳をほじりながら喋り始めた。

「園田さん、中沢壱子(なかざわいちこ)って知ってます？」

「中沢……ああ、フェイスプロのおっぱいネエちゃんか」

フェイス・プロモーションは巨乳グラビアタレントを中心にマネージメントしている事務所だ。最近は島崎ルイや柏木夏美といったミュージシャンも手掛けているようだが、巨乳グラビア系という基本路線は現在も変わらない。

「ええ。その中沢壱子が、またちょいと、おイタをやらかしたらしくて。今月から深夜枠のドラマで、学園モノをやってるでしょう。壱子はそれの、女教師役で出演してるんですが」

「ああ、知ってるよ。一回だけ見たことがある」

確か『放課後ハレンチ倶楽部』とか、そんなタイトルではなかったか。

「そのドラマでね、遠足だか修学旅行だかのシーンを撮るのに、地方ロケに行ったんですよ。そういうアレなら、スタッフもキャストの宿は男女で分けりゃいいのに、予算の都合ですかね。みんな同じホテルに押し込んじまったらしいんですな。そしたらもう……いきなり、初日から夜は乱交パーティ。なんでも壱子が自分から仕掛けたらしくて、元気のいい男子生徒役……っていったって、歳は壱子と変わらないですから。そいつらと部屋で飲み始めて、いきなり脱ぎ始めて……他にも女はいたらしいんですが、とにかく壱子が凄かったって、現場にいた生徒役の俳優から聞いたんで、間違いないっすよ」

瞬時に頭の中で、過去のデータを分析し始める。

中沢壱子はいろいろと噂の多い娘で、以前にも共演者とのスキャンダルがスポーツ新聞にスクープされていた。しかし園田が裏を取ったところ、これが実はスクープではなく、完全なるリークだったことが分かった。

というのも、壱子と共演者のネタを書こうとしたのはそもそも「週刊新窓」だったのだが、その切り口がかなりドギツいものだったらしい。個室居酒屋で二人で飲み、腰に手を回して寄り添い歩き、男のマンションに入っていったのが夜十一時頃。翌朝、壱子は迂闊にもノーブラノーパン、完全なるTシャツ一枚という恰好でベランダまで出てきて、しかもそれを写真に撮られてしまった。巨乳タレントだけあって、最初に書かれた原稿はさぞかし刺激的なものだっただろう。

「新窓」も一応、載せるとなったらフェイスに断わりは入れる。当然、フェイスは掲載を見合わせてくれるよう交渉する。そのやり取りの細かい内容は分からないが、表現を和らげてくれとか、その写真は使わないでくれとか、フェイスはなんとかダメージを最小限に喰い止めようとがんばったはずだ。おそらくTシャツ一枚というキワドいカットは避ける、というのが落とし処だったものと思われる。

しかし、フェイス側はこの落とし処に納得がいかなかったのだろう。「新窓」が広告を出さないスポーツ紙にあえてこのネタをリークした。しかも「新窓」の発売前日に、デカデカと【真剣交際、始めました】という見出しで載せさせた。要するにフェイスは、事務所公認の発表記事という体裁をとることで、「新窓」のスクープを無効にしてみせたのだ。

これには「新窓」も激怒した。要求通り写真を差し替え、文面も配慮して書き直したのに、それをスポーツ紙に先に載せさせるとは卑怯だろう、と。おそらく「新窓」は今もこの恨みを忘れていない。それは以後、「新窓」がフェイスのタレントを一切グラビアで使っていないことからも明らかだ。

そういった過去を踏まえた上で、今回の「中沢壱子（先生）ご乱交」について考えてみる。

この程度のネタ、普通は週刊誌に売ったところで今どきは三万にもならない。だが「新窓」なら五万、持っていきようによってはもう少し出るかもしれない。

「……中畑くんよ。その、壱子と姦ったっていう俳優、紹介できるかい」

「あ、いや、名前とかは、マズいと思うんですけどね」

「それはあとからこっちが配慮するよ。むろん、中畑くんの名前は出さないから」

「いや、それは……さすがに」

園田は分かりやすく財布を取り出し、万札を一枚抜いて中畑に向けた。

中畑の喉仏が、ぐるりと一往復上下する。

「……いや、マズいんだよな」

「そう言うなって」

もう一枚抜いて重ね、手を伸ばして中畑の胸ポケットに押し込む。よろしく頼むよ、の意味で、ぽんと肩も叩いておく。

「いや、参ったな……オオキ、トオルっていうんですけどね」

ちなみに、二枚目のは五千円札だ。


結果から言うと、中沢壱子のネタは「新窓」に七万円で売れた。たまたま昔から知っている三枝（さえぐさ）という男が編集長になっていたのも好都合だった。

園田の日々の仕事というのは、たいていこんな調子だ。十和田の家に盗聴器を仕掛けたような、完全なる違法行為はごく一部でしかない。

そう。園田が「Ｑｒｏｓの女」に関わるようになったのも、もとはと言えばそんなリークの電話がきっかけだった。

「はい、もしもし」

発信元は園田のメモリーにはない携帯番号。

『……もしもし。園田さんですか』

低い男の声。いわゆるバリトンボイスというやつだ。とっさに浮かぶ顔はなかったが、こういうことはよくある。園田は、情報を売り買いしたい人間がいたら番号もメールアドレスも自由に教えていい、と知り合いに言っている。それもあって、携帯番号はもう二十年近く変えられないでいる。おそらくこの先も変えないだろう。

「はい、園田ですが、どちらさまですか」

『初めまして。アキヤマといいます。ちょっと面白いネタを仕入れたんで、園田さんに、使ってもらえたらなって』

念のため、通話の録音を開始する。

「いいですね、面白いネタ。ぜひお伺いしたい」

『園田さんは、テレビCMは、よくご覧になりますか』

「いや、あんまり自宅でじっくりテレビを見る方でもないんで。そんなに詳しくは分かりませんが」

『じゃあ、ネットはご覧になりますか』

「その方が、よく見ますね」

まだ相手、アキヤマの言わんとしていることは分からなかった。

『今、ネットって見られますか』

「ええ、見られますよ」

確か、そのときいたのは日暮里（にっぽり）のネットカフェだった。

『じゃあ、「キュロスの女」と検索してみてください』

「はあ」

キュロスといったら、あのファッションブランドの「Ｑｒｏｓ」だろうか。

言われた通り検索してみると、なるほど、数万件のヒットがある。

「なんか、いろいろ出てきましたが」

『CMの動画、見られます？』

「動画……ああ、これか」

検索結果の中には動画も紹介されており、早速十五秒のバージョンを見てみた。

「……うん。これなら見たことがありますね、どこかで」

『その、最後に出てくる女の子がですね、今ちょっとした話題になってるんです。けっこう可愛いのに、どこの誰だか分からない。こんなご時世でしょ。日本人じゃないんじゃないかとか、いろんな憶測が飛び交ってる』

「へえ、そうなんですか」

確かにスタイルもいいし、美人といえば美人だ。しかし、だからなんだというのだ。今どきネットで数万件のヒットでは、話題としては大したものではない。

「この女が誰かという、お問い合わせですか」

『いえ、そうではありません』

「じゃあ、この女を捜し出せと？」

『そういうこと、でもないんです。その女の正体は、実は分かってるんです』

ますます話が見えない。

「じゃあ、私の出番はないじゃないですか」

『いえ。園田さんにお願いしたいのは、その女の生活を追ってもらいたい、ということなんです』

「つまり、この女のプライベートを暴け、と」

『簡単に言うと、そういうことです』

いつものように、頭の中でデータ分析を始めた。

この女、タイプ的にはモデル出身のタレント女優といった類だろうか。ポジション的にかぶるとしたら森佑子、平川（ひらかわ）まさみ、安倍（あべ）スミレ、同じCMに出ていた福永瑛莉もそうだし、モデル出身ではないが島崎ルイも同系統に分類されるだろう。だとしたら狙いはなんだ。一番ありそうなのは、こういったモデル出身タレントの嫉妬。この「Ｑｒｏｓの女」が台頭する前に潰してしまえ、という発想。あるいはこの女が出演したためにＱｒｏｓのＣＭに起用されなかった女がいたら、それも恨みを抱くだろう。この男はおそらく、その手のタレントのマネージャーか、恋人か、悪知恵の働く男友達といったところか。

「……で、その女の正体というのは」

『その前に条件を一つ、いいですか。この女性のプライベートについて、園田さんに調べていただくわけですが、でもそれは他には売らないでいただく、というのは可能でしょうか』

「と、言いますと」

『園田さんがお調べになったことは、こちらでお金をお出しして買い取ります。ですので、他には漏らさないでいただきたい』

「ええ。もちろん可能ですが」

ただし、情報というのはいくらでもコピーが可能だし、切り売りも改竄（かいざん）も無限にできる。仮に同じ情報を園田が他所（よそ）に売ったとしても、別のところから仕入れた情報だろうと惚（とぼ）ければ済む話だし、少し内容を変えれば、その言い逃れはさらに容易になる。

「……ではその、報酬の交渉を先にしましょうか」

『はい。一件、十万円でどうでしょう』

驚いた。これは、なかなかの値段だ。

「一件十万、ですか……その、一件というのがどういうレベルか、もう少し具体的にお願いできますか」

『たとえば、どこそこで買い物をしていた、というので一件です』

「住まいは分かってます？」

『それも、お願いします』

「飲み屋で有名なタレントと飲んでいたとしたら？」

『それは……いや、それも一件ですかね』

「通っているスポーツジムとか」

『それも一件で』

「レオタード姿の写真は？」

『ああ、情報の信憑性という点で写真は必要ですが、それはちょっとカウントなしで。なので、写真は分かる程度でいいです。写りの良し悪しは気にしなくていいです』

何やらストーカーの代行をするようで気味悪くはあるが、まあいい。

「分かりました。お引き受けしましょう。その代わり、前払いでお願いします。私の口座に十万円振り込んでください。それが確認できましたら、その女性について調べ、何か掴め次第ご報告いたします。それでまた十万振り込んでいただけたら、次の情報をお渡しします」

『了解しました。それでけっこうです』

「では、その女性の正体というのを、教えていただけますか」

フッ、とその男が、笑いを漏らしたのが分かった。

『園田さんは、スマッシング・カンパニーをご存じですか』

当たり前だろう。

「ええ。野坂麻衣子とか、福永瑛莉、加納早紀とかが所属してるプロダクションでしょう」

『はい。そこにですね、イチノセマスミという事務職員がいます。それが「Ｑｒｏｓの女」です』

ほう。それは面白い。

「事務職員が、タレントとしてＣＭに出てしまったわけですか」

『そういうことのようですね』

「そのイチノセマスミという女のプライベートを探って、あなたにお教えすればいいわけですね」

『そういうことです』

「では、こちらの口座をお教えしますんで、控えてください」

それが、アキヤマとの取引の始まりだった。


二日後に口座を確認してみると、確かに「アキヤマ」名義で十万円が振り込まれていた。この十万だけせしめて、あとは「なかなか尻尾を出さなくて」と惚けることもできたが、一件十万円というのはやはり魅力的だった。

まずはスマカンの本社から見張り始めた。会社の出入りを見張っているだけで、対象の女は簡単に特定できた。身長が百七十センチ近くある、大柄な女だ。ただし、当たり前かもしれないがＣＭの印象よりはかなり地味だった。垢抜けない黒縁のメガネをかけており、着ているものもなんだかパッとしない。それこそＱｒｏｓ辺りで買い揃えたような、素人くさいコーディネイトだった。

帰宅時に尾行していくと、住まいは豊洲と分かった。五階建てのマンションの二〇二号室。

ネームプレートは出ていなかったが、留守のときに郵便受けをチェックしたら、ダイレクトメールに「市瀬真澄」とあったので間違いない。その宛名を写真に撮り、改めて住所を記したメールと一緒に送ってやった。

返信はその日のうちにあった。

【さすが園田さん、仕事が早い。評判通りですね（笑）。明日、無理だったら明後日中には十万振り込みます。】

翌日は忙しかったのだろう。振り込みは翌々日にあった。

金がもらえれば、園田に不満はない。しかも、市瀬真澄が使っている電車、普段の服装、飲みに入った店、買い物をする場所、買った物、ちょっと近所に出るときの恰好と、瑣末な情報でも一律十万円が振り込まれてくる。久々にボロい仕事だった。

しかし、園田が追いかけ始めて十日ほど経った頃、日付でいうと十月の七日から、市瀬真澄の様子がおかしくなり始めた。

出勤時、部屋を出たところから妙に周りを気にし、歩いていても頻繁に後ろを振り返るようになった。まもなく買い物をするスーパーマーケットを変え、部屋着にサンダルみたいな恰好で出歩くこともなくなり、二十六日土曜日の朝にはいきなり引越しが始まった。その引越しトラック自体を追跡したので、新しい住まいも訳なく突き止められたが、逆に園田の方が不安になってしまった。なぜ市瀬真澄は、急に身辺を警戒するようになったのだろう。自分の追跡がバレたのだろうか。

いや、そんなはずはない。

もしやと思って検索したら、案の定だった。

ネット上には、明らかに園田が送信した情報をもとに書いたと思しき文面があちこちにアップされていた。しかも、園田が送ってすぐに書き込んでいるのではない。たとえば中目黒周辺に出没する、との書き込みをしたら、それが話題になって、ある程度浸透して盛り上がってくるまで次のネタは書き込まない。会ってみたい、ひと目見たい、できれば一緒の電車に乗りたい、後ろに立ちたい、匂いを嗅ぎたい、触りたい、股間を押しつけたい。そういうリアクションが出揃った辺りで、どうやら豊洲在住らしいと、次のステップに移行する。

市瀬真澄は、これらの書き込みに気づいたのだろう。自分のプライベートがいつのまにかネットに晒されている。デマでもなんでもない、リアルな情報だ。住んでいる街から買い物をする場所、飲食をした店、毎日乗る電車、普段の服装、あらゆることがそのまま、不特定多数の人間が目にするメディアに流されているのだ。

こりゃひでえ——。

芸能事務所社長宅に盗聴器を仕掛け、それをネタに恐喝紛い（きょうかつまがい）のことをしている自分が言えた義理ではないかもしれないが、それでも、これはひどいと思った。卑怯、卑劣、下衆（げす）。

自分の中にも、こんな義憤じみたものが欠片（かけら）ほどでも残っていたのかと、園田自身が驚いた。

でも明らかに、何かが腹の底で煮え繰り返っている。

なんだ。なぜ自分は怒っているのだ。なんなんだ、この不快感は。

ネットという落書きツールに、自分が自分の足で稼いだ情報が晒されたからか。それもあるだろう。情報を提供するたびに報酬は受け取っているので園田に損はないが、それをびた一文払わない連中が弄くり回すことに腹が立つのか。それもあるかもしれない。情報が自分の予想の範疇にない使われ方をしたという驚き。コントロールの利かない急速な拡散に対する恐怖。あるいは、そんなものに蹂躙される一人の女、市瀬真澄に対する哀れみか。

いや、この嫌悪感の原因は、相手が正体不明だからだろう。

相手はネットという情報の海原を漂いながら、現実社会に生きる実在の一般人女性を攻撃し続けている。自らの正体は隠し、それでいてネタに喰いついた連中を自陣につけ、うねうねと仮想世界で勢力を増殖させながら、なお彼女を包囲し、陵辱する。

赦しがてえ。

盗人猛々しい。目糞鼻糞を笑う。なんと言われようがこれだけは譲れない。汚かろうが浅ましかろうが、園田は自分の名前で仕事をしてきた。取引相手には顔を晒し、居場所は——ときどき隠したりもするが、園田芳美以外の何者かであろうとしたことはないし、園田芳美であることを偽ろうと思ったこともない。

思わず携帯を握り、だがそのまま自問した。いっときの感情に流されて、青臭い怒りに任せて、この儲け話を棒に振っていいのか。のちのち後悔しないか。

いや、いい。こんな野郎を放置しておいたら、今夜からしばらく酒が不味くなる。

携帯メールで、園田が打った文面はこうだ。

【アキヤマさん。俺はあんたが情報をどう使うかまでは考えてなかったし、関知する気もなかったが、まさかネットに晒すとは思っていなかった。どうもそれだけは、俺の流儀として容認できない。だが情報を返してもらうことはできない。だから俺も金は返さない。ただし取引はこれで終わりだ。そしてできることなら、市瀬真澄に対する情報攻撃は中止してくれ。頼む。】

すると、三時間ほどしてアキヤマから電話がかかってきた。

『……もしもし、園田さん？　どうしちゃったんですか、急に正義の味方みたいなこと言っちゃって』

携帯を持っていない、右手を堅く握り込み、自分の腿に落とした。

「ああ、どうしちまったんだろうな。でもとにかく、あんたのやり口は気に喰わねえ。金については、前言撤回だ。返してほしけりゃ返してやる。ただし現金でだ。欲しけりゃテメェの顔を晒して取りにこい」

『いいですよ、そんなはした金。差し上げますから、風俗にでも博打にでも好きに使ってください。その代わり、情報はこれからも有効活用させていただきます……というか、もう充分調べてもらったんでね。あとはこっちでなんとでもできますから』

半笑いの口振りが、これ以上はないというくらい腹立たしかった。

「ちょっと待てアキヤマ、オメェ一体、何が狙いだ」

『そんなこと、あなたに知る権利はないんですよ。ブラック・ジャーナリストさん……それじゃ、さようなら』

「おいテメェ、アキヤマッ」

アキヤマとのやり取りはそれきり。携帯はすぐに解約されたのか通じなくなり、メールも届かなくなった。

だが奴の宣言通り、ネットには市瀬真澄の情報が流され続け、本物かどうかも分からない、「Ｑｒｏｓの女」のパンチラ写真まで公開された。

そうかい、そこまでやる気かい。

よく分かった。だったら、こっちにも考えがある。

4

いや。実のところ、考えなどほとんどなかった。

相手が名乗った「アキヤマ」というのはまず間違いなく偽名だろうし、今後は向こうから電話でもしてこない限り連絡のとりようもない。

さて。ネットの闇を自在に飛び回る正体不明の敵を誘き出すには、どうしたらよいものか。

とはいえ、園田が抱えているトラブルはそれだけではない。

『オイッ、園田テメエ、いつんなったら金持ってくんだッ』

『園田さん。この前のあれ、全然デタラメじゃないっすか。俺、あれでえらい怒られちゃいましたよ。ウチの社が訴えられたらどうしてくれるんですか』

『芳美さーん、ツケ溜まってるよー。払いにおいでー』

門前仲町の借金取り、ガセネタを掴ませたタブロイド紙の記者、一度寝たことのある飲み屋の女将などから、碌でもない内容の電話ばかりかかってくる。それもたいてい、これから一杯やりに行こうかという宵の口に多い。むろん、無視して逃げ回るという方法はある。金がなければ園田もそうせざるを得ない。しかし、金があるときはできるだけ払う、くらいの社会性は園田にもある。

できるだけというのは、まあ、概ね半分くらいだ。

「へへ……すんませんねぇ、大貫さん。何度もお電話いただいちゃって」

組事務所に顔を出し、利子を含めて四百八十万に膨らんだ借金のうち、二百五十万を現金で払っておく。

「なんだ、全額じゃねえのかよ」

「無茶言わないでくださいよ。がんばって働いて、ちょっとずつ返してるじゃないですか」

十和田と石上からせしめた金を注ぎ込めば完済も不可能ではないが、それはあえてしない。ヤクザ者とも付かず離れず。殺されない程度に返済しておけば、その後も向こうから定期的に連絡をしてくる。そういうときに「なんかネタないですかね」と振ると、案外ヤクザは面白い話を聞かせてくれることがある。どんな人間も使い方次第、ということだ。

「しょうがねえな……残金二百三十。でもよく覚えとけよ。あんたこれ、トイチなんだからな」

そうか、十日で一割の約束だったか。なら、もうちょっと払っておこうか。いや、今から出したらまだ持っているとバレてしまう。今日はやめておこう。

「いやいや、今けっこうデカいネタ持ってるんで。これで一発当てて、そしたら綺麗にしますよ」

「ケッ……あんた、いっつもそうだ。デカいネタ持ってる、デカいネタ持ってるって……そういや、この前俺が教えてやった、藤井涼介と半グレの話、あれはどうした。さっぱり話題になってねえようだけど。まさか、事務所強請って、ひと稼ぎしたんじゃねえだろうな。だったらその分け前をよこせ」

藤井涼介の遊び仲間には意外とワルが多い、暴走族の新東京連合OBとも関わりが深い、というネタだが、指定暴力団組員とならともかく、今どき半グレと遊んだくらいでは記事にもならない。実際、その半グレというのも藤井の中学の同級生らしいから、幼馴染(おさななじ)みと酒を飲んで何が悪いと言われたらそれまでだ。もし藤井が刑事事件に関わるようなヘマでもしてくれたら、そのときは園田も動くつもりだが。

「いやいや、Ｗｉｎｇの石上社長を強請るなんて、そんな大それた真似、私にできるはずないじゃないですか。勘弁してくださいよ」

その辺は適当に言い逃れ、園田は事務所をあとにした。

飲み屋のツケ十四万円も、九万だけ払って勘弁してもらった。この、半分よりちょっと多めというのがいいのだ。これでまたしばらく、金がなくても飲ませてもらえる。

そんな、顔馴染みのところを二、三軒回っているうちに、園田はある疑問に行き当たった。アキヤマは最後の電話で『あとはこっちでなんとでもできますから』と言った。あれはどういう意味だったのか。

単純に考えたら、園田がやったような尾行や調査をアキヤマ自身が、あるいはその手下が引き継ぐと解釈できる。だとしたら、今後も市瀬真澄を張っていれば、アキヤマかその関係者を見つけることができるのではないか。しかも向こうは、一度は園田に調査を依頼した素人。張り込みや尾行もさして上手くはないだろう。

これは、案外いいアイデアかもしれない。

善は急げというか、先手必勝というか。園田は夜が明ける前に自由が丘に移動し、市瀬真澄の住まい近くまで行ってみた。周辺を調べたが、それらしいところに人影はない。都内の住宅街で張り込みをしようとしたら、一ヶ所につき、そう何ヶ所も都合のいいところはないと思っていい。しかも相手は十中八九素人。断言していいだろう。今この周辺にアキヤマの監視の目はない。プロの園田が言うのだから間違いない。

そうなったら立場は逆転。今度は園田が監視する番だ。これに関しては絶対の自信がある。ネットなんぞを利用する素人野郎にむざむざと裏などかかせはしない。

まもなく夜が明け、通勤通学の歩行者が通りに出てき始めた。だが市瀬真澄が出勤する時間はもっと遅い。これまでのパターンだと、たいてい家を出るのは十時二十分くらいだ。駅へのルートも判明している。園田はその途中にあるコンビニエンスストアに場所を移し、真澄が出勤するのを待つことにした。

予想通り十時二十四分。真澄は背後を気にしながらコンビニ前を通過した。ここで園田が見つかったら、これ以上間抜けな話はない。この尾行にはいつも以上に細心の注意を払う必要がある。

東急東横線に乗るのにも、少し距離を長めにとっておく。中目黒で降りることは分かっているのだから接近する必要はない。真澄は特に背後を気にしているから、逆に先に降りて駅を出られるポジションを確保しておく。

駅を出たら、あえて真澄が歩く側ではなく、山手通りを隔てて反対側の歩道を歩く。園田も、文字を見るときは老眼鏡が必要な歳になったが、遠くはまだ充分見える。四車線や五車線挟んだところで、女一人を見失わない自信はある。

真澄は特にトラブルもなく、スマッシング・カンパニー本社ビルに入っていった。園田はその少し手前で歩を弛め、いったん別のビルの入り口に身をひそめた。

ここからが本番だ。

この周辺にはアキヤマか、その手下がひそんでいる可能性がある。敵は園田を知っているが、こっちは敵の顔も知らない。その上で、園田は裏をかいてその敵を発見しなければならない。ちょいと面倒ではあるが、ここは変装しておくことにする。付け髭とサングラス、ニット帽。普段から借金取りの目を眩ますために持ち歩いているアイテムだ。

準備が整ったら再び通りに出る。この周辺でスマカン本社ビルを見張るとしたら、まず誰でも目をつけるのは向かいにあるチェーンの新古書店だろう。園田も真澄の見張りをするのに何度か使ったことがある。

しかし、その店に目を向けた瞬間、あまりのドンピシャ加減に園田は股座が寒くなった。

店の窓辺に、知り合いがいたのだ。それも、極めて悪い方の。

栗山孝治。かつては「週刊文秋」編集部の芸能班、今は「週刊キンダイ」の同様部署にいる記者だ。久岡リナという若手女優のスキャンダルで一杯喰わせたことがあり、以来、栗山は園田のことを恨んでいる。これは決して園田の思い込みなどではなく、実際に栗山はあちこちでいっている。園田だけは赦さないと。

これは一体、どうしたものか。

それでも変装の甲斐ありで、園田が店の前を横切っても、栗山は全く目を向けることすらしなかった。店内に入ってもまるで注意を払わない。しばらく背後からその行動を観察していると、新古書店を出てスマカン本社ビル隣のスポーツジム、反対隣のマンション駐車場、駐輪場と、定期的に場所を変えながらスマカン本社ビルを見張っているのだと分かってきた。

何をやっているんだ、あいつは。

一番考えられるのは、スマカンの所属タレントのスクープを抜くために見張っているというケースだ。しかし、所属タレントの多くが事務所にあまり立ち寄らないことは、いくら栗山がお人好しのボンクラ記者だろうと承知しているはず。スクープになるような大物ならなおさらだ。ということは、栗山の狙いはタレントではないと考えた方がいい。

ひょっとして社長の斉木か。あれも面白い男ではあるが、奴の尻尾を摑みたいのなら何も午前中から張る必要はない。夜だけで充分だ。ということは、まさか。栗山も「Ｑｒｏｓの女」こと市瀬真澄を狙っているのか。

可能性はなくはない。週刊誌記者の間でも、すでに「Ｑｒｏｓの女」は話題になっている。どこかからその正体がスマカンの社員であるとの情報を仕入れ、直接会社を見張りにやってきた。それならば充分にあり得る。

あるいは最悪の想像をするならば、栗山こそがアキヤマの手下という可能性だ。アキヤマの狙いは分からない。だが園田の後釜として栗山に目をつけたというのもなくはない線だ。

いや、もっと最悪なのは、栗山こそが「アキヤマ」であるという可能性か。奴は園田を陥れるために「Ｑｒｏｓの女」というネタを摑ませた。少なくとも真澄宛ての郵便物を勝手に見て、宛名を写真に撮って送ったりしたのだから、露見すれば刑事事件にだってなりかねない。ただ、それだと考えづらいのは一件十万円という法外なギャラだ。栗山はおそらく今も編集部契約の記者。確か「キンダイ」は原稿を書けばその枚数に従って原稿料を支払うシステムになっていたと思うが、それにしたって芸能記者の稼ぎで、一件十万円を払い続けるのは難しかろう。ちゃんと数えてないのでよく分からないが、たぶんアキヤマからは百万円近くせしめているはず。自分を陥れるためとはいえ、栗山がそこまで金を使うだろうか。さすがにそれはないように思う。

さらに監視を続けると栗山は、正午過ぎになって社から出てきた真澄をまんまと尾行し始めた。栗山はアキヤマの手下、確定と思っていいだろうか。

真澄は東急東横線に乗り、まだ昼間だというのに自由が丘に戻ってきた。むろん栗山もそれを尾行し、さらに園田がそれを尾行している。栗山は真澄が入っていったマンション名を確認し、しかし園田のように郵便受けに手を突っ込むような真似はせず、少しマンションから距離をとって張り込みを継続した。

この日栗山は夜まで粘り、だが真澄が外出することはなく、奴は十一時頃に帰っていった。その間、写真を撮るような挙動は特になかった。栗山がアキヤマの手下、園田の後釜だとしたら完全なる失格だ。それとも、園田さえ気づかない方法できっちり撮影していたのだろうか。

例のパンチラ写真。実は栗山の仕業だったりするのだろうか。


園田は考えに考えを重ね、次なる行動を決めた。

まずスマカンの斉木社長に連絡を入れ、市瀬真澄と会う機会を設ける。真澄と直接話をし、園田が持っている情報と照らし合わせれば、アキヤマが何者なのか浮かび上がってくる可能性もあるのではないか。そう考えた。

またあの通り、斉木は無類の女好きだ。というか美女マニアだ。何人の所属タレントに手をつけたかは知らないが、とにかく顔が綺麗でスタイルのいい女が好きで好きで堪らない男なのだ。おそらく市瀬真澄を採用したのも斉木の趣味だろう。斉木はまず間違いなく真澄のことを可愛がっている。当然、斉木は真澄が困っていると知ったら放ってはおけない。そこで園田が自ら、この一件の火消しを申し出る。最終的には斉木からもいくらかせしめる。なかなか、悪くないアイデアだ。

翌日は土曜だったが、誰か一人くらいは出社してきているだろうと思い、十時頃スマカンに電話を入れた。一回目で斉木が出ないのは想定の範囲内だったが、一時間経っても折り返してこないのには少々腹が立った。

「もしもォーし。さっき電話した園田だが、斉木社長はどうした」

『あ、はい、あの、斉木とはまだ、連絡がとれておりません』

完全に聞き覚えのある声だった。

「その声は、さっき出たオバちゃんかい」

『……はい。ウチムラと申します』

「だったら話は分かるだろ。俺に連絡入れるよう、さっさと社長に連絡しろよ。携帯ぐらい持ってんだろ」

『も、申し訳ございません。何度も電話はしているのですが、どうも電波の届かないところにいるらしく……』

「じゃあ社長の番号教えろ」

いつのまにか斉木は携帯番号を変えたらしく、前のは通じなくなっていた。

『それは、さすがに……』

「だからよ、教えられねえんだったら、あんたが責任持って連絡とれよ。まったく……簡単に用件だけ言っとくとよ、おたくによ、女事務員で、市瀬真澄ってのがいるだろ。どうもその娘が最近、トラブルに巻き込まれてるようだからよ、それを俺がどうにかしてやろうかって話だよ。困ってんのは基本的にそっちなんだから、電話連絡くらいサクッとやってくれよ」

そんな電話を四回もして、ようやく斉木から折り返してきた。

『園田ちゃん、悪かったねぇ。何度も電話もらったみたいで』

「社長よ、あんたが悪いんだか社員が使えねえんだかは知らねえけど、この便の悪さはなんなんだよ。俺はいいよ、基本的に困ってんのはそっちなんだから。でももっと緊急の用事だったらどうすんの。しっかり頼むぜ」

『うんうん、僕が悪いの。携帯、ちょうど昨夜、水没させちゃってさ』

バイブレーター代わりに、どっかのネエちゃんの股座（またぐら）にでも捻じ込んでたんじゃないだろうな。

「言い訳はいいからよ。どうすんだよ、社長」

『へ？ あれ、用件、伺ってたっけ？』

「とぼけんなよ。市瀬真澄だよ。アレこそ、いま話題の『Ｑｒｏｓの女』なんだろ。ネットでおかしなことになってて、パンチラ写真まで公開されてんだろ。芸能人ならいざ知らず、素人女がプライベートを丸裸にされて、ネットに晒されて弄（いじ）くり回されたらノイローゼになって死んじまうぜ」

『うん、そうなんだよね……どうしよう』

「どうしようじゃねえよ。どうにかしろよ。あんたんとこの社員だろうが」

『でもさぁ、僕、ネットとかよく分かんないからさ』

本当に分かってないのか、それとも園田の出方を探っているのか。どちらにせよ、ここが切り出しどころだろう。

「だからよ、俺がなんとかしてやるって言ってんだよ。俺があの情報を流してる野郎を見つけ出して、警察に突き出すかどうかは分からねえが、とりあえず身動きできねえようにしてやるっつってんだよ」

『あ、ほんと。助かるわ。それ頼むよ』

ほんとにこの男は。赦し難い存在の軽さだな。


市瀬真澄にしてみれば、園田はほとんど初対面の中年男。夜に会うのは嫌だろうから、あえて翌日の朝に新宿で会おうと提案した。栗山が尾行してくるだろうことも想定していたが、それは放っておくことにした。園田と真澄の接触を知ったアキヤマが邪魔しにくるなら、それはそれで望むところだ。

待ち合わせは歌舞伎町一番街にあるカフェ「ドゥーブル」。九時半か十時頃と適当に言っておいたが、真澄はほとんど九時半ピッタリに店のドアを入ってきた。

地味だった。黒っぽいニットキャップに黒縁メガネ、垢抜けないコート、長い脚を包んでいるのは安っぽいジーンズだ。手招きして呼んでやると、申し訳なさそうに背中を丸めて店内を進んでくる。

園田の前まできて、また頭を下げる。

「まあ座んなよ」

「あ、はい……初めまして。市瀬です」

これじゃ分からないよな、というのが園田の、改めての印象だった。

よく見ればメガネの奥の瞳は大きく、愛らしく潤んでいる。丸みのある頬と小さく締まったアゴは、美人の必須条件である「卵形の輪郭」を形作っている。今は不安げに口を結んでいるが、唇の形も悪くない。薄く綺麗に整っている。お乳はあまり期待できそうにないが、その分スタイルはよさそうだ。だがそれは、あくまでもよく見ればの話で。真澄は街中ですれ違って、ひと目で美人と思うようなタイプではない。ひと言で言うと、華がない。今風に言うと、芸能人としてのオーラがない。普段の様子に限っていえば、ただ背が高いだけの、ぬぼーっとした電柱女だ。

しかしそれが実際、話題のＣＭ美女に化けたのだ。この素人娘を起用しようと発案したのが誰かは知らないが、今後会うことがあったらなかなかお目が高いと褒めてやろう。

たっぷり時間をかけ、隅々までじっくり真澄を観察しつつ、園田はコーヒーを飲み終えた。

「……じゃ、行くか」

店を出ると、真澄は不安げに「どこに、行くんですか」と訊いてきたが、園田は「黙ってついてこい」とだけ答え、自宅方面に歩き始めた。何も手籠めにしようというのではない。ただちょっとだけ、怯えたカワイコちゃんを手玉にとって弄びたいだけだ。

そういった意味では、この家は絶好のシチュエーションだった。

「ここだ……入れ」

自分は一体、どうなってしまうのだろう。この中年オヤジに、何をされるのだろう。真澄の頭の中は、今そのことで一杯になっているに違いない。

「あ、はい……お邪魔、します」

いつもの和室に上げ、適当に座れと命ずる。園田はすぐ彼女に背を向け、文机に座ってしまったので、彼女がどうしたかは分からない。ただ、なんの衣擦れも聞こえなかったので、立ったままなのだとは思った。

ノートパソコンを開きながら、あんたは現状をどうしたいのかと、真澄に訊いてみる。彼女は、プライベートに関する書き込みだけはどうにかしたい、と答えた。

園田は、命の次に大事にしているUSBメモリーをポケットから出し、ノートパソコンの側面に挿した。園田の仕事の全てはこれに収めてある。過去に使った情報も、これから金に換えようと思っているネタも、全部これに詰まっている。だが、これ単体では簡単には読めないようにしてある。このパソコンに入っているようなマルチビューワ・ソフトを通して初めて、意味のある情報に直る仕組みになっている。

ここで一つ、見得を切っておくことにする。

園田が実際にする仕事についてだ。

「……それにはよ、いくつかレベルがあると思うんだ。書き込み自体を削除するという、対症療法的なレベル。もうちょいと踏み込んで、あんたのプライベートを探っている人間を突き止め、それをやめさせるというレベル……さらに踏み込むんなら、そいつを社会的に抹殺する。これが最も深いレベルだ。あんた、どこまでやる気だ」

真澄が、低く息を呑むのが分かった。

「プライベートを探ってる人間を突き止めるなんて、そんなこと、できるんですか」

「ああ、できるよ。そいつをさらに、社会的に抹殺することだって、俺にならできる。まあ、本当に殺すわけじゃないからな。俺が仕掛けるのは、いわゆる情報戦だ……」

しかし、そんな話をしている途中で急に腹が痛くなってきた。この感じはマズい。下手に我慢すると最悪、漏らすパターンだ。この美女の前でユルいのをぶち撒けるのは、さすがに園田も避けたい。

「……ちょっと、待ってろ」

中腰に立ち上がり、そのままトイレに急ぐ。非常にマズい。ベルトを解いてズボンを無事脱げるかどうか、ギリギリのタイミングだ。もう下っ腹が、雑巾(ぞうきん)絞りされるみたいに痛い。ちょっとでも気を弛めたらその瞬間、全てをパンツの中にブッ放してしまいそうだ。トイレの薄っぺらいドアを開け、入ったら即回れ右。バックルのピンはすでに抜いてあったので、便器のフタを開け、ズボンとパンツをいっぺんに下ろし、座ると同時に——。

よし。なんとか間に合った。

今の湿った脱糞音、真澄に聞こえなかっただろうか。

しかし、そんなことを気に病む暇は、園田には与えられなかった。

「オォーイッ、園田ァーッ」

何度か経験がある、この緊張感。土足の男たちが踏み込んできて、家具を引き倒し、扉という扉を開け放ち、狂ったように園田の名を呼び続けるという、恐怖のシチュエーション。

「……オイ、園田はどこだ」

そう聞こえた瞬間、園田は拭くものも拭かずにパンツとズボンを引き上げた。

「オイ、園田ァ、出てこいやッ」

幸いこのトイレには窓がある。問題は、この出っ張った太鼓っ腹が窓枠に閊(つか)えないかどうかだ。

「ヒデさん、トイレっす」

しかし、このタイミングでこの家に来るって、どの筋の連中だ。やっぱり借金取りか。それとも、どこかの芸能事務所がケツ持ちのヤクザに園田の拉致を依頼したのか。いや、昨今の事情から最も怪しいのは十和田だ。奴は園田を潰すだの飼うだの、どちらにせよ碌でもないことを考えていた。むろんアキヤマの手の者という可能性もあるが、今この状況はあまりにも園田に不利だ。

なんとか腹は悶えず、窓から外に出ることはできた。

園田は一瞬だけ家屋を振り返り、心の中でひと言詫びて、裸足で走り始めた。

真澄ちゃん、悪い。でも今、俺は逃げるぜ。

5

隣家とを隔てるフェンスを乗り越え、コリアンタウンの裏路地をジグザグに走り抜け、なんとか職安通りにあるドン・キホーテまでたどり着いた。

とりあえず靴売り場に行き、棚の陰に隠れてポケットの中身を確かめた。携帯電話はある。あとはタバコと、昔の女にもらったガスライター、現金は八千円と小銭が少々と、鍵とメモ帳。

マズい、財布がない。キャッシュカードは財布の中だ。このままではATMで金を下ろすこともできない。かといって、今すぐあの家に戻るのは危険過ぎる。途中で落としたのかもしれないが、それを確かめに行くのも怖過ぎる。つまり、しばらくはこの八千円ちょっとで凌がなければならないということか。

それでも、必要なものは買わなければならない。まずは靴。これは九百八十円のスニーカーで充分だ。それから、破れてしまったので靴下。二百五十円のを一足。着てこなかったので上着も欲しい。どうせだったらいつもと雰囲気の違う、ギラギラしたスカジャンでも着てみようか。ちょうど二千九百八十円というのがあった。あと、携帯が電池切れになったら命取りだから、電池式充電器も購入しておく。慌ててコンビニで買うより、こういうところで買っておいた方がいくらかは安いだろう。

なんと、残金は早くも二千円ちょっとになってしまった。

だが金なんてものは、なくなったらまた作ればいい。

それからは、電池残量を気にしながら電話をかけまくった。

どうだい、いいネタがあるんだけど、ちょっと会って話さないか。よう、久しぶりだな。今夜、新宿辺りで一杯やらないか。いいネタ分けてやるからよ。

日頃の行い云々を言いたくはないが、やはり、こういうときに人間関係の良し悪し、信頼関係の有無というのは表われるように思う。

『園田さんが自分から振るときって、あぶねーんだよな』

こういう、人の足下を鋭く見る奴もいれば、

『すんません、今日はちょっと』

『ごめんなさい、あとでかけ直します』

『アンタさぁ、どの面下げて俺んとこ電話してきてんの。うちの編集部、いまだにＷｉｎｇと揉めてんだからね』

『園田さん。新しいネタ振る前にさ、アンタに二十万貸してあったよな。あれ返せよ』

体よくあしらうだけの奴も、遠い昔の恨み言を、ここぞとばかりに持ち出してくる嫌味な奴もいる。本当にこの世の中、碌でもない人間が多過ぎる。

もっと誰か、他にいないのか。俺にひと晩の宿を世話してくれて、メシを食わせてくれて酒を飲ませてくれて、ついでに女も抱かせてくれるような、親切な奴は。

結果から言うと、そんな親切な奴は、少なくとも園田の知り合いにはいなかった。仕方なく、以後はハンバーガーショップでじっと大人しくしていた。


ようやくカモが引っかかってきたのは二日後、火曜の夜になってからだった。「週刊キンダイ」で記者をやっている矢口。皮肉にも、あの栗山の同僚だった。

その翌朝、水曜の十時三十五分。矢口はペコペコと頭を下げながら現われた。

「すんません、ちょっとそこで、警察に職質で捕まっちゃって」

五分くらいの遅刻はどうってことない。こっちは三日前の昼から、ずっと親切な誰かさんを待ち続けていたのだから。

「いいよ、下手な言い訳は。どうせ女とイチャついてて、俺のメールに気づかなかったんだろう」

メールのやり取りだけで言えば、矢口が誘い、園田がそれを受けた恰好だった。なぜ矢口が誘ってきたのかも、園田には分かっている。

「……今日の午後、企画会議なんだろ？　ネタ揃ってないんだろ。いいよ、いくつか分けてやるよ」

言いながら手を出すと、矢口は引き攣った笑みを浮かべながら一万円札を差し出してきた。涙が出るほど嬉しい一枚だったが、それは顔に出さないよう心掛ける。

財布はないのでそのままポケットにしまい、反対のポケットからタバコを取り出す。

「……で、何か狙ってるネタはあるのか」

「ええ。旬の話題だと、やっぱ『Ｑｒｏｓの女』ですかね。あれに関して、なんか知りませんか」

そんなオイシイ話題を、キサマのようなボンクラ記者に一万円でくれてやるものか。

「ああ、あれは駄目だよ。箝口令敷かれちゃってるから」

「えっ、なんでですか」

こういうときは、適当に考えたガセネタで穴埋めしておく。いわば「口から出ま〝かせ〟」

ネタだ。

「あの女、某プロダクションが池袋でスカウトしてきて、そこのゴリ押しで使ったらしいけど、あれはヤバいね。日本人じゃない上に、中国人窃盗団かなんかと関わりがあったらしくてさ。警視庁の組対がいきなり乗り込んできて、事務所しっちゃかめっちゃかにされたらしいよ」

とっさに考えたわりには面白い話だろう。要所要所は「某」とか「らしい」でボカしてあるので、仮に矢口が信じて記事にし、あとで問題になっても、それは自己責任だ。

「じゃあ、今その娘はすでに、警察の留置場ってことですか」

「だろうね。だからいくら捜したって見つからないし、事務所も口割らないわけ。代理店だって一切ノーコメントだ」

「事務所、どこですか」

「それは言えねえなぁ、もうちょっと弾んでもらわないと」

試しに手を出してみたが、さすがにもう一枚は出てこなかった。惜しい。それでいて矢口はこの話題をさらに続けようとする。いくら続けても、こいつには真澄の「ま」の字も教えてやる気はないが。

「そうっすか……ま、そうなると確認とるのが難しそうなんで、もうちょっと、二、三日でモノになりそうな、軽めのネタないですかね」

その後もいくつか探りを入れられた。

秋吉ケンジのスピード違反ネタ。山本奈絵の復帰ドラマ打ち切りに関する裏話。福永瑛莉のプライベートに関する情報。

結局、園田が一万円で矢口にくれてやってもいいと思えたのは、このネタだ。

「だったらよ、逆に藤井涼介のネタはどうだい」

それでも矢口は目を輝かせた。実に簡単な男だ。

「なんすか、そういうのあるんだったら早く言ってくださいよ」

「いや、二、三日でモノにできるかどうかは分からんけど」

「いいっすよ、教えてくださいよ。藤井涼介だったら、どんな小ネタでも記事になりますから」

あまり勢いよく喰いつかれると、逆にこっちが引きたくなる。

「うーん、ネタっていうかねェ……まあ、情報レベルかな」

「もう、焦らさないでくださいよ。頼みますよ。俺と園田さんの仲じゃないっすか」

何を言うか。直に会ったのはこれで三回目くらいだろう。

「ま、いいか。教えてやるか……一回しか言わねえから、ちゃんと控えろよ。いいか」

園田が提供したのは「豊島区駒込一丁目△の◎」にある「サクラ興業駐車場の三番」に「赤いボルボV60」が駐まっている。ナンバーは「練馬33※、お、5050」。それが藤井の車だ、という情報だけだ。

　これをもとに矢口が藤井の住居にたどり着けるかどうか。

　そんなのは、園田の知ったことではない。


　矢口にコーヒーとサンドイッチを奢ってもらい、所持金も一万円ちょっとまで回復したので、ようやく次の行動に出てみようかという気力が湧いてきた。

　まず自宅ボロ家の近くまで行ってみた。監視の目がなく、中に危ない奴もひそんでいないという確証が得られれば入ってみようかと思ったが、無理だった。周りにはいくらでも隠れられる場所があり、どこかに誰かひそんでいないか、それを確かめに近づくことすら危険に思えた。情報戦はともかく、腕力を問われるような戦いには、正直全く自信がない。喧嘩は嫌だ。暴力は怖い。

　仕方ない。キャッシュカードと何万かの現金、寝袋とリュック、ノートパソコン。あれらは諦めよう。リュックの底に隠してある通帳と印鑑。あれだけは勘弁してほしいが、まあ勘弁してはくれないだろう。一切合財、自分は失くしたものと覚悟しよう。

　そこまで肚を括ると、多少は思考も前向きになってくる。いま手をつけているネタで一番早くモノになりそうなのは、やはり「Ｑｒｏｓの女」だ。市瀬真澄救済作戦だ。

　試しにかけてみたが、真澄は電話に出なかった。鳴ってはいるのだが、出ない。

一体どういう状況なのだろう。今、真澄はどうしているのだろう。

あのヤクザ紛いの連中に拉致されて、園田はどこだァ、とか怒鳴られながら拷問を受けているのだろうか。いや、相手は女だ。そんなことをするくらいなら、ああいった連中は寄って集って慰み者にするだろう。メガネをとってみたら、服を脱がせてみたら、案外いい女じゃねえかと、兄貴も舎弟も入り乱れて、ずっこんばっこんの姦り放題だろう。

待て。日曜の朝は確かめなかったが、少なくとも金曜まで、真澄には栗山が尾行についていた。もし日曜もついていたのだとしたら、園田があのボロ家から逃げ出したあと真澄がどうなったのか、栗山なら知っているかもしれない。もし拉致されたのだとしたら、どこに連れていかれて、今どうなっているのか、把握しているかもしれない。栗山は確かにお人好しのボンクラ記者だが、だからこそ真澄が窮地に陥ったら放っておかないのではないか。真澄がどこかに監禁されるようなことがあったら、警察に通報くらいするのではないか。

いや。そもそも栗山には「アキヤマ」あるいは「その手下」疑惑がある。もしそうだった場合、どうだ。仮にそうだったとして、真澄が拉致されたら。

いやいや、そうだったとしても、行き先くらいは確かめようとするだろう。何しろ、アキヤマが望んでいるのは真澄の監視とそのレポートだ。拉致されたら拉致されたで、その先を知りたがるに違いない。

どう考えても、真澄の行き先を知っていそうな人物で、今すぐ園田が連絡をとれる人物は、栗山しかいそうにない。

思いきって電話、してみようか。どんなに恨まれていたって、電話ならいきなり殴られることはないわけだし。奴だっていい大人だ。一端（いっぱし）の社会人だ。そろそろ、水に流すことを覚えたっていい年頃だ。

携帯電話を構え、【栗山孝治】の番号をメモリーから読み出し、決定のボタンに指を置く。押すか、押さないか。迷っているうちに二度ほどディスプレイが暗転してしまったが、でも、結局は押した。

コールは三回目くらいで途切れた。

『……もしもし』

非常に印象の悪い第一声だった。敵意、嫌悪、拒絶。そんな感情の諸々が、そのたったひと言から漏れなく感じ取れた。

それでも、園田が自分のスタイルを崩すことはない。

「おう、久しぶりだな、栗山。元気か」

数秒の沈黙。栗山の考えを読もうと試みたが、残念ながら伝わってくるものは何もない。

一つ咳払いをし、栗山が答える。

『……なんの、ご用ですか』

やんわりと、しかしはっきりとした拒絶の意思表示だ。栗山から園田に求めるものは何もない、ということか。

　果たしてそうか？

「そう、突き放すような言い方するなよ。昔は、同じネタを追いかけた仲じゃねえか。ん？」

『ええ。お陰さまで、とんでもないババを引かされましたが』

だから今度は「アキヤマ」となって、園田を陥れようとした。そういうことか。

「だから、それを言うなって。俺だって、あんな大事になるとは思ってなかったんだ。悪かったよ……謝るって」

『今さら謝っていただいたところで、どうなるわけでもありませんから……もしかして、用件はそのことですか。だったら、もういいですか。忙しいんで』

どういうことだ。栗山は、この一件から自分を排除する肚なのか。

「ちょ、ちょっと待てよ栗山。俺は、ちゃんと知ってるんだぜ。お前が『Ｑｒｏｓの女』を、追っかけてるって」

　ぐっ、と栗山の喉が鳴るのを聞いた気がした。

　だが栗山も成長した。そう簡単には尻尾を出さない。

『……今どきの記者なら、誰だって追っかけてるでしょう』

　それならそれで、こっちも出方を考える。

「そうだな。その通りかもしれん……でも、あんたは他所よりリードしてる。いや、もうリーチを掛けてるのかもしれない」

『なんの話ですか』

「惚けるなって。あんた、『Ｑｒｏｓの女』の正体、知ってるんだろう？」

『仰る意味が分かりかねますが』

世の中、「Ｙｅｓ」ばかりが肯定を意味するわけではない。「Ｎｏ」と発したがために「Ｙｅｓ」を意味してしまう場合も数多ある。

「だからよ、あんたのお惚けなんざ、俺には通用しねえって言ってんだよ……スマッシング・カンパニーの女事務員、市瀬真澄。あんたは彼女をマークしてたろうが。スマカン本社向かいの新古書店で、真澄が出てくるのを阿呆面晒して待ってただろうが」

またしばし、栗山が言葉を呑み込む。だが明らかに、園田が放ったボディフックは効いている。

栗山は、次で吐く。そう確信した。

『……ガセネタで小遣い稼ぎではなく、今度は私を恐喝しようというんですか。落ちたものですね、あなたも』

まあ、吐き方にもいろいろあるということだ。

「栗山よ、一つだけいいことを教えといてやる。恐喝ってのはな、金持ち相手に仕掛けるもんだ。オメェみてえな、一枚いくらの原稿料であくせくしてるような貧乏記者なんざ、カッのネタになりゃしねえんだよ……いや、そんなこたぁ今どうだっていい。いま俺は、もうちょいとお前に優しくしてやろうと思ってんのよ」

また黙る。面倒臭え餓鬼(がき)だ。

「分かってるたぁ思うが、真澄はいま追い詰められてる。『Qrosの女』としてな、プライベートをネットに晒されるに留まらず、盗撮パンチラ写真まで公開されちまってる。こういうの、ジャーナリストとして放っといていいのかい」

フッ、と栗山が鼻で嗤(わら)う。

『……ずいぶん、真っ当な台詞を吐くんですね。驚きました』

馬鹿野郎。こっちは、お前が「アキヤマ」かどうかを確かめようとしているだけだ。

「茶化(ちゃか)すなよ。俺だってたまには本気になるんだ……どうなんだ。え？　真澄は無事なのか。それくらい、教えてくれたっていいだろう」

『なんですか、それ……ひょっとして園田さん、惚(ほ)れたんですか。市瀬真澄に』

そう解釈するなら、それでもかまわない。

「年上の先輩に、そういうことを真正面から訊くんじゃねえよ」

『ま、そうですね。私も正直、あんまり興味ないですし』

この野郎。

「……で、どうなんだよ。真澄は無事なのか、どうなんだ」

『無事だったら、なんだっていうんですか』

「無事かどうかを教えろっつってんだよ」

『それを知って、あなたはどうするつもりなんですか』

逆に、この答えによって栗山が「アキヤマ」かどうかもハッキリする。

「無事だったら、それでいい。俺はこれから、真澄を陥れた奴の正体を暴きに行く。証拠は、ガッチリ摑んでるんでな」

反応は、思ったより早くあった。

『それ、またガセじゃないでしょうね』

まあ、半分はガセみたいなものだが。

「ガセなわけねえだろう。俺が持ってる中じゃ、マジネタ中のマジネタだよ」

『園田さんに任せておいたら、市瀬真澄を陥れた奴の正体を、暴いてもらえるんですか』

なんだ、こいつ。

「ああ、俺はそのつもりだ。なんなら、そいつをこの社会から抹殺してやろうかくらい、思ってる」

『……本気ですか』

「本気だよ。珍しくな」

栗山が、深く息を吐くのが聞こえた。

『分かりました。お教えします……市瀬真澄は、無事です。ヤクザ者が踏み込んでいった、あの新宿の家から、私が安全な場所に連れていき、今もそこに匿（かくま）っています。私も、彼女が陥っている今の状況、どうやったら打開できるのか考えてるんですが……』

ようやく今、確認できた気がした。こいつは「アキヤマ」でも、その手下でもない。そう考えて差し支えなさそうだ。

『園田さん。よかったら、ちょっと会って、話しませんか。この件に限って言うならば、ひょっとしたら、我々は組めるかもしれない……そうは、思いませんか』

まあ、組めるかどうかはさて置き、会って話すのは吝（やぶさ）かでない。そして、できることなら新宿まで来てもらって、メシと酒を奢ってもらえると、なおありがたい。

第五章

1

先輩後輩って、いいな。職場の人間関係って、やっぱり大事だな。

矢口慶太は、つくづくそう思っていた。

栗山は、自分の今週のネタは決まっているからと、なんと自ら慶太の取材のサポートを買って出てくれた。その取材自体は藤井涼介のプライベートを暴くのが狙いだったが、とんだ偶然から、あの「Ｑｒｏｓの女」が東京駅から出発する場面に遭遇した。いや、厳密に言ったら遭遇したのは栗山であり、女の姿を写真に収めたのも彼であり、慶太は訳も分からず軽自動車のハンドルを握って東京駅まで運転していっただけなのだが、それでもスクープをモノにした、その場面に居合わせたことには興奮を覚えた。

しかも栗山は、この記事はお前が書けと、慶太に丸ごとネタを譲ってくれた。なんという太っ腹だろう。なんという美しい後輩愛だろう。

正直、なぜにここまでと思わなくもなかったが、でもそれは、たぶん逆なのだ。今までも栗山は、おそらく事あるごとに慶太のサポートをしてくれていたのだ。ネタがかぶりそうだったら自分のは事前に引っ込めたりとか、ミスに気づいたら黙って直しておいたりとか、何かしら、そういうことをしてくれていたのだ。でもそれに、慶太が気づいていなかったのだ。

バカ、バカ、バカバカバカ。自分は今まで、なんと愚かな後輩だったのだろう。でも、いやだからこそ、今回はやらなければならない。一発決めなければならない。栗山先輩のご厚意を無駄にしないよう、このスクープを、先輩もあっと驚くような素晴らしい記事に仕上げなければならない。

むろん、ネタを変更したい旨はデスクに伝えてある。

『えっ、「Ｑｒｏｓの女」ってお前、いま話題になってる、あのＣＭの、あの娘のことか？』

「そうなんですよ。栗山さんと張り込んでるときに、偶然」

『しゃ、写真もあるって、それ、ほんとにちゃんと、撮れてんだろうな』

「それはもうバッチリ。感度を限界まで上げて撮ったんで、はっきりクッキリですよ」

『よし、よしよし……確か「週刊朝陽」は、あれは台湾人だとかなんだとか、適当なこと飛ばしてやがったな。で、その娘はどうなんだ。普通に日本人だったのか』

「いや、話まではできなかったんで、そこんところは分かんないんですけど」

『……うん、まあいい、よしとしよう。あっちは写真なし、こっちは写真ありだからな。よしよし、勝ってるぞ。全然勝ってる……矢口、とりあえずそれ、見開き四ページで書いてみろ』

「はい、ありがとうございまッす」

見開き四ページなんて、一体いつ以来だろう。

慶太は電話を切り、自宅のちゃぶ台に据えたノートパソコンの前で、ヨシッ、と一つ気合を入れた。

「……ケイちゃーん、もう一回エッチしようよぉ」

「うるせえトド。黙って死んでろ」

まずは写真だ。何より優先すべきは、このタクシーに乗ろうとしている美女こそが「Ｑｒｏｓの女」であるという、そこのところのアピールだ。似ているけど別人じゃないかとか、そういう疑念が生じる余地のないカットを選ばなければならない。

だとしたら、どれがいいだろう。

タクシーを拾おうと振り返った瞬間。これはけっこういい。花柄のキャリーバッグのハンドルを左手に、上半身を捻って、タクシーに軽く右手を挙げてみせている。ハーフコートの裾がちらりと捲れ、そこに細い腰が覗いているのだが、そのくびれ具合が絶妙にいい。もし正面から抱き寄せ、腰に腕を回したら、ぐるっと一周して自分の両手はまた彼女のヘソ前まで回ってきてしまうのではないか。それくらい腰が細い。いや本当に、一度でいいからハグしてみたい。

「ねえ、このメロンパン食べていい？」

「食え食え。食い倒れて死んでしまえ」

他のカットはどうだ。たとえばこの、タクシーが停まって、その運転手にトランクを開けてくれるよう頼んでいる場面。これはあまり顔がハッキリ写っていないから、メインには向かない。何カット目かで、小さく載せる程度でいい。でも、いい部分もある。お尻だ。前屈みになっている分、黒っぽいミニスカートがタイトに張りついて、ヒップのカーブがキュートに浮かび上がっている。背景がマンションの壁というのも、コントラストが効いていていい。後ろが普通に暗闇だったら、このキュートなヒップのカーブは拝めなかったに違いない。

「んっ、このメロンパン、美味しい」

「あっそう。そりゃよかったね……っつか一万円払え」

「おっけー、体で返す」

「あー、だったら要らねーや」

こっちはどうだ。運転手も降りてきてトランクを開け、キャリーバッグを収めるまでの、一連の場面は。これもかなりイケてるだろう。何しろスカートが短いものだから、屈んだ瞬間なんて、もう本当にパンチラ寸前のギリギリショットだ。またその、ミニスカートの裾から覗く脚の美しさといったら。一般的に男性が好む細さより、女性が目指す細さの方がより細いと慶太は思うのだが、彼女の細さはそのちょうど中間くらいではないだろうか。つまり、男性目線と女性目線を同時に満足させ得る、絶妙な細さ。男目線で言わせてもらえれば、美とエロスの理想的なバランス。でも、これも残念ながら顔が写っていない。これではメインカットには使えない。

「やーん、体で返すゥ」

「要らねえっツッてんだろ、この腐れトドがッ」

やはりこれか。トランクを閉めようと思ったのか、あるいは頭がぶつかると危ないと思ったのかは分からないが、フタを見上げている一枚。ポーズ自体はやや間が抜けているが、実はこれが一番、CMで藤井涼介を振り返ったときの顔に近い。ちょっと上向きにしている、この首の角度がいい。

タイトルはどうすべきか。

【奇跡スクープ&悩殺ショット　謎のCM美女「Qrosの女」と都内で遭遇！】

「悩殺」というのはちょっと違うだろうか。「都内」の前に「深夜の」とかを入れた方がいいだろうか。時間的には「深夜」というほど深くはなかったが、まあ、その辺はあとでいいか。

一応、記事はこんなふうにまとまった。

最初の小見出しは【その女は突如、路上に現われた】としてみた。
【十一月某日。我々はとあるイケメン俳優の自宅近くで張り込みをしていた。狙いはもちろん、彼と美女とが仲睦まじくご帰宅とか、そういう色っぽいシーンだったのだが、待てど暮らせど目当てのイケメン俳優は帰ってこない。時間だけがいたずらに過ぎていき、取材陣の顔にも疲労の色が濃くなっていった。
もう諦めて撤収しようか。誰かがそう言うのを待っていた。誰かが言えば全員が同意し、その時点で張り込みは終了となる。しかし誰もそれを言い出す勇気が持てない。誰かに言ってほしいが、自分では言いたくない。取材陣は、そんな「魔の時間」にはまり込んでいた。】
実際は栗山と慶太の二人だけだったが、ここは取材のスケール感を演出ということで。
【そこに突如現われたのが、右写真の女性だ。よくご覧いただきたい。男性なら、いや女性でも思わず見惚れてしまうような抜群のプロポーション。派手なキャリーバッグを引いているところから、これからお出かけなのであろうことが察せられる。しかし、その長い脚からすっと伸びた背筋、豊かな髪、そして顔に視線が移った瞬間、誰もが息を呑んだ。そして心の中で叫んだ。
あっ、「Ｑｒｏｓの女」だ！　と。記者はシャッターを切りまくった。】
最初の見開きはここまでにして、次のページにいく。他の写真はこっちに載せたらいいだろう。

次の小見出しは【彼女はタクシーで東京駅に】だ。

【夜の住宅街に突如現われた美女は、続く写真のようにタクシーを停め、トランクに荷物を収め、どこかへと走り去っていく。我々は迷わず彼女を追い始めた。イケメン俳優の張り込みは今日でなくてもいい。しかし「Ｑｒｏｓの女」と接触するチャンスはもう二度と訪れないかもしれないのだ。この機会を逃すなんてことは、絶対にあってはならない！】

すでに少数派だとは思うが、ひょっとしたら「Ｑｒｏｓの女」について知らない読者もいるかもしれないので、多少は説明を入れておくことにする。ふわりとカシミアのカーディガンを羽織り、藤井涼介に後ろから抱き締められて、幸せそうに微笑む謎のＣＭ美女。この女性こそが噂の「Ｑｒｏｓの女」なのだ、とかなんとか。

続く小見出しは【そして彼女は……どこに？】とした。

【取材陣は彼女の乗ったタクシーを東京駅まで追跡した。丸の内口前でタクシーを降りた彼女は、そのまま駅構内に入っていった。記者の一人がさらに彼女を追いかけた。彼女はちょっと目立つくらい背が高い。まず見失うことはないと思ったが、追跡から戻った記者は「逃げられた」と無念そうにうな垂れた。

「入っていった改札は新幹線だった。乗ったのはおそらく東北新幹線。モデルだとすると、あっちでイベント仕事でもあるのか」

確かにそういう行動パターンも考えられる。しかし思い出してほしい。そもそも我々は、とあるイケメン俳優の取材をしようと張り込んでいたのだ。ズバリ言うと、そのイケメン俳優というのは藤井涼介のことだ。我々は藤井涼介を張っていたのに、なぜか「Ｑｒｏｓの女」と遭遇してしまった。】

おお、なんだか盛り上がってきたぞ。

そして最後は【単なる偶然……とは思えない】だ。

【現段階ではなんの裏取りもできていないので、全ては憶測に過ぎない。しかし、藤井涼介にハグされるＣＭで有名になった彼女が、藤井の自宅近くで目撃されるというのはあまりにでき過ぎた偶然ではないか。彼女はキャリーバッグを引きずって夜の東京駅から東北へと去っていった。彼女は東京から東北に行ったのか、それとも東北から東京に来て、また東北に帰っていったのか。それすらも分からない。

ただ東北から東京に来て、何日か滞在して帰っていったのだとしたら、彼女は一体どこに宿泊していたのだろう。あの近所にシティホテルの類はない。どこかの知人宅というのが最も考えやすい。

藤井との共演でブレイクした彼女が、藤井の自宅近くに滞在していた。その滞在場所がまさに藤井の自宅だったりしたら――これはあくまでも想像だが、朝のひと時なんてのはさぞ優雅で、スタイリッシュで、洗練された雰囲気だったに違いない。

あの「Ｑｒｏｓの女」と藤井涼介が、「涼介さん、コーヒーどうぞ」「ありがとう……うん、美味しい」なんてやり取りをするのだ。Ｑｒｏｓのようなファッションブランドのみならず、食パンでも調理器具でも、マンションでもインテリアでも、どんなＣＭでも制作可能なカップリングのように筆者は思うが、いかがか。】

ちょっと結び方がイマイチかな。どうだろう。もっとこう、スキャンダラスに攻めた方がいいだろうか。

とりあえず栗山に読んでもらおうと思い、メールで送った。

だがなかなか、返信がない。

「……何やってんだろうな、栗山先輩」

やはりできる男は、今も二手先、三手先の仕事をしているのだろう。自分の仕事を済ませ、後輩の仕事を手伝い、あまつさえ後輩にスクープを譲り、自分はさらにその先の仕事に飛び回る。素晴らしい。芸能記者の、いや男の鑑ではなかろうか。

「ケイちゃん、もうこのゴキブリハウス、十四くらい入ってるよ」

「まだいたのかテメエ。いいからさっさと帰れっつんだよ」

電話もしてみた。だが出ない。依然メールの返事もない。

栗山は一体、どうしてしまったのだろう。

ようやく栗山と会えたのは、ほとんどの記者が編集部に集まって、各々の原稿を書き始めた日曜日の夕方だった。

「栗山さん」

「おお、メール悪かったな、返せなくて。あと電話も」

「いえ、それはいいんですが」

「記事、よかったぞ……じゃ、またあとで」

この曜日、このタイミングで記者が忙しなくしているのはむしろ普通だ。慶太だって普段はそうだ。デスクに原稿を読んでもらって、駄目出しされたところを直して、また読んでもらって。だからこうじゃねえんだッ、とか怒鳴られてまた直して。そんなことを繰り返し、仕上げた原稿は朝までに印刷所に入れなければならない。

だが今日の栗山に限って、その忙しなさはないはずだった。沢口宏美の離婚後初インタビューの原稿はすでに書き上がっているはず。なのに、栗山は何をあんなにソワソワしているのだろう。

自分の机にいても、ずっと携帯電話を気にしている。当たり前だが、記者の仕事は一号終わったら終わりではない。次の号、そのまた次の号と、延々と書き続けていけなければプロの記者とはいえない。今週の記事の仕上げ段階とはいえ、別のネタが大きく動き始めているのなら、それも並行して追わなければならない。動きがあったらいつでもいいです、知らせてください。そう情報元に頼んであり、連絡を待っている場合だってある。

ただ、それとはちょっと違うように、慶太には見えた。現在進行中のネタが気になって仕方ない、というよりは、もっと個人的なこと。たとえて言うなら、家族が入院したとか、子供が生まれるとか、受験の結果発表があるとか、そういう類のことだ。とはいえ、栗山は独身の一人暮らし。交際中の女性もいないと聞いている。家族の心配をしているというのとも、ちょっと違うかもしれない。

栗山が慶太に声をかけてきたのは、慶太の原稿にＯＫが出た直後、夜十時を数分回った頃だった。

「矢口、ちょっといいか」

「はい。もちろんです」

慶太としては、まず栗山にきちんと礼を言いたかった。藤井の取材のサポートを申し出てくれたことに留まらず、「Ｑｒｏｓの女」ネタまで丸ごともらってしまった。晩メシぐらい奢らなければ気が済まない。

しかし栗山の様子は、明らかにそれどころではない感じだった。

手首を摑まれ、編集部を出て通路の突き当たり。今はどこの部署も使っていない会議室の前まで連れていかれた。

「どうしたんすか、栗山さん」

栗山の眉間(みけん)には、深い縦皺(たてじわ)が刻まれている。

「……矢口。お前にまず、一つ謝っておかなきゃならない」

「え、いや、そんな、栗山さんが、謝るなんて」

そんなそんな、と手で示したが、栗山は決して表情を和らげない。

「いいから聞いてくれ。例の『Ｑｒｏｓの女』、だけどな」

だとしたら、なおさら謝られる筋合いの話ではない。

「えっ、あの記事が、何か」

「あの娘な、実は東北になんて、行ってないんだ」

「……は？」

なんだそれは。

「あ、ああ……東北まで行かないで、実は宇都宮辺りで降りちゃってた、みたいな」

「いや、東北新幹線自体に、乗ってないんだ」

「うわうわ、ってことは、名古屋大阪方面だった、ってことっすか？」

がっくりと栗山がうな垂れる。

「……違うんだ、矢口。彼女は、新幹線そのものに、乗っていなかったんだ」

「えっ、そうなんですか。じゃあ、本当は何に乗ったんですか？」

「いや、何に乗ったかという問題ではなくて……というか、何にも乗っていない。彼女はそもそも、東京から出ていないんだ」

なんと。

「……っていうか、なんで栗山さん、そんなこと知ってんですか」

「それは、またあとで説明するが、それより今は、お前も俺と一緒に、彼女を捜してくれないか。彼女、いなくなる、いなくなったんだ」

いなくなる、というのは、そもそも居場所が分かっている相手にのみ、使われる表現ではなかろうか。

「……あの、ちょっと確認していいですか。栗山さん、『Ｑｒｏｓの女』の居場所、摑んでたんですか？」

こっくりと、栗山が頷く。

「居場所だけじゃない。名前も素性も知ってる。彼女、イチノセマスミっていってな、しばらく、うちで匿ってたんだが」

いやいやいや、匿ってたってなんですか。

全然、話、分かりませんって。

2

あの日、園田が指定してきたのはまたしても新宿だった。ただし真澄との待ち合わせに使った歌舞伎町の店ではない。新宿三丁目の、飲み屋街の一角にある小さな喫茶店だ。

コーヒー専門店、というほどこだわりはなさそうだった。表にあるのは大手メーカーのロゴが入った協賛看板。コーヒーをオーダーすれば、当然そのメーカーの豆で淹れたものが出てくるのだろう。栗山自身、ちょっと寂れた雰囲気の喫茶店は嫌いではないが、どうも、この店は好きになれなかった。園田が指定してきたというだけで、受け入れ難いものを感じてしまう。

「いらっしゃいませ……」

ドアを開けた瞬間に分かった。園田は一番奥の席にいた。忘れることなどあり得ない憎き男の顔だが、そもそも一人しか客がいないのだから間違いようもない。

栗山はあえて会釈をせず、園田のいる席まで進んだ。

「……どうも。ご無沙汰してます」

「ああ。どうだ、元気にやってるか」

駄目だ。やはりこの男に何を言われても、好意的に解釈することなど不可能だ。

栗山はカウンターに向かって「ブレンドを一つ」と言ってから、椅子の背もたれを引いた。

「あまり時間がないので、用件に入りましょう」

話をしようと持ち掛けたのは栗山だ。組めるかもしれないと言った気持ちにも嘘はない。ただそれは、真澄のためになるかもしれないと思ったからだ。決してこの男を赦したわけではない。

「相変わらず……愛想がねえな、オメェは」

テーブルにはすでにココアのようなホットドリンクと、食べかけのホットドッグがある。嫌らしく捻じ曲がった園田の上唇には、ヒゲの形にケチャップがついている。

「あなただって、私の近況になんて興味ないでしょう」

「ああ、ないね」

久岡リナのその後について話して聞かせたい気持ちもなくはなかったが、そうしたところでこの男は鼻で嗤って聞き流すだけだろう。結局は時間の無駄だ。

「そもそもあなたは、どういう経緯で……あれが市瀬真澄であるということを知ったんですか」

園田が、ケチャップヒゲの口をふざけたように尖らせる。

「なんだ、先手はお前か。ずいぶんと偉くなったもんだな」

この程度の挑発には一々乗らない。

「きちんと答えていただければ、私もきちんとお答えします。相手から都合よく情報を巻き上げて、代わりにガセネタを摑ませて食い逃げするような薄汚い真似は、少なくとも私はしませんので」

店主であろう初老の男が水を持ってきた。コーヒーはまだだ。

園田がゆるくかぶりを振る。

「……根に持つねえ」

「別に。あれはあれ、これはこれです。フェアにいきましょう。市瀬真澄を助けたいという気持ちがおありなら、という前提での話ですが」

もうあの頃の自分とは違う。そういう思いはあるし、実際にそうだと思っている。またそれを、園田にも分からせたいという気持ちがある。

園田はひと口、大きくホットドッグを頬張ってから頷いた。

「……ま、いいだろう。このネタについてはギヴ・アンド・テイクだ。俺が先に、一枚切ってやるよ」

紙ナプキンで口元を拭ってから、園田は喋り始めた。

「そもそもよ、真澄のプライベートを調べてたのは、俺なんだよ」

なに——。

こめかみ辺りで、バチバチッと血管がショートし、爆(は)ぜた。自然と目つきが厳しくなるのを自覚する。

こいつが、真澄を調べていた。

「じゃあ、あんたが……」

だが園田も、睨むように栗山を見返してくる。

「おい、正義漢気取るのはよそうぜ。お前だって真澄のあとを尾けてたじゃねえか。確証が得られたら書くつもりだったんだろう。一緒じゃねえか。テメェだけ善人面すんなって」

それは、確かにそうだ。

「……でも俺は、匿名でネットに書き散らしたりはしない」

「そらぁ俺だって一緒だよ。あれをネットに上げたのは俺じゃない。俺にこのネタを持ち込んできた奴だ。言わば俺のクライアントさ」

クライアント?

「真澄について調べて、その情報を売ったってことか」

「一々嫌味な野郎だな。情報を金に換えてるのはお前だって一緒だろう。テメェだけ正義のジャーナリストを気取るなっツッてんだよ」

この男と「同じ穴のムジナ」のように言われるのは到底受け入れ難いが、今はさて措く。

「誰なんだ、そのクライアントっていうのは」

「馬鹿かオメェは。それを今から調べようって言ってんだよ」

「見も知らぬ相手からの依頼で、真澄について調べてたのか」

「悪いかよ。ちゃんとギャラは前払いで振り込まれてた。ビジネスとしてはなんの問題もねえよ。ま、途中で俺がケツ捲っちまったからな。相手は携帯電話も解約しちまったし、以後は連絡が途絶えちまった。むろん、振り込みに使った名前も偽名だろうしよ」

「そんな、得体の知れない相手に……それで、真澄の情報がどんなふうに悪用されるか、あんたは考えなかったのか」

園田が背もたれにふんぞり返る。

「ああ、考えなかったね。まさか、あんなふうにネットに晒されるたぁ、思ってもみなかった」

「フザケるなッ」

本気でぶん殴ってやりたくなった。あの、怯えきった真澄の様子が脳裏に浮かぶ。彼女をあんなふうにしたのが、こいつだったとは。

またしても、この男が悪の元凶だったとは。

だが意外にも、園田は深く息をつき、肩を落とした。

「フザケてねえよ……今さら俺の流儀を説いたところでお前が納得するとは思ってねえし、納得されたらされたで俺も気味がワリい。忘れた頃に痒くなる、ケツの穴みてえでな。だから、そんなこたぁどうだっていい。ただし、これだけは言っておく。俺は今の、この状況そのものが気に喰わねえ。俺の出したネタを好き勝手に、ネットなんぞに書き散らす野郎がいる。それだけは赦さねえ。確かに俺は人を騙す。だが騙されるのは、到底我慢ならねえ」

その心情を理解してやる必要など微塵もないのだが、自分で場を仕切っていたつもりが、いつのまにか仕切られていた。操っていたつもりが、いつのまにか見知らぬ人間の駒として操られていた。それは園田にとっては悔しかろうと、栗山なりに想像することはできた。

「それで？　具体的には、どうやってそのクライアントの正体を暴くつもりだ。証拠は握ってると、この前は言ってたな」

園田は一つ舌打ちをし、「なんだ、その偉そうなタメ口は」と漏らした。

「……ま、証拠はある。確かにあるんだが、残念ながら、いま俺の手元にはない」

なるほど。結局はそういう話か。

「もういい。一度でたくさんだ、あんたに騙されるのは。そんな証拠、どうせ最初からないんだろう。いい加減にしろよ。俺は、あんたの与太話に付き合ってるほど暇じゃないんだ」

それで席を立とうとした。今になってコーヒーが出てきたが、そんなものは惜しくもなんともない。千円札を押し付けて、一刻も早くこの店を出たかった。

だが、園田が栗山の右手首を摑んで、放さない。

「……なんだよ」

「まあ、栗山。ちょっと待てって」

「放せよ」

「だから、慌てんなって。証拠は本当にあるんだ」

「いいよ。興味ない」

「そう言うなって。本当にさ、証拠はあるんだ。ただ、あの家……分かるだろう？　物騒な連中が押し入ってきた、あのときさ。俺は便所の窓からなんとか逃げ出したんだけどよ、あんときに全部、あの家に置いてきちまったんだよ。かろうじて持ってきたのは携帯と、タバコと小銭くらいで、仕事道具も、財布も何もかも、あそこに残してきちまったんだ。むろん、その証拠も一緒にだ」

黙っていると、園田が続けた。

それを信用しろというのか。

「頼むよ、栗山……一緒に、あの家に行ってくれよ。もしあの連中が待ち伏せしてたら、俺一人じゃ、太刀打ちできねえじゃねえか。でもお前がいてくれたら、なんとかなる。確かお前、空手か何かの、有段者だったよな？　なあ栗山、頼む。この通りだ」

なぜそんなことを知っている、という薄気味悪さを味わうのと、その情報のいい加減さに呆れるのと、ほぼ同時だった。

まず、栗山がやっていたのは空手ではない。合気道だ。しかも有段者などではない。壱級を持っているだけだ。それも小学校の頃の話であり、栗山自身、すっかり忘れていたくらいだ。

当然、護身術としても役に立ちはしないだろう。

少し離れたビジネスホテルの一室から、例の家を見張ることにした。

「さすがだな、栗山。いい場所見つけるもんだ」

シングルベッドと小型テレビの載ったカウンターデスクに、ユニットバス。それだけの部屋。園田とて、あの家を見張るのにこういった場所を思いつかなかったわけではあるまい。ただ現金がなくて、部屋を借りようにも借りられなかっただけのことだろう。ちなみに一番安い部屋は三千八百円だが、窓の向きで部屋を選んだので四千五百円とられてしまった。

「襲ってきた連中、本当に何者だか分からないんですか」

栗山自身、いつのまにか言葉遣いが戻っていることに気づいてはいたが、怒りの感情を持続させるのにもエネルギーは要る。それも疲れるだけだと思い、無理はしないことにした。

園田はどっかりとベッドに腰を下ろし、首を傾げている。

「ああ、分からねえ。っていうか、心当たりがあり過ぎて、絞り込めねえ」

暗くなるまで見張ってはみたが、特に誰かが出入りしている様子も、何者かが中にいる気配もなかった。

「別に、誰もいないんじゃないですかね。一日二日ならともかく、もう何日も経ってるんだし、そんなに、ずっと見張ってるなんてことないでしょう」

「俺も、そう思いたいところだがな……過去、それなりに怖い思いもしてるからよ。どうも、こういうことがあると、腰が引けちまうんだよな」

さらに数時間、夜中になるまで待ってみたが、何もない。

「財布も現金も置いてきちゃったんですよね」

「ああ」

「現金、いくらくらいあったんですか」

「まあ……ウン十万、かな」

そういうくらいだから、百万以上はあったのだろう。

「金目当ての連中だったら、それ持ってって満足してるんじゃないですか」

「そう、思いたいけどね」

「もう、行ってみましょうよ。誰もいない家を見張ってるんだとしたら、こんな馬鹿馬鹿しいことないですよ」

「そうは言うけどよ、怖えんだぜ、ああいう連中は。棍棒でよ、こつんこつん、脛を繰り返し繰り返し、軽く叩くんだよ。でもときどき、思いっきり叩くんだ。それが痛えのなんのって。そうすっとよ、次にいつ強く叩かれるか分かんねえから、その恐怖でなんでも喋っちゃうんだよ。金だって、全財産吐き出しちまうんだ」

棍棒で脛は確かに痛いだろうが、かといって全財産吐き出すほどの拷問だろうか。理解に苦しむ。

「分かりました。もういいですよ。俺が行って見てきますから」

すると園田は、見たこともない明るい笑顔を栗山に向けた。

「えっ、そう？　行ってくれる？　いや悪いね。じゃ任せるわ。なんかあったら携帯で呼んでくれ。すぐ駆けつけるから」

　これまでの長い見張りは、自分からこの言葉を引き出すための我慢大会だったのか。そう考えると腹立たしいが、これ以上時間を浪費するのはもっと腹立たしかった。

　栗山はホテルを出て一人、さっさと例のボロ家に向かった。直線距離にして五十メートルほど。道を歩いても二分とかからない。

　近隣の民家に明かりはあるが、玄関前まで来てみてもやはり、ボロ家は真っ暗なままだった。線路が間近なので、一本電車をやり過ごしてから耳を澄ませてみたが、物音も特にない。

　栗山は一応「ごめんください」と、声をかけながら玄関の引き戸を開けた。ガララッ、と大きな音がしたが、特に内部からの反応はない。ひどくカビっぽい臭気は漏れてきたが、それ以上の異変は感じられない。携帯電話を懐中電灯代わりに辺りを照らすと、下駄箱の左上、柱の近くにスイッチがあるのが見えた。それをオンにしてみると、問題なく明かりは点いた。これまた昭和風情色濃い、オレンジ色の裸電球だ。

　割れたガラスを踏んだりしたら嫌なので、土足のまま失礼する。

「……お邪魔します」

　斜め左に和室の入り口がある。片足だけ入れて壁を探ると、またすぐ照明のスイッチがあった。押すと、今度は青白く蛍光灯が瞬（またた）く。

正面窓際に文机があるだけの、空っぽの部屋。右手には廊下に通じるもう一つの戸口と、別に小さな扉がある。中を覗くと、半畳ほどの収納になっている。

そこで園田に連絡を入れた。

コール一回、鳴り終わる前に園田は出た。

『もしもし。どうだい』

どうもこうもあるか。

「別に、何もないですよ」

振り返って、台所の方も見てみる。

「茶箪笥とかは引き倒されてますけど、他は特に、変わったところはないです」

『文机に、パソコンは』

「ないですね」

『その横にさ、押入れみたいなのがあるだろ』

「ええ。空っぽですけど」

『寝袋、入ってねえか』

「ないですよ」

『えっ、寝袋もねえの？　じゃあれは、リュックは。赤とグレーのさ、ちょっとこう、ネットになったポケットがついてる』

「だから、ありませんって。本当になんにも。空っぽですから」

園田は『やっぱ駄目か』と呟き、深く溜め息をついた。

そして、珍しい台詞を付け加えた。

『ありがとう……世話かけたな』

なんだか、寒気がした。


その後、園田も家にきて確認した。二階にはなぜかビニールプールが二つ置いてあり、それだけは手付かずだったが、その他は本当に何もなかった。

つまり、園田が証拠と言い張るものも、なかったわけだ。

「……じゃあ俺、帰りますから」

「ああ、悪かったな。なんか、いろいろ」

別に栗山は、ボランティアでこんなことをしたわけではない。

「園田さん。これ、貸しですからね。何か分かったら、真っ先に知らせてくださいよ」

「ああ、分かってる……そうする」

気持ち悪いくらいの低姿勢だった。だがそれで何を赦せたわけでもない。今後も信用するつもりはない。

「それと、その証拠っていうのは、具体的にはなんなんですか」

園田は小さく頷き、玄関から和室の方に目をやった。

「音声ファイルだ。俺に依頼してきたときの会話を録音して、ＵＳＢメモリーに保存してあった。それを真澄に聞かせたら、何か分かるかと思ったんだが……依頼人は男で、でもそいつはおそらく誰かの代理で、黒幕は『Ｑｒｏｓの女』に恨みを抱く誰か……あのＣＭに出られなかったモデルとか、女優、そういった線だろう。でもそのＵＳＢメモリーをさ、あの日、パソコンに挿したままにしちまったんだよ。あれをな……連中に持ってかれたのは、痛えなあ」

これは驚きだ。

「園田さん……証拠ってその、音声ファイル、だけですか」

「そうだよ。それじゃ駄目か？」

もう、馬鹿らしくて怒る気にもなれない。

土曜は編集部に顔を出して打ち合わせ。夜は別件の取材で関係者と会っていたので日中は家に帰れなかった。ようやく帰れたのは日曜の朝方。シャワーを浴び、矢口からメールが来ていたのでそれを読み、だが返信をする間もなく眠ってしまった。

起きたのは昼頃。リビングに出てみると、志穂がソファで一人、呑気に映画を見ている。

「あら、お兄さま、お久しぶり」

言いながら組んでいた脚を解き、志穂はリモコンでいったん画面を止めた。

栗山はリビングを見回した。

「……市瀬さんは」

「んーと、なんか、誰かに呼び出されて出かけたよ」

テーブルには相変わらず、ディスプレイを閉じたノートパソコンが載っている。

「誰かって誰だよ」

「知らなーい」

「誰か訊かなかったのか」

「そんなこと訊けないでしょう。お年頃の女子なんだから」

志穂はアゴの先に人差し指を当て、目をパチクリとしてみせたが、それについてはあえて触れない。

「だって彼女……道を歩くのだって、電車に乗るのだって、ずっとビクビクしっぱなしだったんだぞ。そんな、一人でなんて」

まだ志穂は、人差し指をアゴに当てたままだ。

「うーん……もう、かれこれ一週間？　ここにいて、真澄ちゃんもちょっとは気分が落ち着いたんじゃない？　そりゃ元気潑剌って感じじゃなかったけど、でもわりと普通だったよ。ちょっと行ってきまーす、みたいな」

それよっかさ、と志穂がソファから立ち上がる。

「真澄ちゃん、オノダとかいう人のＵＳＢメモリー持ってて、それ調べてたらさ……」

「ハァ？」

思わず声が大きくなった。

「それ、オノダじゃなくて、園田だろう」

「あー、そうとも言う」

園田のメモリーは、あの連中ではなくて、真澄が持っていたのか。

「おい、そのメモリーに、音声ファイルはなかったか」

「あったと思う、よ」

「それ聞いたか？　市瀬さん、それが誰の声だったか、言ってなかったか」

「いやいや、聞いたかどうかは知んないよ。だってあのメモリー、中に入ってるファイルの数が半端（はんぱ）ないんだから。画像から動画から文書から、ほんとゴッチャゴチャなんだから。そもそもさ、あれを読む用のアプリ、あたしが買いに行ったんだからね。一万円もしたんだからね。それ、ちゃんと払ってよね」

今テーブルにあるノートパソコンに、ＵＳＢメモリーらしきものは挿さっていない。当然、真澄が持って出たものと考えられる。

栗山は財布から万札を一枚抜き、志穂に差し出しながら、もう少し考えた。

真澄は依頼人の声を聞いたのだろうか。だとしたら、それは園田との会話なのだから、真澄のプライベートについて調べていたのが園田だったということも、依頼人がその情報をネット上に公開していたことも、真澄は同時に理解したものと思われる。

そして真澄は、誰かに呼び出され、ここを出ていった。

「……呼び出されたって、どんな感じだった」

「分かんないけど、はい、はいって。分かりました、行きます、みたいな。確か、仕事関係って言ってたけど」

「目上の人、って感じだったか」

「あー、そんな感じよね」

「男か」

「分かんないよ、それは」

「漏れてきただろう、少しくらい、声が」

「あたしぃ、盗み聞きなんてぇ、そんなはしたないこと、できない性格だしぃ」

真澄にとって目上の人物。すぐに思い浮かぶのは、福永瑛莉のマネージャーをやっている岩崎。あるいはスマカンの斉木社長。でも、栗山に分かるのはそれくらいだ。

志穂が、扇ぐように手を振る。

「そんな、怖い顔しなさんなって。案外、すぐ戻ってくるかもしんないじゃん」

「……まあ、な」

午後三時までは待った。でも、真澄は帰ってこなかった。念のため携帯電話に連絡してみたが、電波の届かないところにいるか、というアナウンスを聞かされただけだった。

「なんかさぁ、完全に恋人モードだよね」

「うるさい」

夕方からは編集部に詰めて、入稿作業をしなければならない。もうそろそろ出かける時間だ。

「志穂。市瀬さんが帰ってきたら、すぐ俺に連絡しろ」

「やあねぇ。いつもは仕事中に電話するなとかさ、つれないことというくせに……ってか、あたしはあんたのヌカみそ女房か？」

「それ以前にお前、今まで仕事中に、俺に電話してきたことなんてあったか？」

「あれ、なかったっけ？」

「行ってくる」

そう言って家を出たのが三時半頃。移動中も、編集部に着いてからも、栗山はとにかく携帯電話が気になって仕方なかった。

真澄は子供じゃない。栗山が匿うまでだって、あの状況になんとか一人で耐えてきた。別に数時間連絡がつかないくらいで、そこまで心配する必要はない。そう頭では分かっているのに、どうしても携帯から目が離せない。

「栗山さん」

矢口に声をかけられても、相手をする気になれない。

「おお、メール悪かったな、返せなくて。あと電話も」

「いえ、それはいいんですが」

「記事、よかったぞ……じゃ、またあとで」

その後も何度か真澄にかけてはみたが、繋がらない。志穂にも確認したが、戻ってきていないという。

あの状態の真澄が、連絡不能な状況で何をしているというのだ。どこにいるというのだ。行き先として考えられるのは、自由が丘の自宅か、中目黒のスマカン事務所。他にはどこかあっただろうか。駄目モトで、いくだけいってみようか。

入稿作業にある程度の目処(めど)がついた、夜の十時過ぎ。ちょうど手が空いた様子の矢口を見つけた。

「矢口、ちょっといいか」

「はい。もちろんです」

手短にだったが、そのとき初めて矢口に状況を説明した。だがところどころ端折(はしょ)ったため、一回では上手く伝わらなかった。

「……あの、ちょっと確認していいですか。栗山さん、『Ｑｒｏｓの女』の居場所、摑んでたんですか？」

「居場所だけじゃない。名前も素性も知ってる。彼女、市瀬真澄っていってな、しばらく、うちで匿ってたんだが」

そう言うと、記者としては比較的鈍い矢口も、さすがにピンときたようだった。

「ちょ、ちょっと待ってくださいよ。じゃあ、なんですか、あのスクープ自体、仕込みだったってことっすか」

「まあ、そう思われても、仕方ない部分は……ある」

矢口の眉間が、怒りでギュッとすぼまるのが見えた。歯を喰い縛り、アゴが硬くなるのも分かった。胸座を摑まれ、ガツンと一発喰らっても決して文句は言えない流れだった。

だが矢口は、そうはしなかった。

「なんか、よく分かんないすけど……いや、よく分かんないんで、俺、どうしたらいいんすかね」

今この状況だけを言えば、栗山は矢口を騙し、自分に都合のいいように使ったことになる。かつて園田が栗山にしたことと大差はない。しかしそうではないことを、最終的には矢口にも分かってもらいたい。

「ああ……とにかく今は、その『Ｑｒｏｓの女』である市瀬真澄を捜し出したい。他に、頼める人間がいないんだ……すまないけど、矢口、手伝ってもらえるか」

少し迷うくらいは当然だと思っていた。一つや二つ条件を出されたり、さらなる説明を求められることも覚悟していた。

だが矢口は、それもしなかった。

「分かりました。まあ、栗山さんのお陰で、あの記事も無事、通ったわけですし……っていうか、あの記事、あのまんまでいいんすかね？」

栗山は、なんだか気が抜けて、笑ってしまった。


こんなことで社の車を借りられるわけもないので、急遽(きゅうきょ)レンタカーを借りて、まずは自由が丘のマンションに向かった。もし明かりが点いていたら直接訪ねて、真澄が無事かを確認する。もし明かりがなければ、矢口と車をそこに残して、栗山はタクシーで中目黒に向かうつもりだった。

だが真澄のマンション前に着き、エンジンを止めた途端、助手席の矢口が、ダッシュボードに身を乗り出してひと声発した。

「あれ……」

その視線の先には、こっち向きで駐まっている車が一台ある。距離は十メートルか、それくらい離れている。

「なに、どうした」

「あの車、なんか見覚えあるんすよ」

黒っぽいＢＭＷ。見覚え云々というほど、珍しい車種ではない。

「栗山さん。ちょっとナンバー確認したいんで、一瞬、ハイビーム当ててもらっていいすか」

「でも、誰か乗ってるぜ」

「だから一瞬。ちょっとだけ、間違って点けちゃいました、みたいな体で」

「ああ……」

言われた通り、一瞬だけウィンカーレバーを手前に引き、前の車を照らしてみた。

しかし次に声をあげたのは、むしろ栗山の方だった。

「あッ、あいつ」

「えっ、えっ、なんすか、だだ、誰っすか」

たぶん、間違いない。

運転席にいるのは、あの百人町の園田の家を襲った、二人組の片割れだ。

3

志穂が『自在くん』を導入してくれたお陰で、園田のＵＳＢメモリーにあったファイルはまさに閲覧自在になった。
ただ何しろ数が膨大なので、どれが自分に関係ある情報なのか、真澄にも簡単には分からない。写真ならまだいい。見れば分かる。ひと目で判断がつく。しかし文章はそうはいかない。何について書いてあるのか、せめてそれが分かるところまでは読まなければならない。
【三月十二日　六本木　ボヌール
連れはなし。佐藤は一人で来店し、店員と世間話。前原との取引は成立していない模様。新田はすでに店を辞めており、上川は必死で行方を捜している。内海が動いてると匂わせて発破をかける。】
どう考えても真澄には関係ありそうにない。
【六月三日　中野坂上　ミス・グラデンコ
吉田はすでに離脱の意思を固めているが、そのことは青山には伝えていない。窓口になったのは鷲頭。アプローチは鷲頭からした模様。六本木はすでに受け入れの意向を伝えた模様。契約金として三千万を提示したが、吉田は納得していない。夫人が経営権を握っている限り、鷲頭の裁量は限られる。青山が阻止に動くとすれば九段下のあと。九段下が失敗したら青山は終わり。野毛を手放すか。】
自分に関係あるなし以前に、なんの話なのか見当もつかない。
そんな閲覧作業を延々、何時間も続けた。目はショボショボしてくるし、頭は痛くなるし、肩と背中はだいぶ前からコチコチに固まっている。

何より、面白くない。非常に飽きる。

志穂も隣で欠伸を嚙み殺していた。

「真澄ちゃん……あたし、ちょっと寝るわ」

「あ、はい、どうぞ、そうしてください。すみません、お付き合いいただいちゃって」

「んーん、いいのいいの……」

真澄も区切りのいいところで風呂に入ったり、仮眠をとったりした。昼夜の逆転がさらに逆転し、すっきり目覚めたらちょうど朝だった、という珍現象も起こった。

また居候をしているのだから、できるだけ迷惑はかけないようにしようとも心掛けた。志穂が寝ている間に、静かに浴室を掃除してみたり。洗い物のついでに、流し台をピカピカに磨いてみたり。志穂が起きてきたらすぐ何か作れるよう、朝食の下ごしらえをしてみたり。ちょっとお節介かな、と思わなくもなかったが、たいてい志穂は喜んでくれた。

今朝はほうれん草とトマトとベーコン、少しチーズも載せてキッシュを焼いた。玉ねぎを入れたマッシュポテトとグリーンサラダも作った。ほとんど残り物を利用しただけなので、材料費もさほどかかっていない。

「お待たせしました。はい、どうぞ」

「おお、すげー。いただきまーす」

さらに嬉しいのは、志穂がなんでも美味しそうに食べてくれることだ。一応好き嫌いは尋ねたが「イナゴの佃煮（つくだに）とポンテギはOKだけど、ザザムシは無理」という、かなり勇ましい答えが返ってきた。

「んんーっ、このキッシュ、美味しいィーッ」

「よかった。栗山さんの分は別にとってあるんで、これは食べちゃって大丈夫です」

「真澄ちゃん、ほんといい奥さんになると思うわ」

「だと、いいんですけどね……」

ちょうどドリップし終わったので、コーヒーをカップに注ぐ。

「真澄ちゃん、カレシいないの？」

「いないですねぇ。社会人になってから、さっぱりです」

「えー、もったいなーい。あたしがお嫁さんにしたーい」

「はは……なんかそれも、いいかもですね」

そんな朝食を終えて、少しした頃だ。洗面所から戻ってきた志穂がしかめ面で言った。

「お兄ちゃん、帰ってるみたい」

「あら、そうだったんですか。全然気づきませんでした」

「だって、靴があるもん……なんだかなぁ。帰ってきたって、ひと声かけるなりメモ残すなりしろっつーのよ。ねえ？」

とはいえ、ここでの立場は志穂も居候だと聞いている。基本的には、栗山の生活スタイルに従うべきだろうとは思う。

「ま、お兄ちゃんはお兄ちゃんってことで。今日は日曜なんだからさ、真澄ちゃんもちょっとはゆっくりしなよ。パソコンと睨めっこばっかりじゃ、眉間が皺だらけになっちゃうよ」

「はは……そうですね」

真澄からしたら、志穂は毎日が日曜日のように見えるが。

そんな話をしていたら、真澄の携帯電話が鳴った。

「おや、お珍しい」

「ですね……誰かな」

テーブルに置いてあったそれを取り上げ、ディスプレイを見た途端、ひやりとしたものが真澄の背筋を伝った。正直、出ずに済ませたかったが、いま出なくても、この人はきっと何回でも、何十回でもかけ直してくる。いつか出なければならないのだとしたら、つまり今でも同じということだ。

「……はい、もしもし」

『ああ、あたし』

福永瑛莉だ。

「……はい。お疲れさまです」

『市瀬さんってさ、いま何やってんの』

「え……なに、って……」

『会社休んで何やってんだって訊いてんの。今どこにいるの。都内？』

子供の頃、近所の空き地で遊んでいると、何かの葉っぱが当たっただけなのに、腕や脚に掻き傷ができた。それはどんどん数を増し、終いにはピリピリと痛み出して泣きそうになった。

なぜ今、そんなことを思い出すのだろう。

「あ、はい……都内、です」

『出てこれる？』

この人、事情を知っていて、わざと言っているのだろうか。

『ねえ、出てこれるの？　これないの？』

とりあえず、社員として用事を言いつけているのか、それとも個人的な用件なのかをはっきりさせるべきだろう。

「えっと、あの、それは……どういう」

『都合がつかないならつかないでいいから、そう言って』

「あ、いえ……都合、と言いますか」

『じゃあこれるのね。前に「罪の形」のときに使ったホテル、分かるよね。あそこまできて。

あとで部屋番号メールするから。そこに岩崎さんがいるから。入って待ってて。分かった？』

「あ、はい……分かり、ました」

『時間は市瀬さんの都合でいいから。でもなるべく早くね』

もう一度「はい」と答えたのと、通話が切れたのが同時だった。

志穂が、どうしたの？　と訊くような目でこっちを見ている。

「あ、あの……なんか、仕事で、急に呼び出されちゃって。行かなくちゃ、いけなく、なっちゃいました」

「あらら ぁ、せっかくの日曜なのに……でも、あれか。芸能界は、曜日関係なしか」

芸能事務所の事務員であることは、すでに志穂にも話してあった。

「そう、ですね……ほんと、困っちゃいます」

心の底から、困っていた。


下北沢から赤坂までは小田急線から千代田線の直通電車で一本。車中はさほど混んでいなかったので、ストレスも、ないわけではなかったが、覚悟していたほどではなかった。

例のホテルまでは、徒歩を入れても三十分ほどだった。

瑛莉からメールで指示された部屋は二〇一五室。ドア横のチャイムを鳴らすと、すぐに岩崎が開けてくれた。

「ああ、市瀬。なんか、瑛莉が急に呼び出したみたいだけど、大丈夫だったか？」

そんなわけないでしょう、といえるものならいってしまいたい。

「ええ、まあ……なんとか」

「とりあえず、入って」

「はい……お邪魔します」

以前使った部屋と多少形は違うが、間取りとしては似たようなものだった。ベッドが二つあり、大きな鏡付きのカウンターデスクがあり、ちょっと高級な感じのバスルームがある。ふと、同じ会社の社員とはいえ男性と二人でいることに警戒心を覚えたが、岩崎はそういう人ではないと思い直す。スマッシング・カンパニーの中では、最も紳士的な男性といってい い。

「瑛莉、この近くで撮影してるんだ」

「あ、そうなんですか……ドラマですか、映画ですか」

「うん、ドラマ。BSだけど」

岩崎が腕時計を覗く。

「市瀬、悪い。俺、別件があって、ちょっと出なきゃならないんだ。撮影、飛び飛びだからさ。瑛莉がいつ戻ってくるかは分かんないんだけど、ここで待っててもらえるかな」

「あ、はい、分かりました……あ、でも」

訊こうとして、躊躇して、でも訊いてはいけない理由も見つからなかったから、訊いた。

「あの、瑛莉さん、私に、どういう、ご用なんでしょうか」

岩崎は、カウンターデスクに出していた手帳をバッグに納めながら振り返った。

「いや、それは俺も聞いてない。話があるから市瀬を呼び出した、あたしが戻るまで部屋で待たせといてって、それしか聞いてない」

そんな、と思ったが、もともとそういう人なのだから仕方ない。

「分かりました……じゃあ、私はただ、ここで待っていればいいんですね」

「うん、そうだと思う。悪いな、俺もう、ほんと出なきゃならないから……あ、キー、ここ置いてくな」

「はい。行ってらっしゃい」

岩崎が出ていったのが十一時とか、それくらい。特にすることもないので、一人掛けのソファに座ってしばらくテレビを見ていた。

十二時半くらいになって、瑛莉の付き人をやっている女の子がお弁当を持ってきてくれた。いわゆる「ロケ弁」というやつだ。銀鱈の西京焼きと、クリームコロッケの入った幕の内。それとペットボトルのお茶。

「わざわざすみません……あの、撮影の方は、どうですか」

「ちょっと押してるみたいです。子役の子がなんか、ちょっと体調悪いみたいで。ちょいちょい中断しちゃうんですよ」

「そっか、子役はね……しょうがないですよね」

「はい。なんで、すみません。もうちょっと、お待ちください」

「分かりました。大丈夫です」

それからまた三時間ほど待たされた。カード・キーはあるのだから、ちょっと外に出るくらいはかまわないのだろうけど、どうもそういうときに限って瑛莉がくるような気がして、なかなか思いきれなかった。

こんなに待たされると思わなかったから、暇潰しになるようなものは何も持ってきていなかった。文庫本、雑誌、ゲーム機。瑛莉を十五分大人しく待たせておくにはもっともっとたくさんのアイテムが必要なのに、自分は幕の内弁当とペットボトルのお茶、あとはテレビだけでもう四時間も待たされている。ちょっとウトウトして、ハッと目が覚めた瞬間、目の前に瑛莉がいる。そんな妄想に取り憑かれ、おちおち居眠りもできない。

そんなときにチャイムが鳴り、

「あ、はいっ」

ようやく来たかと思ったのに、またしてもドアの前に立っていたのは付き人だった。

「すみません。撮影自体は終わりまして、でも瑛莉さん、ちょっと監督と話し込んでて。で、着替えたら、すぐこちらに来ますんで。もう少し、待っててもらえますか」

そう聞いて初めて、ここが瑛莉の控え室ではないのだと知った。そういえば荷物の類がない。

「はい、大丈夫です。すみません、何度も」

そして次にチャイムが鳴ったのは、それからさらに小一時間してからだった。

「……はい」

ドアを開けると、そこに立っていたのは撮影用のメイクを落としたとはいえ、あまりにも華やかなオーラを放つスター女優、福永瑛莉その人だった。

「ごめんね。ちょっと待った？」

これが「ちょっと」なのだとしたら、もう本当にこの人とは一緒に仕事はできないと思った。

「いえ、大丈夫です。お疲れさまでした」

真澄がドア脇に避けると、スッと背筋を伸ばしたまま目の前を通り過ぎていく。そのあとを、甘い香りが追うように続いていく。瑛莉のお気に入りはシャネルの「チャンス」だったか。これ以上、どんなチャンスが欲しいというのだろう。

瑛莉は薄いブラウンのハーフコートを脱ぐと、さっきまで真澄が座っていたソファにすとんと腰を下ろした。慌ててそのコートを受け取りにいく。

はある。

とはいえ、受け取ってしまったコートをクローゼットに掛けにいくというついでも、あるに
見ると、確かにまだちょっと開いてはいたが、放っておけばホテルのドアは勝手に閉まる。

「下で待たせてるから。ドア、ちゃんと閉めて」

「……あ、あの、付き人の方は」


「……はい」

真澄はドアをロックしに行き、ハンガーを通したコートをクローゼットに吊るしてから、
瑛莉のところに戻った。

「座れば」

「あ、はい……」

といってもソファは一つしかないので、ベッドに腰掛ける。

瑛莉がタバコのパッケージを取り出す。すでに灰皿はテーブルにセットしてある。さすが
に火を点けろと要求されたことはないので、黙って次の言葉を待った。

深く、長く、瑛莉がひと口、煙を吐き出す。

「……で、どうなの」

「え、何が、ですか」

真澄がどう答えようとこの人のお気には召さないのだろうが、とりわけこのときは、呆れ

たような馬鹿にしたような、嫌悪感たっぷりの表情を向けられた。

「何が、じゃなくてさ。休んでんでしょう？　調子が悪いから、会社を休んでいるんでしょう？　あなたは。そんなあなたに、調子はどうなのって訊いてるのよ、あたしは」

「あ、すみません……あの、決して、よくは、ありませんが、でも……大丈夫です」

そう言ったら言ったで、「ダメダメ」と言わんばかりにかぶりを振る。

「何よそれ。よくないのに大丈夫ってあり得ないでしょう。それともなに、調子は悪いけどタレントに待たされるのは仕方ないから、とりあえず大丈夫とか言ってみちゃうわけ。そういうさ、私は健気で可哀相な子、みたいな芝居がムカつくのよ、あんたって」

だったら呼び出さないでよ、と喉元まで出かかる。

「……すみません」

「これでもさ、一応あんたのことは、あたしなりに心配してるわけ。気にかけてるわけ。同じ会社の人間なんだしさ、同じ女なんだしさ、事故みたいなもんとはいえ、同じCMにも出たわけだからね。そんなあんたがよ、ネットに散々なこと書かれて、どうもリアルに追っかけ回されて頭おかしくなりかけてるっていうから、こんなあたしでも何かお役に立てたらと思って、ないなりに頭捻って考えてんのよ、これでも」

どうやら会社では、自分は頭がおかしくなりかけていると噂されているらしい。

「……すみません。ご心配、おかけしまして」

「それからさ、大して悪いとも思ってないくせに、とりあえず謝っとくみたいなのもやめなよ。そんなこったから、どこの馬の骨だか分からない輩に付け込まれんのよ」

反射的に、また「すみません」と頭に浮かんだが、NGワードに指定されてしまったため、それももはや口にできない。

瑛莉はもうひと口吸って灰皿に潰し、唇の端から煙を吐きながら、何やらバッグを漁り始めた。

「……で、どうなの。何かしら状況は、打開できそうなの」

今のところ園田のメモリーは、打開策といえるほどの決定打にはなっていない。

「残念ながら……まだ」

「なんも、何一つ摑めてないの」

「いえ、何一つ、というわけでもないんですけど、まだ未整理というか、山のような情報の中から、これってものが見つけ出せていない、というか」

「要するに、あんたに関する情報をネットに書き散らしてる奴に、具体的な心当たりはないってわけね？」

「はい……それは、その通り、です」

「じゃあんた、これちょっと見てごらん」

瑛莉がバッグから取り出したのは、やや小さめのタブレット端末だった。最近買ったのだろう。真澄がアテンドしていた頃には持っていなかったものだ。

「これね……こういうのでしょう？　あんたを悩ませてる書き込みってのは」

色のない、でもテカテカとネイルの光る指先がディスプレイをなぞる。すぐに「Ｑｒｏｓの女」関連の書き込みが連なるサイトが表示される。例の、パンチラ写真もアップされている。

「……はい。そう、です」

「こういうの、自分でも目は通してるの？」

「はい……全部、では、ないですが。一応、検索の、最初の方に引っかかってくるページは……大体」

「これさ、たいてい同じ奴が新しい情報を書き込んでるって、そこんところは気づいてる？」

「……は？」

同じ人が、書き込みをしている？

「そう、なんですか？」

「やっぱ気づいてないんだ……たぶんね。あたしが読んだ限りでは、そう。特に始まりの方。あんたが中目黒辺りに出没する、豊洲在住だ、いや自由が丘だ、とか、近くのスーパーで買い物してるから間違いないとか、あちこちの人間があんたの目撃情報をアップしてるように読めるけど、実はこれ全部、一人の人間が発信してる可能性が高いと思う」

そういえば園田は、真澄のプライベートを探っている人間を特定し、さらに社会的に抹殺することも可能だと言っていた。それは、書き込みの主が一人だと知っていたから、あるいはその人物に具体的な心当たりがあるから、だからあんなふうに言えたのではないか。逆にたくさんいるとしたら、園田とてあんなに自信満々には言えなかったのではないか。

「ほんとですか、それ」

意外なほど、真剣な表情で瑛莉が頷く。

「と、あたしは読んだわけ。最近は便乗犯みたいなのも、明らかにデマってのも増えてきてるけど、最初は一人だけだったんだと、あたしには読めた。で、もしそうだとしたら、今あんたが置かれてる状況ってのは、案外簡単に解決できるんじゃないかと思う……ここ、見てごらん」

瑛莉が示したのは【よく似た女が豊洲にいるんだよね。】で始まる一文だ。

「はい。これは、私も読みました……ショックでした。これじゃもう、豊洲にはいられないと思ったんで、引越したんです」

「それはいいから。これを見て、何か気づかない？」

「え……これだけで、ですか」

「うん」

もう一度、注意深く読んでみる。

【よく似た女が豊洲にいるんだよね。確かにメガネかけてるし、スタイルはいいし、背も高い。結んでるからよく分かんないけど、でも髪もCMのあれくらい長い。胸も、まあまあああんな程度（笑）。ひょっとして「Ｑｒｏｓの女」って豊洲在住？】

どんなに丁寧に読んでみても、特に新たな発見はない。やはり自分は誰かに見られていたのだと、改めて嫌な気分になるだけだ。

「えっと、すみません。よく、分からないです」

「そっか……じゃあここ。ここだけ見てみ」

「……まあ、胸が小さいというのは、自覚してますが」

瑛莉が指差したのは【胸も、まあまあああんな程度】の末尾だ。

「そうじゃなくて、この〝カッコ笑い〟の部分よ」

「えっ、これ、ですか？」

ごく普通に使われる表現なので、これといって違和感はない。

「えっと、この〝カッコ笑い〟が、何か？」

「あっそう、案外気づかないんだね。この、終わりのカッコだけ、半角になってるんだけど」

「えっ？」

そう言われて改めて見てみると、確かに【あんな程度（笑）。】となっている。隣の行と比べてみると、半角ズレているのが確認できる。

「ここも」

「……あ、ほんとだ」

瑛莉が示す書き込みを、一つひとつ確認していく。

【何が無理なんだよ（笑）。先走ってほとばしり過ぎだろ。】

【風呂の椅子とか、普通出先じゃ買わない（笑）。絶対近くにいる。】

【あれによく似た女、自由が丘で見たぜ。もちろんメガネ、長身、貧乳（笑）。サンダル履きだから地元確定でしょ。】

【確かに美人だわぁ。貧乳だけど（笑）。けっこうファンなんで住所までは書かないけど、お部屋は三階のようです。】

なるほど。ターニングポイントとなるような書き込みをした人物に限って、決まってこの表現を用いている。しかしよく、こんなことに気づいたものだ。それだけ瑛莉が「Ｑｒｏｓの女」の書き込みを注意深く見ていたということか。っていうか、そんなに暇だったのか。

「でも、なんでこの人、ここだけ、半角にするんですかね」

「それは、なっちゃっただけでしょ。最初は単なる打ち間違いだったんだろうけど、予測変換っていうの？　端末がそれを覚えちゃったんだと思う。そういうことって、あるじゃない

「……でね」

そこで瑛莉は、いかにも意味ありげに言葉を区切った。

真澄が顔を向けると、なんとも妖しげな、企みありげな表情を浮かべている。思わず、生唾を飲み込んでしまった。

「……はい、なんでしょう」

「あたしさ、この〝カッコ笑い〟を使う人から、何度か直接、メールもらったこと、あるんだよね」

それって。

4

とてもではないが、あの新宿の家では寝られそうになかったので、園田は仕方なく中畑に連絡をとり、何日か厄介になることにした。ちょいちょい面白いネタを提供してはくれるものの、最近はヤク中気味であまり体調がよさそうではない、あの中畑だ。

「へへ、すんませんね。汚いところで」

「こっちこそすまねえな。あんま気ぃ遣われると逆に居づれえから、かまわないでくれ」

そうは言ったものの、部屋は本当に狭くて汚いし、全く気を遣ってもらえないのには閉口した。

「中畑くんよ。それをやるなとは言わねえけどさ……せめて、俺が銭湯に行ってるときとか、なるべく見えないようにするとかして、やってくんねえか」

「はは、こりゃすんません。なんかもう、我慢できなくて」

大麻と覚醒剤の炙(あぶ)りを交互にやるのが、最近の中畑のお気に入りのようだった。両方ともけっこう臭いがあるので、自分の服に染み付くのではと園田は気が気でなかった。巻き添えを喰って警察に捕まるような事態だけは、なんとしても避けたい。

「あとさ、中畑くん。屁が異様にクサい」

「あ、そうですか。自分では、そんなに感じないですけどね」

「いやぁ、完全なる異臭だよ。気をつけた方がいいよ。トイレだって共同なんだしさ」

六畳ひと間の木造アパート。トイレが共同というくらいだから、むろん風呂もない。台所も古く、流し台のステンレスメッキはあちこち錆(さび)で浮き上がっている。でも、そんなところでも中畑は一所懸命、園田のために毎日食事を作ってくれる。

「……うん。美味いよ、中畑くん」

「よかったです。遠慮しないで、どんどん食べてください」

今日の昼飯は、醤油味の焼き飯と中華スープだ。ただし中畑の皿に「飯」はない。ほとんど具だけ。本当に食欲がないらしい。

いだ。

「園田さん、ビール飲みますか」

「お、いいね。すまねえな」

昼間でも中畑は布団に半分包まって、園田も千円ちょっとで買ってきた寝袋に下半身を突っ込んでいる。暖房器具は小さな電気ストーブのみ。まあ、言ってしまえば二人の生活水準に大差はない。違いを言ったら、ここにはパソコンがない代わりにテレビがある。それくらいだ。

「園田さん、昼ドラとか見ますか」

「いや、見ねえな」

「じゃあ、バラエティにしときますか」

やたらとテンションの高い民放のバラエティ番組は苦手なのだが、昔のトレンディドラマの焼き直しみたいな韓国ドラマよりはいくらかマシだった。

園田には一生縁のなさそうな、セレブグルメを紹介するという腹立たしい企画をやっていたが、それもすぐに終わった。

《……はい。では次、芸能ニュースにいきましょう。村松（むらまつ）さん、お願いします》

《はァい。今日の芸能ニュースは、一発目から、凄いですよォ》

不倫疑惑があったわりにレギュラー番組を失くさずに済んだベテラン局アナが、背後の大型ディスプレイにタッチして画面表示を変える。

その右側の大きな見出しを見て、園田は思わず身を乗り出した。

「げっ、なんてこった……」

「え、なんすか、園田さん」

見てれば分かると思ったので、あえて説明はしなかった。

ベテランアナがディスプレイを指差す。

《明後日(あさって)発売の「週刊キンダイ」に掲載予定の記事なんですが。なんとあの、いま話題のCM美女、通称「Ｑｒｏｓの女」が、都内某所で目撃された、というんですねェ》

「週刊キンダイ」なら、書いたのはまず間違いなく栗山だ。しかし、なぜだ。奴は市瀬真澄を守るつもりではなかったのか。

《ところが話題はその目撃談に留まらず、彼女の現われた場所が、ですよ。某有名イケメン俳優の自宅近くだというから、驚きじゃありませんか。なんでも彼女はキャリーバッグを転がしながら、タクシーに乗り込んで東京駅に向かったと……うーん、謎はますます深まるばかりですねぇ。これ、どうなんでしょうね。単なる偶然なのか。それとも二人は何か、特別な関係にあるのか》

ゲストコメンテーターの芸人が割り込んでくる。

《その、イケメン俳優がどなたなのか、というのはまだ分からないんですか》

《はい。それは「週刊キンダイ」の発売を待たないと、なんとも言えないですねェ》

その隣にいた女性コラムニストも喰いついてくる。

《それさ、あれじゃないの？　あのＣＭのまんまでさ、あれって最後に、藤井涼介くんがその娘をハグするじゃない。だからそのイケメン俳優って、藤井涼介くんなんじゃないの？》

お相手は藤井涼介、は誰もが思うところだろうが、今のは、それをあえて番組スタッフが言わせたコメントなのだろう。番組側は当然、記事に書かれているその俳優が誰だか知っているが、版元に対する配慮から明言はできない。それでもある程度の特ダネ感は出したいから、女性コラムニストの当て推量という恰好で名前を出させた。そんなところだろう。

週刊誌のネタなんてものは、いつどこから漏れるか分かったものではない。編集長が中吊り広告のレイアウトを考え始め、その下書きを編集部に出入りしている部外者、たとえば園田のような人間がたまたま目にして、ライバル誌にリークする、なんてこともある。園田の他にもそういうことをする人間はいるのだろう。近頃は、広告に入れる文面はデザインが決まるまでダミー、印刷所に入れる直前に本物と差し替える、なんて用心深い編集長もいるらしい。

しかし、それはあくまでも中吊り広告の文面程度の情報であって、発売前々日の昼間の段階でここまで詳しく記事の内容が漏れるというのは、逆に珍しい。ということは、これは陽明社がわざと流した情報と見た方がいい。「Ｑｒｏｓの女」の目撃談と、イケメン俳優を巻き込んだ熱愛報道の合わせ技。記事の内容に自信があれば、編集部が宣伝がてら、テレビにリークすることは充分考えられる。

番組の方は、早くも次の話題に移ろうとしていた。

《私も見てみたいですね、「Ｑｒｏｓの女」さん。本当に、お綺麗な方ですもんね……では次です。今年の紅白は……》

しかし、分からない。

栗山は、真澄を守ろうとしていたのではないのか。

もしそうではないとしたら、奴の本当の狙いは、なんだ。


園田の認識より「Ｑｒｏｓの女」には潜在的話題性があったのか、あるいは他に大したネタがなかったのか。とにかくテレビ局やスポーツ新聞、週刊誌を含むマスコミ各社は、こぞってこの話題に喰いついた。

そうなって初めて、園田には栗山の、いや「週刊キンダイ」の戦略が見えてきた。

要するに「キンダイ」は、藤井涼介を餌にしたのだ。「Ｑｒｏｓの女」の正体は明かさず、しかし藤井涼介とのスキャンダルは先行してブチ上げる。嘘か本当かは問題ではない。おそらく明後日発売の「キンダイ」にも「藤井涼介と『Ｑｒｏｓの女』の熱愛発覚」などとは書いていないだろう。そこは匂わす程度でいい。むしろ、藤井涼介が正体不明の女と噂になっている、という話題にこそ旨みがある。

　だから陽明社は、絶対に女の写真を他メディアには出さない。藤井涼介の相手がどんな女なのか。そういう興味を煽るだけ煽って、部数を張り込んで派手に売り出す。それが陽明社の狙いだ。「Ｑｒｏｓの女」を見たかったら「週刊キンダイ」を買うしかない。ＣＭ以外の彼女について知りたかったら「週刊キンダイ」を読め。そういう営業戦略だ。
　それと、謎の前々日リーク。これはおそらく、藤井涼介のスケジュールと関係があるのだろう。藤井の自宅はまだマスコミに割れていないため、取材をするには撮影現場にいる藤井に直当たりするしかない。この日がまさにそうだった。
　夕方。東京郊外にある映画会社所有の撮影所から出てきた藤井を、まんまとマスコミ各社の取材陣が取り囲んだ。その様子は夜の芸能ニュースで、何度となく取り上げられた。
　テレビの中の藤井は、一斉にマイクを向けられて困惑しきっていた。ドラマや映画とは別人に見えるほど顔が引き攣っている。
《藤井さん、ＱｒｏｓのＣＭで共演した女性とは、やはりお知り合いだったんですか》
《いや、それ、なんのことですか》
《藤井さんのご自宅近くであのＣＭ美女が目撃されたと、とある週刊誌が報じているんですが、それについてはいかがですか》
　もう完全に「某有名イケメン俳優」は藤井で確定という扱いだ。
《いかが、って……》

《お泊まりデートという可能性も》
《いや、ないですって、それは》
取材陣の輪が、容赦なく藤井を締め上げる。
《これまでは、あまり女性との噂もありませんでしたが》
《いや、ですから……》
《あの日、彼女は藤井さんのご自宅にいらしたんですか》
《いえ、違います……》
《お知り合いというのは、間違いないですよね》
《いいえ、知らないです、全然》
《撮影現場で会って、それで知り合いにはなったわけですよね》
《いや、その、現場は、現場ですから》
《現場で出会って、即、意気投合ということですか》
《いや、ですからァ》
一瞬、Ｗｉｎｇの石上社長のワニ顔が脳裏をよぎった。今頃、石上も自宅かどこかでこのテレビを見ているのだろうか。だとしたらどんな顔をしているのだろう。世にも怖ろしい、ワニ皮をかぶった般若のような顔になっているのではないか。
《彼女が、藤井さんのご自宅近くで目撃されてるんですよ。それはご存じですよね》

《知らないです。全然知りませんでした》

《名前とかは……》

カメラに映っていないところで袖でも引っ張られたのか、それとも足でも踏まれたのか。藤井は急に眉を吊り上げ、強引に体の向きを変えた。

《分かんないです。単なる偶然でしょう。分かりませんッ》

実に、珍しい光景だった。

長身と抜群のスタイルに加え、甘いマスクと清潔なイメージで売ってきた藤井涼介が、突如として怒りを露(あら)わにし、何を振り切ろうとしたのか暴力的な態度をとったのだ。

初めて見る、藤井の表情だった。

初めて聞く、藤井の声だった。

ぼそりと、中畑が訊いてきた。

「……園田さん。気持ち悪いなぁ、ニヤニヤしちゃって。何がそんなに面白いんですか」

いや、こんなに面白いことは、まず滅多にないだろう。

5

慶太にはもう何がなんだか、さっぱり訳が分からなかった。

栗山はいつのまにか「Ｑｒｏｓの女」の正体を突き止めており、しかもなぜか彼女を匿っていて、でも今は行方が分からなくなっているという。その彼女を捜す手伝いを、慶太にしろという。

「分かりました。まあ、栗山さんのお陰で、あの記事も無事、通ったわけですし……」

そうして連れてこられたのが、自由が丘。おそらくその、市瀬真澄なる女性の自宅であろうマンション前に着くと、なぜだろう。見覚えのあるＢＭＷが前方に駐まっている。

ナンバーを確認する必要があると思い、栗山にハイビームを当ててくれと頼むと、

「あッ、あいつ」

今度は栗山の方が、何やら心当たりありげに身を乗り出す。

「矢口、カメラ持ってるか」

「えっと……はい、持ってますけど、でも、高感度モードはないっすよ」

「いい。このままハイビームで照らしておく。俺が行って、あの運転手と話をしてくるから、その一部始終を動画で撮影してくれ。いいな」

慶太の返事も聞かずに車を降り、栗山はＢＭＷに向かっていく。

エンジンを掛けたのか、カッと目を見開くようにＢＭＷのヘッドライトが点灯した。走り出す前にと思ったのだろう。栗山は小走りし、運転席の真横に立った。左ハンドルなので、二人のやり取りは慶太のいる位置からもよく見える。一応カメラのディスプレイを確認。や

や距離があるので、大画面で見ても顔が判別できるかどうかは微妙だが、でもちゃんと撮れてはいる。状況は分かる。

栗山は運転席の窓を開けさせ、何やら話しかけている。運転手はひどく感じの悪い男だ。会話はさすがに聞こえないが、男の態度からすると「アア？　なんか文句あんのかコラ。ア？　ザッケんじゃねえぞテメェ。ア？」みたいなことを言っているのではないか。

やがて男は車を発進させ、それによって車体のどこかが栗山の右肘に当たったのだろう。栗山が、右腕を庇うようにして身を屈める。非常に痛そうだ。だがそんなことには一切かまわず、車はこっち向きに走ってくる。これでは、ナンバーもちゃんと撮ってくれよ、と言っているも同然だ。

「……あ、やっぱり」

当たった直後は骨折したのではと思うほど痛がっていた栗山だが、ＢＭＷが角を曲がって見えなくなると、途端に「いてて」レベルに落ち着き、慶太の方に戻ってきた。

こともなげに再び、運転席に乗り込んでくる。

「どうだった。ちゃんと撮れたか」

「はい、バッチリです。っていうかこれ、当たり屋か転び公妨かって話ですよね」

ははは、と栗山は笑ったが、すぐ真顔になって内ポケットに手を突っ込んだ。携帯に何か来ているようだ。低くバイブの振動音が聞こえる。

栗山は、取り出したそれを左耳に当てた。

「はい、もしもし……え、戻ってきた？　あ、そう……分かった。じゃ今から戻る」

それだけで通話を終え、栗山は携帯をポケットに戻しながらエンジンを掛けた。

「……市瀬真澄、戻ってきたみたいだ」

またそんな、いきなり訳の分からないことを言う。

「えーと、じゃあ今の電話は、その、市瀬さんから？」

サイドブレーキを解除し、栗山が車を発進させる。

「いや、妹」

「いも……栗山さん、妹さんなんていましたっけ」

「うん、いるよ。ずっと前から」

そりゃ、いきなり昨日今日できるとは慶太も思わないが。

「その、妹さんは、今どこに」

「俺ん家(ち)」

「つまり栗山さんは、いま妹さんと、同居なさっている？」

「仕方なくね。もう、半年になるかな」

可愛い系ですか、美人系ですか、という質問はあえて呑み込んだ。わざわざ訊かずとも、もう脳内では相当可愛い系の妹のイメージができあがっている。

「……そこに、市瀬真澄さんを、匿ってらした、わけですか」

「そういうこと」

今、栗山はさらりと言ってのけたが、それって、ちょっとしたハーレムではないか。

可愛い妹と「Ｑｒｏｓの女」との同居。

それってもしかして、物凄いパラダイスなんじゃないのか。

栗山の自宅マンション。建物自体はやや古ぼけて見えたが、内装はやり直したばかりのようで、

「入って」

「はい、お邪魔、いたします……」

玄関はピカピカに光り輝いており、慶太には眩しいくらい廊下も掃除が行き届いていた。

しかも、

「あ、お兄ちゃんおかえ……あら、お客さん？」

そこに顔を出した妹が超絶可愛くて慶太好みで、さらに、

「栗山さんお帰りなさい、っていうか、ごめんなさい。私、携帯の電池が切れてるの、全然気づかなくて……」

その後ろから出てきた市瀬真澄であろう女性が、これまた超絶美しく、もう本当に、地上

にこんなに素晴らしい空間があったのかと、比べて自分の住まい、あれはなんなんだと、保子とあの二人は生物学的に本当に同じ種に属しているのかと、そんな、歓喜と疑問と羨望と絶望が互いに反発し合いながら竜巻となって猛威を振るい、慶太の脳細胞を木っ端微塵に破壊し尽くした。お陰でもう、意味なんて通じなくてもいいから滅茶苦茶に叫び声をあげて、四肢を振り回して「サイコーだぜ」と踊り狂いたくなった。

が、今はとりあえず、栗山に続いて廊下を進む。

しかし当の栗山は、この状況の素晴らしさがあまり理解できていないのか、至って冷静そのものだ。

「いえ、市瀬さんが無事なら、いいんです……あ、彼、矢口くん。彼もいろいろ、一緒に動いてくれてて」

「ども……矢口っす」

慶太が頭を下げると、超絶美女二人も揃ってお辞儀を返してくれた。

「いらっしゃいませ……お兄ちゃんたち、夕飯は?」

「なんも食べてないから、何か作って」

「おっけー」

「私も、お手伝いします」

もうその、三人のやり取りが羨まし過ぎて、同じ空間にいるだけで幸せなはずなのに、なぜだか切なくて悔しくてやるせなくて、塵(ちり)一つ落ちていない床に仰向けに寝転がって「チクショーッ」と叫びながら、ドッタンバッタン暴れ回りたかったけれど、

「あ、じゃあ僕も、何かお手伝い……」

とりあえず仲間に入れてもらうところから始めよう、というところに、慶太の考えは落ち着いた。


住まいのお洒落さと女性たちの美しさから、何かとてつもなく豪華な食事が用意されるものと思い込んでいたのだが、

「矢口さん、ごめんね。こんなもんしかなくて」

「いえ、全然……嬉しいっす」

出されたのはお握りとお新香、鶏の唐揚げが少々というピクニックメニュー。でも、いい。あの美女二人が素手で握ってくれたのだから。もう、舐めるように味わって食べようと思う。

それにしても栗山の、このクールさはなんなのだろう。

彼は碌に「いただきます」も言わずに食べ始め、いきなり会議というか取調べというか、事務レベル百パーセントの会話をスタートさせた。

「で、市瀬さんは、どこに行ってたんですか」

「はい。あの、実は、福永瑛莉さんに、急に、呼び出されまして……」

そこからは市瀬真澄の今日一日の行動報告。続いて栗山も同様の報告をし、彼の求めに応じて慶太もカメラの映像を提示し、同時に、隣にいる栗山の妹の髪の匂いを密かに楽しんだりしていた。

「……確かに、似てますね。あの、新宿の二人組の一人に」

いや、こんなんじゃ駄目だ。もっと話に集中しなければ。

市瀬真澄の横顔に見惚れたり、栗山の妹の胸元に目を奪われたり、彼女がキッチンに立ったとき偶然手に触れたスカートの裾の感触にドギマギしたり、「矢口さんはどっちがいい？」と差し出されたマンゴープリンと牛乳プリンを見比べて、両方を君と半分こしたいと思ったけど言えなかったり。

そんなことばかり考えているから、

「矢口さん、それは、間違いないですか」

急に真澄に質問されたりすると、完全にパニクることになる。

「え、あ……なんの、お、お話、でしたっけ」

「ですから、その、ＢＭＷのナンバーです」

しかし、真澄は本当に綺麗な顔をしている。ほっぺにチューとかするだけで、ものスッゴく気持ちいいのではないかと思う。

「あ、はい……えっと、うん……そうです。間違いないです」

どうやら今のが最終確認事項だったらしく、慶太の答えを聞いた栗山は一つ大きく頷き、全員の顔を見回した。

「そういうことだから、あまりこの話題が大きくなると、かえって交渉はしづらくなることが予想される。なので、明後日の午後、見本誌を持って直接、敵陣に乗り込もうと思う。いいね？」

え？　なに、全然分かんなかった。

明後日、どこに乗り込むって？


栗山の言う敵陣とは、どうやら五反田（ごたんだ）にあるプロダクションＷｉｎｇのことだったようだ。それも本丸中の本丸。慶太たちは、Ｗｉｎｇプロ自社ビルの最上階にある社長室で今、あの石上翼と対峙している。

長いソファに慶太、栗山、真澄の順番で座り、向かいに石上、そしてなぜか、あのブラック・ジャーナリスト園田芳美が真澄の向こう、末席の一人掛けに座っている。

「……こういうやり方は、私は好きではない」

テーブルには、できたばかりの「週刊キンダイ」見本誌が広げられている。ページはむろん【奇跡スクープ&悩殺ショット　謎のＣＭ美女「Ｑｒｏｓの女」と都内で遭遇！】の見開きだ。

挑むような前傾姿勢、両膝に肘を載せた栗山が、正面切って石上を見据える。

「石上社長。私たちは、この記事に関する弁明をしにきたわけではないんですよ」

「だったらなんだね。私も多忙な身だ。話は手短に頼む」

「分かりました。では、こちらをご覧ください」

栗山の求めで、慶太が資料を提示する。「Ｑｒｏｓの女」に関して悪意ある書き込みがなされた、ウェブページのコピーだ。

栗山が続ける。

「この『Ｑｒｏｓの女』については、一切の情報を表に出さず、謎のキャラクターのままフェードアウトさせる取り決めになっていた……そのことは、社長もご存じなんですよね」

石上はこれに、無言で頷いた。

話を先に進める。

「しかしその密約を反故にし、『Ｑｒｏｓの女』に関する情報を表に出そうとした人物がいる。それも、撮影現場の裏話レベルではなく、わざわざ本人……この市瀬真澄さんのプライベートを密かに調べ上げ、匿名でネットに晒すという手段に出た。その調査を実際に依頼され、実行に移したのが、園田さん……あなたということで、間違いありませんね？」

短い脚を無理やり組み、背もたれにふんぞり返っていた園田が「ああ」と答えた。

さらに栗山が続ける。

「そもそも、園田氏に対する依頼からして匿名で、取引が終了したら携帯もメールも解約して痕跡を消すという徹底振りです。これほどまでに『Ｑｒｏｓの女』、それを演じた市瀬真澄さんに恨みを抱く人物とは一体、何者なんでしょうか」

石上が、視線をぐっと険しくして栗山を見る。

「君はそれが、涼介の仕業だと言いたいわけか」

「その通りです。社長」

「根拠はなんだ」

「いろいろありますが、まずこれです」

慶太が提出したウェブページのコピーには、ところどころ赤で印がしてある。

「……このマーキングの書き込み内容は、園田氏が調べ、匿名の依頼人に提供した内容と明らかに一致している。文章上は、あたかも複数の人物が目撃談を書き込んでいるかのように装っていますが、実際の発信者は一人であると思われます。根拠はこの〝カッコ笑い〟の閉じ方です。後ろのカッコだけ、なぜか半角になってしまっている……これと同じ癖をお持ちなんですね、藤井涼介さんは。たとえば藤井さんが、以前個人的に送信したメールが、こちらです」

慶太がページをめくり、藤井が福永瑛莉に送ったメールの文面を見せる。

【先日はお疲れさまでした。真夏に真冬のシーンを撮るのも大変だけど、真冬に真夏のシーンはもう、本当に命の危険を感じますよね（笑）。でもまた、同じメンバーでやりたいですね。プチ打ち上げ、ぜひやりましょう。】

石上は胸ポケットに挿してあったメガネを掛け、そのメールの文面に目を通した。

「……こういう癖があるからといって、必ずしも同一人物とは、限らんのじゃないか？」

栗山が答える。

「もちろんです。しかし、この依頼人は他にも決定的な証拠を残しています。最初の依頼を直接自分で、しかも電話で、園田さんにしています……声色や口調は、普段とだいぶ違いますが、そのときの会話を、園田さんは録音していました」

にわかに、石上が表情を硬くする。

栗山が目で示したので、また慶太は資料のページをめくった。

それでも説明するのは、あくまで栗山の役目だ。

「……関東音響研究室。ご存じですよね？　警察への捜査協力でも知られた機関で、別々に録音された音声が、同一人物のものかどうかを鑑定する、音声異同識別を得意としている……これ、我々がやってもよかったんですが、その前に園田さんが、携帯に残っていた音声ファイルを研究室に持ち込んで、鑑定依頼をしてくれていたので、今日はその鑑定報告書をお持ちしました。見事に、これは藤井涼介さんの声であると、そういう結果が出ています。

ＱｒｏｓのＣＭの声と合わせてみても、昨日、芸能リポーターに囲まれてコメントしたときの声と比べてみても、結果は同じです……園田さんに、市瀬真澄の調査を依頼したのは藤井涼介さんです。それをネットに晒したのも、同じく彼です」

石上がメガネをはずす。

「……それで、涼介には、弁明の機会すら与えられないのか」

「いえ。我々もなぜこんなことをしたのか、ご本人から伺いたいと思い、さきほどデスクの方に連絡をとっていただきました。もうまもなく、いらしてくださると思うんですが」

そう栗山が言ってから、三分もしなかったと思う。

社長室のドアがノックされ、

「失礼しますッ」

勢い込んで藤井涼介が入ってきた。

優に百八十センチを超える長身、小さくまとまった甘いマスク。そんなルックスに反する、低音のセクシーボイス。しかし今回は、その声が仇(あだ)になった。

「……社長、なんなんですか、これは」

もうこの慌て振りだけで、藤井の有罪は確定したも同然だろう。

「涼介。いいから座りなさい」

「いいですよ。こんな、訳の分からない連中と」

これに反応したのは園田だった。組んでいた脚を解(ほど)き、よっこらしょと体を起こす。

「おいコラ、ボウズ。訳の分からねえ連中で悪かったな。その最たる者であるこの俺様に、匿名で女の調査を依頼し……」

「なんだよそれ。知らないよ。なんのことだッ」

唾を撒き散らしての、必死の弁明。真澄はちらりと横目で見ただけで、決して藤井を直視しようとはしない。

園田が続ける。

「しかも俺が、もう調査も報告もしないとケツを捲(まく)った途端、ヤクザ紛いの二人組を差し向けて俺と彼女を襲わせた。狙いはなんだ。俺がまとめた文書か。それともあとから調べて、お前に繋がるような証拠の類(たぐい)の隠滅か」

「し、知らない、俺は知らないッ」

「藤井、ネタは割れてんだよ。お前、けっこうな車好きだよな。ボルボにアルファ・ロメオ、キャデラックに……黒のＢＭＷ。ＢＭのナンバーは練馬32※、し、１０００。お前が自分名義で借りてる、サクラ興業駐車場の三番枠に駐まってる車だ。そしてなぜか、その車に乗って真澄のマンションを張ってた馬鹿がいた」

ニヤリと、園田が片頬を歪ませる。

「……新東京連合ＯＢの、西崎秀矢(にしざきひでや)。お前の中学時代の同級生だよな。奴は俺の家に押し入ったとき、素手であちこちのものを引き倒してる。その上でパソコンから現金、通帳から印鑑までちゃっかりお持ち帰りしてる。これを俺が警察に届けたら、西崎は強盗罪で即刻パクられるぜ。そうなったら、当然警察で訊かれるわな。なんで園田なんてペンゴロを襲ったんだと。そういう話になったら、あんたの親友は、なんて言うかな……最後まであんたの名前を出さずに、大人しくムショまで勤めてくれるかな」

藤井が、がっくりと床に両手、両膝をつく。図らずも土下座のような恰好になる。

その視線の先にいるのは、石上だ。

「社長、違うんです。こいつらの言ってることは……」

しかし彼に向けられた石上の視線は、園田や栗山に向けたのと同じ、全く体温を感じさせない、冷ややかなものだった。

「……見苦しいぞ。涼介」

「違うんです、聞いてください、社長」

「何をだ」

藤井のそれよりもさらに低く、無機質な、まさに石の硬さを思わせる声だった。それだけに、その声による発言だけに、重みがある。説得力が違う。

「……なぜだ、涼介。なぜこんなことをした」

藤井が、深く首を垂れる。

「だって……俺より、この、女の方が……目立つから……」

ドラマや映画で見る藤井涼介とは、まるで別人に見えた。喩えるとしたらなんだろう。毛を刈られ、痩せ細った羊か。

「俺が、メインだったのに……あれは、俺のためのCMだったのに、それなのにお前は、急に割り込んできて。桑嶋さんまで、あんなふうに抱き込んで……それで、なんで名前出さないことで、あんなに話題になるんだよ。ズルいよ。俺たちは、こんなに一所懸命やってるのに。徹夜したって、深酒したって、翌日には現場で笑顔を振りまいて。嫌いな相手にだっておべっか使って。思い出したくないような経験だって、陰ではたくさんしてきたんだ。ずっと、ずっとずっと我慢してきた。それでようやく、今いる椅子を摑んだんだ。それを、やる気も続ける気もないお前なんかに、奪われて堪るか。横取りされて堪るか。必死で今の舞台に這い上がってきた俺たちの気持ちが、お前みたいな事務員に分かって堪るかよ」

慶太は、藤井が真澄に摑み掛かるのではないかと気が気でなかった。だが、石上の眼力のお陰だろう。そういったことは結局起こらなかった。

「……もういい、涼介」

さっきとは打って変わった、優しい声だった。

涙と洟で顔をグシャグシャにした藤井が、土下座の体勢から石上を見上げる。

なんの前触れもなく、訪れた赦し。

藤井の目には、石上の頭上に後光が射して見えていたかもしれない。慶太でさえ、そんな神々しさに似たものを石上に感じていた。

だがしかし、それは、勘違いだった。

「涼介。お前はもう、終わりだ」

「えっ、いや、社長……」

石上が真向かいの栗山を見る。

「いろいろ、お騒がせをしたようだね。そちらの女性にも謝罪すべきなのだろうが、まず必要なのは、社会的制裁だろう。どうぞ、あなた方の気の済むように書いてください。その、涼介の友人が何かしでかしたのだとしたら、それも警察に届けるなり、適切に処置してください。それについて私が、何かしら圧力を加えるといったことは絶対にないので、ご安心いただきたい」

慶太は声にこそ出さなかったが、内心「ほう」と感嘆していた。

さすがWingプロの社長というか、なんというか。藤井ほどのスターでも、切るときは切る。それは事務所に絶大な力があって初めてできることであって、そうそうどこの社長にでもできる判断ではない。

ただタレントの側は、そう簡単に割り切れるものではない。

「社長、そんな……」

「仕方ないだろう。お前が勝手にしでかしたことだ」

「だって、あれは、そんな、だって、オファーの段階で……」

「そんな『そもそも論』で、どうにかなる話でもあるまい。私は、見苦しいのは嫌いだ。さっさと消えなさい、私の視界から」

そう言って、石上はソファから腰を浮かせた。

だが、なぜだろう。栗山がそれを制した。

「ちょっと、お待ちください、石上社長」

「……まだ、何かあったか。それは失礼した」

会談を一方的に打ち切って逃げるような真似(まね)はしない。それもまた、石上一流の矜持(きょうじ)なのかもしれない。

栗山が「はい」と小さく頭を下げる。

「単にこれは、週刊誌に書いて騒ぎにすればいい、という問題でもないように、私は思います。むろんこれを書けば、その週の『週刊キンダイ』は売れるでしょう。藤井涼介、ネットを利用して『Ｑｒｏｓの女』を陥れようと画策……すみません。今すぐ気の利いた見出しは浮かびませんが、でもそうしたところで、我々は藤井涼介というスターを失い、『Ｑｒｏｓの女』という幻想を失い、加えて、嫉妬渦巻く芸能界の恥ずべき舞台裏を、世間に晒すことになります」

また急に、慶太には話の行き先が見えなくなった。

こんな話、事前に打ち合わせてあっただろうか。

栗山がひと息つく。

「……それは、できることならば避けたいです。これを記事にしたら、藤井さんは俳優として、死刑か無期か、懲役何年かは分かりませんが、決して軽くはない罰を受けることになるでしょう。でもそれはファンや一般視聴者、テレビ局を含む制作サイド、ＣＭスポンサーといった、多くの人たちの総意によって決まります。決まる、ということすらないのかもしれない。なんとなく、仕事がない期間がずるずる続いて、自然と人気がなくなって、人知れず引退……そういうの、本当に最悪の結果だと思うんです」

石上も藤井も、微動だにせず聞いている。

「今、死刑とか懲役とか、縁起でもないことを申し上げましたが、だったら、執行猶予があってもいいのかなと、私は思うんです。我々は週刊誌記者です。警察官でも、裁判官でもありません。でも世間に対して、特に私たちの場合は芸能界に対して、ときとしてそういう役割を担ってしまうことがあります。そういう資格が我々にはある……などと自惚れているわけではありません。でも、そういう実力部隊であるのも、また一方にある事実です。ですから、締め切りがいつだとか、売れるにはどういう見出しがいいとか、そういうことではなくて、その後の影響までよくよく考慮して、この件には対処したいと思います」

栗山の言いたいことは分かるが、そのための具体的な処理方法が、慶太には思いつかない。

それは石上を含む、この場にいる全員の共通した疑問かもしれない。

栗山もそれは分かっているのだろう。視線を正面の石上から、隣にいる真澄へと移した。

「……市瀬さん。あなたの今の望みは、藤井涼介さんに対する報復では、ありませんね？『Ｑｒｏｓの女』として話題になる以前のような暮らしを取り戻したい。そういうことで、いいですよね？」

こくんと、真澄が頷く。

「とにかく、知らない間に、私生活がネットに晒されるような、そういう状態を解消できれば、私は……はい。それでいいです」

また栗山が向きを変える。

「では、藤井さんに確認します。今回我々が、この件に関する記事の掲載を見送ったら、藤井さんは、二度と市瀬真澄さんに対して個人攻撃をしない、その他の人に対しても同様の行為をしないと、約束してくれますか」

両手をついたまま、藤井がガクンガクンと頭を上下させる。頷いたというより、ロックコンサートでやるヘッドバンギングに近い。

「しません……もう、絶対にしません」

「石上社長も、藤井さんがそれを守るよう、監督してくださいますか」

腕を組んだまま、石上が頷く。

「確かに、これに関しては私の監督不行き届きが招いた部分もあったろう。今後は、その責任も果たしていくことを約束しよう……しかし、栗山くん。涼介がこちらの女性に対して、二度と個人的な情報攻撃をしないというのは当然としても、だ。それ以外の何者かが、同様の行為をする可能性の芽までは、摘みきれんのではないか」

この質問も想定のうちだったのか、栗山は自信ありげに一つ頷いてみせた。

「むしろその点に関して、石上社長には骨を折っていただきたいと思い、本日は参りました。確かに現状、藤井さんがネットから手を引いたところで、状況が改善されるという保証はありません。『Ｑｒｏｓの女』に関する情報は、虚実混交のままネット上を漂い、増殖し続けるでしょう。でも、だったらオフィシャルな情報を発信する態勢を整えてしまえばいい」

石上の眉間に力がこもる。

「……私に、何をしろと」

「はい。ここは一つ、石上社長にお力添えいただきまして、『Ｑｒｏｓの女』を、正式デビューさせてみてはと考えております」

慶太は思わず、隣の栗山を見てしまった。反対隣にいる真澄も、全く同じ気持ちだったのだろう。もとから大きな目を、これ以上はないというくらい見開いて栗山を見ている。

「Ｑｒｏｓの女」の、正式デビュー。

そんなことをして、一体何が解決するというのだ。

終章

栗山は渋谷の、スクランブル交差点を見下ろせる喫茶店にいた。園田の家が襲撃されたあの日、緊急避難的に真澄を連れて入ったのが、ちょうどこの店だった。

あれから半年。そのたった半年で、「Ｑｒｏｓの女」を取り巻く環境は驚くほど激変した。

目の前にいる真澄が、すぼめていた口先からストローを離す。

「……ほんと、こういうことになるとは、あの頃は想像もしてませんでした」

それは、栗山も同じだ。

「だね。こんなに上手くいくとは、俺も思ってなかった」

「でも、発案者は栗山さんでしょう？　それってちょっと、凄いなって思います。尊敬します」

「いや、この状況と俺とは、直接は関係ないよ。きっかけを作ったのは確かに俺だけど、やっぱり石上社長の政治力とかさ、Ｗｉｎｇプロの売り出す力とか……あとは本人の、才能と努力でしょ」

今こうやって渋谷の街を見回すだけでも、あちこちに「Ｑｒｏｓの女」の顔を見つけることができる。渋谷１０９の巨大広告、ドラッグストアに並ぶ化粧品のポスター。家電関連では携帯電話、パソコンやゲーム機のＣＭにも出演している。ここに来る途中、交差点を渡るときに見上げた大型ビジョンでは、自身のＣＤデビューの告知も流れていた。

ただしもう、彼女を「Ｑｒｏｓの女」と呼ぶ人は少ない。

佐々木りん。バラエティ番組などでの愛称は「りんちゃん」。いや、「彼女」という表現がそもそも正しくない。

本名、佐々木凜太郎。栗山が出会った頃は「橘ミク」を名乗る、新宿歌舞伎町のショーパブ「エンジェルダスト」のナンバーワンホステスだった。あのニューハーフの彼が、現在の「Ｑｒｏｓの女」であり、売れっ子タレント「佐々木りん」である。

彼を真澄の代役に使えないかと思いついたのは、あの駒込スクープのときが最初だった。栗山が「Ｑｒｏｓの女」だと騒ぎ立て、矢口に東京駅まで追いかけさせ、記事にまでしたあの「謎の美女」は、実は真澄ではなく彼だったのだ。

あのときは、「Ｑｒｏｓの女」に関する情報戦の場を、ネットから週刊誌に移すのが目的だった。実際、それによって藤井涼介との接点が生まれ、やや乱暴ではあったが、真澄の置かれた状況は改善に向かって動き始めた。

駒込から東京駅までの代役を務めてもらったあとで、彼は言った。

「栗山さん、すっごい面白かった。自分がスターになったみたいで、メッチャ楽しかった。こういうの、またやろうよ」

そのとき栗山は、人間って皮肉なくらい違うもんだな、と思ったのを覚えている。美貌に恵まれはしたが人前に出る気は毛頭ない、逆にそのやる気のなさがトラブルを引き寄せてしまった、市瀬真澄。片や男に生まれついたものの、女になりたくて、女の子としてチヤホヤされたくて、でっち上げの代役に使われても、それを「楽しかった」と言い切れてしまう、佐々木凜太郎。

栗山は、彼の細い肩を摑み、訊いてみた。

「ほんとに？ こういう機会があったら、また代役、やってくれる？」

彼は、それこそ無邪気な少女のように頷いた。

「うん、やる。絶対やりたい。やっぱさ、私とかって、すごい変身願望強いからさ。違う自分になりたいとか、違う自分を認められたいって、いつもいつも思ってるとこあるの。だから、こういうの大好き。いつでも大歓迎だよ」

つまり現在のこの状況は、あの駒込スクープの真っ直ぐ延長線上にあるというわけだ。

後日、石上とも相談した上で、佐々木りんはきちんと性別に関してカミングアウトして売り出すことに決まった。その方が今の時代に合っていると思ったし、ＱｒｏｓのＣＭから間を置いてデビューすることの言い訳にもなると考えたからだ。Ｑｒｏｓ側もそれで了承してくれた。後日、スマッシング・カンパニーの斉木社長にも説明し、初めのうちは「それ、やるんだったらウチでしょう」と言われたが、最終的には納得してもらえた。

だがこの路線を選択するとなると、また別の人物に筋を通しておく必要が出てくる。フェイスプロの梶尾専務だ。栗山に、橘ミク時代の彼について教えてくれたのは梶尾だし、「Ｑｒｏｓの女」が男だったら、という空想を最初にしたのも梶尾なのだ。

佐々木凜太郎を「Ｑｒｏｓの女」としてデビューさせるつもりだと伝えると、梶尾は大いに笑った。

「へえ、あっそう。瓢箪（ひょうたん）から駒って言うけど、あるんだね、本当にそういうことが……ま、いいよ。俺のアイデア使用料は、いずれ石上さんと『週刊キンダイ』から、なんかしらの形でせしめるから。それまでは、今度デビューする『Ｑｒｏｓの女』が偽者だってことは、黙っててやるよ」

「ちょっと、カジさん」

「冗談冗談。もう言わねえから安心しろ」

それが、ちょうど半年前の話。以後、佐々木りんのデビューに関する諸々は栗山の手を離れ、今はもう、容易には手の届かない遠くへと行ってしまった。テレビに出始めた頃は【今度サイパンに行くよ】とか、【近いうち飲みに行こうね】といったメッセージももらったが、最近はもうさっぱりだ。特にここ一、二ヶ月は、まさに目が回るほど忙しいのだと思う。

そして今、栗山の目の前には、少し退屈そうに微笑む真澄がいる。

「でもなんか、情報って、難しいですね」

「ん？　たとえば、どういうこと？」

少し考えるように、真澄が首を傾げる。

「んん……誰かにとっての真実は、実は別の人にとっては嘘だったり。でも真実が必ずしも人を幸せにするわけじゃなくて、優しい嘘の方が、よっぽど多くの人を幸せにしたりもする。栗山さんが、りんちゃんをデビューさせたように。もう今や、彼女が本物の『Ｑｒｏｓの女』かどうかなんて、どうでもいいわけでしょう。そう考えると、情報の価値ってなんだろう、真実の意味ってなんだろうって、分かんなくなります。今まで当たり前に信じてたことも、実は嘘なのかもって、疑ってみたり」

「はは……疑似体験も夢も、存在する情報は全て現実であり、そして幻なんだ……って、知ってる？」

パッと真澄の目が輝く。

「あ、知ってます知ってます。なんでしたっけ、それ」

「へえ、意外だな。市瀬さんも、ああいうの見るんだ」

「あれ、なんでしたっけ。映画ですよね？　知ってます。ほんと知ってるし、声まで覚えてるのに、あれ……なんでだろう、思い出せない」

真澄の脳内を、ちょっと覗き見られたら面白いのに。

「さて、その記憶は、現実かな？　幻かな？」

「変なこと言わないでくださいよ、現実ですよ。ほんと、知ってるんですから……」

だが結局、真澄は思い出すことができず、栗山が正解を教えた。

「『GHOST IN THE SHELL』……『攻殻機動隊』だよ」

「あ、そうだぁ。バトーだぁ」

それから少し好きな映画の話をしたが、いつのまにか、また話題は「Ｑｒｏｓの女」に戻っていた。

「……りんちゃんって、直に見ても、私に似てるんですか？」

そういえば今まで、真澄とりんを引き合わせる機会はなかった。

「うん、かなり似てると思う。気持ち、りんの方が顔が長くて、首がちょっとだけ太いかな。でも身長は同じくらいだし、目とかはもう、ほんとそっくり。並んで双子って言っても、絶対に誰も疑わないと思う……会社でも、似てるねとか言われる？」

真澄はあのあとスマッシング・カンパニーを退社し、貴金属やブランド品の買取及び査定業務を行う会社に再就職した。芸能界やマスコミと全く関わりを持たない職種を消去法的に選んでいったら、その会社に落ち着いたのだという。

「ものすっごい言われます。今の仕事も基本的には事務なんで、そんなに毎日、外の人と顔を合わせるわけじゃないんですけど、それでもやっぱり、会う人会う人に言われますね。あれ、りんちゃん？　何これ、ドッキリ？　みたいな。違いますって言っても、いや似てるなア、そっくりだねって。最終的には、ほんとは男なんでしょ？　って訊かれますからね。そこだけ、ちょっと困りますけど……でも、よかったです」

この「でもよかった」は、栗山と話すときの、真澄の口癖のようになっている。「Ｑｒｏｓの女」としてプライベートを晒されていた状況と比べると、その全てを佐々木りんが引き継ぎ、活動してくれている現状は、この上もなく穏やかなのだという。

「私には、絶対に無理ですから、ああいう仕事は。もう、ああいう状況に、継続的にいられるってだけで、才能だと思います。ほんと、尊敬します。りんちゃんも、瑛莉さんも……あと、藤井さんも」

当たり前だがネット上の噂話も、今は全て佐々木りんが引き受けてくれている。たまにブログを覗くと【ディズニーシーに行ってきました】とか【アメ横でお買い物中】とか、むしろ率先してプライベートを晒して楽しんでいる。

一方、藤井涼介もまた、何事もなかったように俳優業を継続している。あの日の醜態はこっちの記憶違いではと思うくらい、日々テレビの中で完璧な好青年を演じ続けている。

それもこれも、才能なのだろうと思う。見られること、知られることで苦痛や恐怖を感じる人間もいれば、それを無上の喜びとする人間もいる。

人それぞれ、と言ってしまったらそれまでだが、それが何より大きいようにも思う。あの志穂でさえ、自分にキャンドルアートの才能があることを発見し、今はその道でがんばっている。ただ完全に自活するには至っておらず、今も寝泊まりは栗山の自宅。たまにリビングでキャンドルの制作も行い、そういう日はテーブルが蠟だらけになり、碌に食事もできない有様になる。

ふいに真澄が、あっ、と発して顔を上げた。

「そう言えば、矢口さん、どうしてますか」

「ああ、元気でやってるよ。でもこの前、張り込みで朝まで寝ちゃって、それが原因で他誌にスクープ抜かれて、デスクに死んじまえって言われてた」

真澄が、綺麗に整えた眉を大袈裟にひそめる。

「あらら……なんか、志穂ちゃんの転職お祝いしようねってメッセージもらってから、ずいぶん時間経っちゃったんで。どうしてるのかなって、ちょっと気にはなってたんですけど」

矢口も、あれはあれで不思議な男だ。志穂に気があるような素振りをしながら、真澄のことも気にしているようで、でも実際にはどちらにもアプローチしていない。それでいて、栗山が「お前カノジョいるのか」と訊いてみても、「冗談じゃないっすよ」と妙にムキになって否定する。「なにムキになってんだよ」と訊いても、「いえ別に」と、それ以上は説明したがらない。「Ｑｒｏｓの女」を巡る騒動を共にした関係で、矢口とはかなり気心が知れたつもりでいたが、それは栗山の一方的な思い込みだったのか。

それともう一人、気になる人物がいる。

「ちなみにその後、園田氏から何か、連絡とかある？」

アイスグリーンティー。最後のひと口を吸い上げながら、真澄は目で頷いた。

「……ええ。メールはよくもらいます。仕事で何か記事になりそうなネタがあったら教えてくれ、とか、お金が入ったから何か美味しいものでも食べにいこうとか、誘われます。そんな、今の仕事で記事になりそうな話なんて、あるわけないんですけどね」

あいつ、年甲斐もなく、真澄に本気だったのか。

「で、なんて返事するの？」

「栗山さんと一緒だったらいいですよ、って返します。そうすると、なんかヘコんだ感じの返信がきて、面白いんですよ。真澄ちゃんは、栗山みたいなのが好きなのか、付き合ってるのか、とか」

それにはなんて返すの？　と訊いたら、真澄はなんと答えるのだろう。正直に、その返信内容を教えるだろうか。それとも、曖昧な返事ではぐらかすのだろうか。

そんなことを考えていたら、別の話題に流れてしまった。

「あ、志穂さんからも、キャンドルの新作ができたから見にきてって、そしたらジンギスカンやろうねって、メッセージもらいました。栗山さん、火曜日の夜が、一番都合つけやすいんでしたよね？」

「うん、そう……発売日、前日は、うん……一番、休める感じかな」

「じゃ、今度の火曜日、遊びにいってもいいですか？　私は定時に終わるんで、いつでも大丈夫なんで。そしたら志穂さんに、そうメッセージしときます」

「うん、じゃあ、そうして。一緒に暮らしてるわりに、あんま、顔合わせないからさ。あいつとは」

くすっ、と真澄が笑いを漏らす。

「……知ってます。志穂さんもよく言ってます。真澄ちゃんが来るとよく喋るけど、二人だとほんと、お兄ちゃんって全然喋らないんだよ、って」

いや、そんなことはないと思う。顔を合わせないから喋らないだけで、会えば、少しくらいは喋る。

でも、そう。

真澄がいると話が弾む、というのは、確かにあるかもしれない。

参考・引用文献

『週刊誌は死なず』元木昌彦（朝日新書）
『噂の女』神林広恵（幻冬舎アウトロー文庫）
『「噂の眞相」トップ屋稼業　スキャンダルを追え！』西岡研介（河出文庫）
『攻殻機動隊　THE GHOST IN THE SHELL』士郎正宗（講談社コミックプラス）

解説

タカザワケンジ
（書評家・ライター）

Ｑｒｏｓ（キュロス）の女とは誰なのか。

読者の興味はまずそこへ向かうと思う。そして、この物語はどのようなジャンルにカテゴライズされるのかと考えるのではないだろうか。少なくとも私はそうだった。

ウィリアム・アイリッシュの『幻の女』ばりに消えた女性をめぐるミステリか、それとも出会った人々の運命を狂わせるファム・ファタール（運命の女）を描くスリラーか。あるいはＱｒｏｓの女と呼ばれる女性が活躍する痛快アクションか。もっとぶっ飛んで人ならぬ存在のホラーか、はたまた忘れられない女性を想う恋愛小説か。

妄想もいい加減にしろと言われそうなのでこのくらいにしておくが、そう考えるのもゆえなきことではない。作者の誉田哲也は「姫川玲子（ひめかわれいこ）」シリーズで警察小説、ミステリを活性化させたかと思えば、『ヒトリシズカ』のような謎の女が登場するスリラーがあり、『妖（あやかし）の華』のような伝奇ホラーがある一方で、剣道に打ち込む女子高校生たちを描いた「武士道」シリーズもある。『ジウ』のような歌舞伎町封鎖にまで至る超弩級（ちょうどきゅう）のテロ小説（であり警察小説でもある）があるかと思えば、『世界でいちばん長い写真』のような写真部の中学生たちがギネスに挑戦する青春小説があり、さらには『増山超能力師事務所』のようにコメディタッチのＳＦもあるといったように、ジャンルを飛び越えた作品を多数発表してきたからだ。誉田作品の読者であれば『Ｑｒｏｓの女』というタイトルから妄想が膨らむのは当然なのである。

さて、一ページ目を開いてみよう。「柔らかな朝の光が、女の背中に淡い陰影を映し出す」。この「女」こそＱｒｏｓの女である。

ファストファッションを代表する人気ブランド「Ｑｒｏｓ」のＣＭで、いまをときめく人気俳優、藤井涼介に背後から抱きしめられる女性。藤井涼介以外にも人気者を何人も集めたこのＣＭで、誰よりも注目を集めたのが彼女だった。しかし名前はおろか、所属プロダクション、プロフィール一切が不詳だと言う。

テレビを点ければＣＭが流れ、スマホをいじれば広告がポップアップする。美男美女が入れ替わり立ち替わり登場する情報過多の現代でも、人目を引く存在はたしかにいる。松嶋菜々子はクルマのＣＭで「お・ま・た」と長い脚を披露し（「お待たせ」の意味。念のため）、広末涼子はニキビを予防する洗顔料でつるんとした顔を輝かせ、波瑠は携帯通信会社のＣＭでフレッシュな新入社員として画面を駆け抜けた。その後の彼女たちの活躍はご存じの通り。かつてアンディ・ウォーホルは「未来には、人は誰でも十五分は有名になれる」と言ったが、現代ではわずか三十秒で十分。しかも三十秒だけでなく、その後のキャリアが開かれることもままあるのだ。

実際、このモデルは誰だろう？　と気になって「ブランド名　ＣＭ　モデル」で検索し、プロフィールを探し当てたという経験がある人は多いのではないか。しかし、そこで情報がなかったらどうだろう。

そんな時、私たちの好奇心に応えてくれるのがマスコミである。「週刊キンダイ」の若手記者、矢口はノルマになっている毎週五本の企画提出が危うくなり、園田というベテランのフリー記者に助けを求める。その時、園田が出してきた藤井涼介のクルマの情報をもとに張り込むと、そこでＱｒｏｓの女に遭遇する。いや、正確には先輩記者の栗山が見つけて写真を撮り、あとを追いかけたのだが、記事は矢口が書き、大きな反響を呼んだ。

しかし、実はその前からネット上ではＱｒｏｓの女の目撃情報が都内各地から寄せられていた。彼女は何者なのか。どこに住んでいるのか。なぜＣＭに出演したのか。なぜ姿を消したのか。クエスチョンマークだらけのこの女性をめぐって、週刊誌、芸能プロダクションの間で虚実ないまぜの噂が駆け巡る。

視点は矢口から栗山、園田へとバトンタッチされていき、多視点でこの騒動が語られていく。ある視点から見れば一人の女性の謎を追う芸能記者の奮闘の軌跡だが、別の視点から見れば女性の存在を取引材料として一儲けしようとする悪だくみである。Ｑｒｏｓの女本人とその周辺から見れば、当然また別の物語が生まれる。視点人物はそれぞれの動機で彼女を追う、あるいは利用する、もしくはこの状況をなんとか打開しようとする。

この小説をなんと呼べばいいだろうか。マスコミ、芸能界の内幕もの？　謎の女を追うミステリ？　事件に巻き込まれた女性のサスペンス？　いずれにせよ、これからどうなるかを知りたくなるパワフルな物語であることは間違いない。どんなジャンルに分けられようとも、面白い小説は面白いのだ。

では『Ｑｒｏｓの女』の面白さとは何だろう。私は登場人物たちが体現する「人間の面白さ」をまず挙げたい。

週刊誌のキモはヒューマン・インタレスト、つまり、人間への興味だとよく言われる。たしかに表紙は人間、中味も人物ルポ、事件記事が要になり、有名無名問わずキャラが立った人たちのオンパレードだ。人間は人間に興味を持つ生き物であり、誰が何をどうしたこうしたが気になって仕方がない。Ｑｒｏｓの女は何者なのか。その問いが最初に物語を駆動するが、やがて、Ｑｒｏｓの女をめぐって動く人間たちへと読者の関心が向けられていく。彼ら、彼女らがまた、実に面白い連中なのだ。

矢口は二十九歳。政治班から芸能班へと移ってきて右も左もわからずパッとしない毎日だ。恋人はいないが保子（やすこ）というセフレはいて腐れ縁の関係。矢口も保子に対してはクズだが、保子も負けてはおらず彼女の辞書に遠慮の二文字はない。二人の会話は幕間のコメディである。

栗山は芸能記者としてキャリアを積んできた三十代。この作品を映像化するなら主役は彼だろう。過去に誤報を打って一人の女性のタレント生命を奪ってしまったという悔いがあり、芸能という軽く見られがちな報道分野で彼なりの筋を通そうとする。

園田はつねにガセネタを懐に忍ばせ、ブラック・ジャーナリスト、ベンゴロと評されるゲスな男だ。しかし煮ても焼いても食えないしぶとさはアウトローとしてあっぱれだし、業界をしたたかに生き抜いてきた智恵とバイタリティは使いようだ。敵にも味方にもなりうる存在は物語の先を読めなくする絶好の存在である。

そのほかにも求職中の居候、栗山の妹の志穂は誉田作品におなじみの気が強く仕事ができる系の女子。Ｑｒｏｓの女とその周辺には触れずにおくが、そのほか芸能プロの社長や俳優、タレントたちもおしなべてクセが強く生命力が旺盛だ。どうやらこの業界とその周辺は、欲望とエネルギーが煮えたぎった人間たちばかりらしい。彼ら、彼女らは清くもなく正しくもなく、時には鼻持ちならない存在だが、私たち一般人と違って、やりたいことをやっている潔さがある。むろん彼らのキャラクターはフィクションだが、誉田哲也はこの手のキャラクターにリアルな手触りを持たせることが抜群に上手いし、リアルだからこそ面白い。

誉田哲也と芸能界と言えば、思い出すのが天才ギタリスト、柏木夏美が主人公の『疾風ガール』とその続編『ガール・ミーツ・ガール』だ。実は『Ｑｒｏｓの女』はこの二作と世界を共有していて、柏木夏美の名前も出てくるし、島崎ルイは「Ｑｒｏｓ」のＣＭの出演者

の一人だ。『ルージュ 硝子の太陽』と『ノワール 硝子の太陽』で「姫川玲子」シリーズと

「ジウ」サーガが合流したように、誉田哲也の芸能界ものもゆるやかなつながりを持っているのだろう。

さて、あらためてだが、「Ｑｒｏｓ」についても触れておきたい。前述した通り、ファストファッションのブランド名だが、デザイナーがイニシアティブをとっていることがうたわれていて「ク（Ｋ）ワジマリ（Ｒ）ュウヘイ、オ（Ｏ）フィシャルシ（Ｓ）リーズ」の頭文字のうち、ＫをＱに換えたとのこと。しかし、Ｑｒｏｓはキュリオス（Curious、好奇心）を連想させるし、クロスは十字架、キリスト教の原罪を思わせる。つまりＱｒｏｓの女とは私たちが持っている有名人のことを知りたいというゲスな好奇心であり、暴走して罪を犯しかねない欲望の象徴ではないか——というのはあくまで私の深読み、裏読みだが。

ところで、この作品の単行本が刊行されたのは二〇一三年末。週刊誌はネットの情報に押され気味で元気がなくなりかけていた。「週刊文春」が人気タレントとミュージシャンの不倫をすっぱ抜き「文春砲」と呼ばれ活気づく二年ちょっと前である。

一方、ネットは勢いを増していた時期で、二〇一一年にホテルのレストランでサッカー選手とモデルが食事をしている様子を従業員がＳＮＳへ投稿したことで炎上。ホテルが謝罪する事態になった。二〇一二年にはネットの巨大掲示板で、いじめ事件の加害者の個人情報がさらされて大問題になった。その後もネットで個人情報がさらされたり（しかもしばしば誤

情報だった）、誹謗中傷が悲劇の引き金になるなど、『Ｑｒｏｓの女』が書かれた世界と地続きの時代に私たちは生きている。

また、『Ｑｒｏｓの女』が古びていないのは、誉田哲也という作家の人間観が本質を突いているということでもあるだろう。

有名になりたい人と、なりたくない人。正体を暴きたい人と、暴かれたくない人。両者が共存する世界はネット社会以前から存在し、人間が人間に興味を持つという本能に根ざしている。知りたいという欲望のなんと強く、業が深いことか。そして、知られたいという自己顕示欲、承認欲求の餓えのなんというすさまじいことか。『Ｑｒｏｓの女』の登場人物たちはまぎれもなく私たちの自画像でもあるのだ。

二〇一六年九月　講談社文庫刊

光文社文庫

Qros（キュロス）の女（おんな）

著　者　誉田哲也（ほんだてつや）

2022年7月20日　初版1刷発行

発行者　鈴木広和
印　刷　萩原印刷
製　本　ナショナル製本

発行所　株式会社　光文社
〒112-8011　東京都文京区音羽1-16-6
電話（03）5395-8149　編集部
8116　書籍販売部
8125　業務部

ISBN978-4-334-79381-4　Printed in Japan

組版　萩原印刷